건파우더 그린
살인사건

건파우더 그린 살인사건

Gunpowder Green

로라 차일즈 지음
위정훈 옮김

피피에

GUNPOWDER GREEN
by Laura Childs

Copyright © 2002 by Laura Childs
Korean translation copyright © 2010 by Papier Publishing House

감사인사

편집자 킴 월트마이어, 훌륭한 대리인 그레이스 모건,

홍보의 귀재 줄리아 플라이섀커와 버클리 출판사의 멋진 분들께

진심으로 감사드립니다. 또한, 남편인 로버트 푸어 박사의

아이디어, 의견, 격려에도 감사를 전합니다.

지은이의 웹사이트 www.laurachilds.com을 방문해 보세요.

등장인물

시어도시아 브라우닝 – 인디고 찻집 주인.

드레이튼 코널리 – 인디고 찻집의 티 블렌더.

헤일리 파커 – 인디고 찻집의 제빵사.

얼 그레이 – 시어도시아의 애견.

리비 레빌 – 시어도시아의 고모.

들레인 디시 – 시어도시아의 친구, 양장점 주인.

티모시 네빌 – 문화유산협회 제80대 회장.

버트 티드웰 – 형사.

조리 데이비스 – 변호사.

올리버 딕슨 – 하이테크 기업 그레이프바인 사를 경영하는 사업가.

도 벨베데레 – 미인대회의 여왕 출신으로 올리버의 부인.

빌리 배놀로 – 요트 클럽 종업원.

조반니 로드 – 골동품 가게 주인. 올리버의 재종형제.

포드 캔트렐 – 농부.

리즈베스 캔트렐 – 포드의 누이.

부스 크로울리 – 벤처 투자회사 체리 트리 펀드의 최고 경영자.

01

시어도시아 브라우닝은 머리에 손을 올려 틀어올린 적갈색 머리카락을 단단히 지탱하고 있던 별갑으로 만든 헤어 클립을 빼냈다. 그것이 신호인 양, 찰스턴 항구 쪽에서 강한 바람이 불어와 그녀의 머리카락이 항구에 떠 있는 요트의 돛대에서 펄럭이는 깃발처럼 우아하게 굽이치며 나부꼈다.

이제 곧인데. 저물어가는 오후의 햇살에 눈이 부시지 않도록 손으로 그늘을 만들면서 시어도시아는 생각했다. 먼 곳으로 눈을 돌리자 몇 십 척이나 되는 유선형의 J-24급 요트가 패트리어트 포인트와 섬터 요새 사이를 맹렬한 속도로 돌진해오는 것이 보였다. 돛대는 팽팽해지고 삼각돛은 잔뜩 부풀고 요트와 네 명의 크루는 불어오는 바람을 붙잡아 배의 능력을 최대한 끌어내려 필사적으로 씨름하고 있었다.

이제 20분쯤 뒤면, 찰스턴의 역사가 서린 반도의 끝에 있는 화이트 포인트 가든에 모여든 2백여 명의 구경꾼 앞에서 올해 「아일 오브 팜즈 요트 레이스」 승부가 판가름날 것이다.

시어도시아는 구경꾼 대부분이 따뜻한 4월의 날씨에 마음이 풀리고, 잔뜩 마련된 음식과 음료에 만족해 하며 삼삼오오 모여서 이야기에 열중하고 있는 모습을 바라보았다.

물론, 라이벌 관계인 두 클럽을 대표하는 요트가 출발할 때는 엄청난 소동이 벌어졌다. 구경꾼들은 열광적인 성원을 보냈고 건배를 외치며 유리잔을 높이 들었으며, 양 팀 관계자는 요란스럽게 허풍을 떨었다. 그러나 선단이 찰스턴 항구를 지그재그로 나아가, 아득히 먼 곳에 떠 있는 부표가 있는 곳에서 아일 오브 팜즈를 향해 방향을 바꾸더니 요트의 모습은 사라졌다.

그리고 관객의 머릿속에서도 지워졌다.

남은 요트 클럽의 회원들은 수많은 친구, 친인척, 응원단 – 대부분은 여기에서 가까운 역사지구에 있는 조지 왕조 풍, 연방 양식 풍, 또는 빅토리아 왕조 풍의 우아한 저택에 살고 있었다 – 과 함께 배터리 공원을 아주 매력적으로 만드는, 신록이 우거신 정원에서 한바탕 신나게 놀기 위해 자리를 잡았다.

여기서 불과 몇 블록 떨어진 처치 스트리트에서 인디고 찻집을 경영하고 있는 시어도시아는 올해의 레이스 주최자인 찰스턴 요트 클럽으로부터 「해변의 차모임」 출장연회를 의뢰받았다. 소중한 친구이자 가게의 종업원이기도 한 드레이튼 코널리와 헤일리

파커는 행사진행과 메뉴짜기에 창조성을 발휘해 주었다. 심지어 두 사람은 모처럼의 멋진 일요일 오후에, 열일 제쳐두고 그녀를 도와주겠다고 팔을 걷어붙이고 나섰다. 시어도시아는 그것이 다른 무엇보다 기뻤다.

하늘에서는 갈매기가 우아하게 원을 그리고, 두터운 분홍빛 구름이 수평선 위를 날아가듯 흘러가고 있었다. 시어도시아는 날씬한 허리에 두른 앞치마를 질끈 고쳐매고는 하얀 식탁보가 깔린, 가벼운 먹거리가 놓인 긴 탁자 두 개를 점검했다. 완벽해. 그렇게 확인한 순간, 높은 광대뼈와 매부리코가 특징인 그녀의 지적인 얼굴에 마침내 안심한 듯 부드러운 미소가 떠올랐다.

그래, 모든 것이 완벽해. 시어도시아는 혼잣말을 했다. 철사 바구니에는 황금빛 막대 모양 빵이 들어 있고, 갓 껍질을 벗긴 게의 집게발은 얼음 조각이 깔린 큰 접시에 담겨 있었다. 훈제 연어를 올린 미니 베이글에는 크림치즈와 설탕에 절인 생강을 곁들였다. 그리고 생크림을 곁들인 딸기 초콜릿 딥은……. 어머나, 순식간에 다 먹어치웠잖아!

은제 피처를 손에 들고 잘게 부순 얼음을 채운 유리잔에 황갈색 아이스티를 따랐다. 한 모금 머금고는 건파우더 그린이라는 중국산 녹차와 신선한 박하를 블렌드한, 갈증을 달래주는 상쾌한 맛을 즐겼다.

시어도시아의 오른팔이자 티 블렌드 전문가인 드레이튼 코널리는 오늘의 요트 경기 피크닉을 위해 특별한 차를 만들어냈다. 「건파우더」라는 녹차 이름은, 어린 찻잎을 건조시키면 또르르 말려들어가 작고 단단한 알갱이처럼 되는데 그 모양이 화약(건파우더)과 똑닮은 데에서 유래한 것이었다. 신선한 박하는 어제, 이곳 사우스 캐롤라이나 주의 로 컨트리에 있는 리비 고모의 정원에서 뜯어온 것이었다.

시어도시아는 새 차가 이곳 화이트 포인트 가든에서 첫선을 보였으니, 차 이름을 「화이트 포인트 그린」이라고 해야겠다고 마음먹고 있었다. 그리고, 이미 비어 있는 피처의 갯수를 보고 생각했다. 이 차는 반드시 팩에 넣어서 가게에서 팔아야지, 하고.

"당신이 꾸민 탁자는 마치 세잔의 정물화 같아요. 시적이고 우아하고, 먹기 아까울 정도로 예쁘거든요."

「코튼 덕」 양장점 주인인 들레인 디시가 시어도시아의 바로 옆에 서 있었다. 길고 비에 젖은 까마귀처럼 새까만 머리칼을 묶어 올려 정수리에서 틀고 있어서인지 하트형 얼굴이 한층 더 두드러져 보였다.

시어도시아는 속으로 한숨을 쉬었다. 코튼 덕 양장점은 인디고 찻집의 몇 집 건너에 있었다. 들레인은 마음씨 곱고 마을이나 지역사회의 행사에 솔선해서 협력하는 활달한 사람이지만 시시콜

콜한 뒷얘기를 좋아하는 것으로 훨씬 더 유명하기도 했다.

"정말이에요, 시어도시아. 이건 정말 호화스러워요." 들레인이 달콤한 목소리로 속삭였다. 언제나 최신 유행을 좇는 들레인은 오늘은 연녹색이 섞인 푸른 색 실크 블라우스에 발목으로 갈수록 통이 좁아지는 우아한 크림색 슬랙스 차림이었다.

시어도시아는 앞치마에 손을 닦고 들레인의 발치를 내려다보았다. 옷에 맞춘 색깔인, 연녹색이 섞인 푸른 색 뱀가죽 플랫 슈즈. 역시 들레인이야, 멋지게 코디를 하고 있어. 그래, 그녀는 언제나 완벽하게 코디를 하고 있지.

들레인은 새빨갛게 익은 커다란 딸기를 생크림에 담근 다음, 그 싱싱한 과일을 입 근처까지 가져가다가 손을 멈추었다.

"출장연회업을 전문으로 해볼 생각은 없어요, 시어도시아?" 마치 지금 문득 깨달았다는 듯이 물었다. "당신이라면 멋지게 해낼 수 있을 텐데요."

"지금 하고 있는 찻집을 때려치우구요? 아뇨, 됐어요."

시어도시아가 정색을 하며 선언했다. 왜냐하면 인디고 찻집은 글자 그대로 그녀가 하나부터 열까지 만들어낸 것이었으니까. 원래는 처치 스트리트에 자리잡은 어딘지 음침하고 황량한 가게였지만, 그녀는 해묵은 때를 닦아내고 코르크 타일과 형광등, 리놀륨 따위의 조잡한 인테리어를 모조리 걷어냈다. 그러는 동안에,

자신이 어떤 가게로 꾸미고 싶은지 윤곽이 드러나기 시작했다. 그리고, 마음에 딱 드는 설비와 장식품을 스케치하고, 상상하고, 그것을 찾아낼 때까지 골동품 가게를 헤매고 다녔다.

덕분에 작은 찻집은 우아하고 고풍스러운 매력이 가득했다. 나무못을 박은 마룻바닥 덕분에 그대로 드러나 있는 들보와 벽돌 벽이 한층 두드러지고, 골동품 탁자와 의자, 도자기 찻주전자, 거기에 구리 주전자는 고색창연함과 더불어 섬세한 역사적인 느낌을 더해주고 있었다.

바닥에서 천장까지 닿는 목재 선반에는 양철 깡통과 유리병이 늘어서 있고, 그 안에는 다양한 종류의 찻잎이 적당히 들어 있었다. 남인도가 원산지인 구릿빛 무나르* 차, 중국 안후이 성에서 재배되는 그윽한 기문차**, 복숭아나 벌꿀 향을 첨가한 대만산 우롱차, 드레이튼이 종종 자랑스럽게 말하듯이, 중국산 차라면 무엇이든 다 있었다.

게다가 일본과 티베트, 네팔, 터키, 인도차이나, 아프리카 차까

---

* 녹차밭으로 유명한 남인도의 도시. 참고로, 북인도는 다질링과 아삼이 유명하고, 남인도는 무나르가 유명하다.

** 祁門茶, 인도의 다질링, 스리랑카의 우바와 함께 세계 3대 홍차로 불리는 차. 중국 안후이 성 기문 지방에서 주로 생산되며 맛이 은은하고 독특한 그을음향이 있다. 중국에서는 귀족들만 즐기는 고급차로 취급되었다.

지 갖추고 있었다. 또한, 사우스 캐롤라이나 주를 대표하는 차로서, 25마일 정도 남쪽의 와드맬로라는 아열대성 섬에 있는 찰스턴 차농장에서 재배되는 훌륭한 아메리칸 클래식 차까지 있었다.

시어도시아에게 있어 찻집은 경쟁이 치열한 광고업계에서 탈출하는 수단이었다. 14년이라는 긴 세월 동안 고객에게 최선을 다했지만 그 대가는 컸다. 자신이 아니라 남을 위해 일하는 동안 몸도 마음도 점점 지쳐갔다. 눈이 핑핑 돌게 회전하는 그 회전목마에는 두 번 다시 올라타지 않겠어. 시어도시아는 마음 속으로 그렇게 결심하고 있었다.

"출장연회업을 하면 더 많은 돈을 벌 거라고 내가 장담해요." 들레인이 부추겼다. "여기 찰스턴에도 여러 가지 사교 모임이 있으니까요."

"음식 서비스업으로까지 사업을 확장할 생각은 없어요." 시어도시아가 대답했다. "찻집 경영만으로도 벅차요. 게다가 웹사이트도 열었고, 인터넷 매출도 기대 이상이구요. 물론, 드레이튼이 끊임없이 새로운 차를 블렌드해서 상품을 늘려주고 있기도 하고, 주제가 있는 차모임을 열 계획도 세우고 있어요."

"어머나, 주제가 있는 차모임이라뇨?" 들레인이 물었다.

"실내악 차모임, 결혼축하 차모임, 미스터리 차모임……."

"미스터리 차모임!" 들레인이 외쳤다. "그게 뭐예요?"

"자기 눈으로 직접 확인해봐요. 이번 주 토요일 밤을 위해 드레이튼이 벌써 계획을 세웠거든요."

시어도시아는 자신과 들레인은 정반대의 타입임을 알고 있었다. 자신은 고객을 유치하기 위해 싸워야 하는 출세가도를 포기하고 찻집이 주는 오아시스 같은 고요함에 진심으로 만족하고 있었다. 반면에 들레인은 새로운 유행을 좇는 것이 삶의 낙이며 고객에 대해서는 교활하다고까지 말할 수 있는 수완을 발휘하는 사람이었다. 예를 들어, 여자 손님이 새 블라우스를 한 벌 사려고 코튼 덕을 찾아왔다고 치자. 들레인의 손에 걸리면, 그녀는 그밖에도 치마, 구두, 핸드백, 덤으로 장신구까지 사들고 집으로 돌아가게 된다. 만일 그날 들레인의 컨디션이 최상이라면 그 손님의 계산서에는 실크 스카프 몇 장이 더해지리라.

"안녕하세요, 드레이튼." 시어도시아의 오른팔인 드레이튼 코널리가 은쟁반을 들고 다가오는 것을 보고 들레인이 달콤한 목소리를 냈다. "당신의 머릿속은 항상 놀랄 만한 아이디어로 가득 차 있다면서요."

드레이튼은 예의상 기품어린 미소를 지어보이며 들레인과 뺨에 가벼운 키스를 나누었지만, 시어도시아를 쳐다보며 한쪽 눈썹을 치켜올렸다.

"당신이 이제 곧 열 미스터리 차모임에 대해 들레인에게 이야

14

기하고 있었어요." 시어도시아가 설명했다.

"물론 와주실 거죠?" 드레이튼은 쟁반을 내려놓고 들레인의 두 손을 친밀감을 담아 꼬옥 잡았다.

시어도시아는 혼자서 미소지었다. 드레이튼은 상대가 누구든 이처럼 가볍게 이야기를 나눌 수 있는 사람이었다. 하지만 한편으로, 오래 세월에 걸친 경험도 갖추고 있다. 그는 세계적인 규모의 차 경매가 행해지는 암스테르담에서 차 무역상으로 일했었다. 또한 시어도시아가 찻집에서 함께 일하지 않겠냐고 권유하기 전까지는 찰스턴에 있는 초일류급 호텔의 접객부장으로 일하고 있었다. 게다가, 지금은 찰스턴 문화유산협회 위원 가운데 한 명이기도 했다.

물론, 드레이튼이 가장 잘하는 일은 시음회를 열고, 수많은 차의 종류나 각각의 침출 시간에 관한 지식을 알려주고, 덖음과 산화, 그리고 발효에 의한 미묘한 차이를 알 수 있도록 도와주는 것이었다.

찻집 자체는 시어도시아 자신의 작품이지만, 그것을 움직이는 엔진은 드레이튼이라고 절실히 느끼곤 했다. 그리고, 현재 예순두 살인 그는 역전노장 역할을 진심으로 즐기고 있었다.

들레인이 손을 뻗어 드레이튼의 스포츠 코트 깃을 매니큐어를 칠한 손톱 끝으로 살짝 어루만졌다. "이집트산 목면이네요. 멋져

15

요." 그렇게 말하고, 시어도시아에게 만족스러운 듯한 시선을 보냈다. "신사는 옷으로 말하는 법이죠."

"드레이튼은 패션 잡지에서 막 빠져나온 것 같죠."

들레인의 입에 발린 말에 드레이튼의 입이 귀에 걸린 것을 안 시어도시아는 삐딱하게 맞장구를 쳤다.

"시오, 오이와 게살 샌드위치는 더 없나?"

탁자 밑에 밀어넣어 둔 등나무 피크닉 바구니와 아이스박스를 뒤지면서 드레이튼이 물었다.

"아, 아냐, 여기 있군."

그렇게 말하고는 예쁘게 마무리된 작은 샌드위치를 담은 쟁반을 끌어당겼다.

"아까부터 인기가 좋았거든, 게다가……." 그는 망설이다가 처음으로 진심으로 기쁜 얼굴을 했다. "놀라지 마. 롤리 라우더가 서배너에서 왔다는 장인(匠人)을 만났는데, 그 사람이 목재 코니스(처마 돌림띠)를 덧댄 주랑(柱廊) 현관의 분위기를 살리면서 롤리의 자택을 복원할 수 있다고 했다더군."

드레이튼은 나비 넥타이를 고쳐매고 두 사람에게 형식적인 미소를 던지고는, 어서 건축에 대한 이야기꽃을 피우고 싶다는 듯이 순식간에 사라졌다. 시어도시아는 마음 속으로 생각했다. 드레이튼은 정말이지, 끊임없이 허둥거리면서 고뇌하는 「이상한 나라의 앨리스」에 나오는 하얀 토끼 같아.

차와 정원 가꾸기를 빼고, 드레이튼의 삶의 보람은 역사를 보존하는 일이었다. 그는 찰스턴 시내의 배터리 지구에 서 있는 격조높은 오래된 아파트에 사는 친구나 이웃들과 도드라진 줄눈*이나 태비** 벽에 대해 이야기를 나누는 것을 다른 무엇보다 좋아했다. 드레이튼 자신도, 이곳 화이트 포인트 가든에서 몇 블록 정도 떨어진 곳에 있는, 작지만 당시 상태를 충실히 보존한 남북 전쟁 시대의 주택에 살고 있었다.

"저기, 저쪽에 앉아 있는 사람 보여요?"

들레인이 낮은 목소리로 물었다. 보랏빛 눈은 반짝반짝 빛났고, 야무지게 그린 눈썹은 기대감에 차서 치켜올라갔다.

시어도시아는 피처에 차를 다시 채우거나 딸기를 큰 접시에 담는 등 아까부터 무척 바빴다.

"들레인." 유머 감각을 유지하려 애쓰며 말했다. "자기가 알아차리지 못한 것 같아서 하는 말인데, 난 여기에 일하러 왔거든요. 놀러온 게 아니라."

"어머나, 자기, 그렇게 심술맞게 말하지 않아도 되잖아요. 내

---

* 벽돌이나 돌을 쌓을 때, 사이사이에 모르타르 따위를 바르거나 채워 넣는 부분.
** 석회, 자갈, 조개 껍질, 물을 똑같은 비율로 섞은 콘크리트의 일종.

어깨 너머로 잠깐만 넘겨다 봐요. 당신 쪽에서 봐서 왼쪽. 으응, 좀 더 왼쪽. 거기요. 보여요? 저 두 사람이 도 벨베데레와 올리버 딕슨이에요."

"저 사람이 도 벨베데레?" 시어도시아는 엉겁결에 큰소리를 냈다. "어머나, 세상에. 저 아가씨는 아직 스물 다섯 살도 안 되었을 텐데요?"

몇 달 전, 도 벨베데레와 올리버 딕슨의 결혼식은 찰스턴 거리를 온통 떠들썩하게 했다. 두 사람은 빅토리아 왕조 풍의 장려한 켄트셔 저택에서 호화판 결혼식을 올렸다. 마차, 샴페인과 캐비아, 18세기의 프랑스 궁정풍 의상을 입은 악단 등등, 손님들은 그저 황홀하기만 했다. 식이 끝나자 신혼부부는 곧바로 모로코로 3주간의 신혼여행을 떠났기 때문에, 찰스턴 시민들은 「찰스턴 포스트 앤드 쿠리어」지의 사회면을 읽으면서 호화판 결혼식의 요모조모를 상상했을 뿐이었다. 그때 입자가 조악한 흑백사진에서 보았던 것을 빼면, 시어도시아가 행복해 보이는 부부를 두 눈으로 직접 본 것은 처음이었다.

"그녀는 스물 다섯이에요." 들레인이 만족스러운 듯이 말했다. "그리고, 남편인 올리버 딕슨은 예순 여섯 살이죠."

"어머, 그래요?"

"하지만요." 들레인의 이야기는 계속되었다. "올리버 딕슨은 아마도 넘칠 정도로 돈을 갖고 있을 거예요. 저 사람이 이번에 새로운 하이테크 사업에 뛰어들 거라는 기사 읽었어요? 전화를 걸거나 인터넷에도 연결될 수 있는, 휴대형 무선 뭐라는 걸 만드는 회사인 것 같던데. 그래서 도의 남편 후보에 이름을 올렸던 거예요. 그렇게 생각지 않아요?"

"그녀는 남편을 무척 사랑하고 있다고 생각하고 싶네요." 시어도시아는 관대하게 말했다.

들레인은 호기심에 차서 부부를 바라보고 있었다.

"그래요, 하지만 남자는 돈이 있으면 확실히……, 뭐랄까, 분위기가 있다고나 할까요?"

"둘이서 뭘 소근거리고 있어요?"

헤일리가 시어도시아와 들레인의 뒤쪽에 나타나서 물었다. 헤일리 파커는 시어도시아의 가게의 종업원이자 비범한 솜씨를 가진 제빵사였다. 현재 스물네 살. 자칭, 영원한 야학생이자 신랄한 위트의 소유자였다. 또한, 인디고 찻집 귀퉁이의 좁은 주방을, 프로이센군 사령관도 두 손을 들 정도의 정확함과 누구나가 인정하는 위엄을 구사해서 움직임으로써 수많은 단골들을 줄줄이 불러들이는 맛있는 과자를 구워내는 젊은이기도 했다.

밀가루, 설탕, 크림, 달걀은 엄격하게 고르고, 때로는 찰스턴의 야외 시장까지 직접 나가서 최고의 사과, 건포도, 벚나무 벌꿀,

무화과 시럽 등 최고급품만을 지역 생산자들로부터 사들이곤 했다. 지칠 줄 모르고 높은 수준을 추구하는 그 자세는 언제나 보답받았다. 헤일리가 구운 복숭아 타르트나 사과 버터 스콘은 언제나 대인기였다. 공기보다 가벼운 슈에 포피시드(양귀비씨) 크림을 넣은 프로피트롤*은 둘이 먹다 하나 죽어도 모를 정도였다.

"도 벨베데레 이야기를 하고 있었어." 들레인이 조심스럽게 대답했다. "알지, 그녀는 올리버 딕슨하고 막 결혼했잖아?"

헤일리는 눈을 가늘게 뜨고 풍성한 금발 미녀가 있는 쪽을 보았다. 그녀는 즐거운 듯 재잘거리고 있었지만, 그러는 동안에도 계속 이제 갓 남편이 된 남자의 손을 잡고 있었다.

"저 사람이 도 벨베데레예요?" 헤일리가 감탄해서 외쳤다. 눈을 가늘게 뜨고 도를 유심히 관찰했다.

"저 사람에 대한 소문은 많이 들었어요. 그러니까, 그녀는 찰스턴 대학 캠퍼스에서는 거의 전설이거든요. 도 벨베데레는 1년 동안에 대학 축제의 여왕, 댄스 파티의 여왕, 목련의 여왕이라는 세 개의 상을 휩쓸었거든요. 대단한 스타였죠."

"그건 별 거 아냐." 하는 들레인. "3년 전에는 미스 사우스 캐

---

* 슈 반죽을 작고 둥글게 만들어 속에 아이스크림처럼 달콤하거나 짭짤한 혼합물을 채워 전채나 후식으로 이용하는 페이스트리.

롤라이나에 선정됐어."

"미스 옥수나 미스 바닷게를 제치고 말이죠." 헤일리가 짓궂게 웃었다.

"그래." 들레인은 진지한 얼굴로 동의했다.

"제가 기억하기론, 도 벨베데레는 뉴욕에서 모델 제의를 받았다던데요."

"아이린 포드 모델 에이전시야." 들레인이 기쁜 듯이 말했다. "하지만 그녀는 거절했지. 그야말로 그를 위해서 말야."

"요컨대, 올리버 딕슨은 행운의 남자로군요?" 헤일리가 모호한 말투로 말했다.

"올리버는 돈을 잔뜩 갖고 있을 테니까." 남부사람 특유의 느릿한 어조로 들레인이 말했다.

"그렇지 않다면 아치데일 스트리트에 그렇게 훌륭한 집을 갖고 있을 리가 있겠어?" 그녀는 올리버 딕슨의 노란 색 벽돌로 지은 집이 있는 방향을 턱으로 가리켰다. "티모시 네빌도, 올리버 딕슨이 자기 집보다도 큰 집을 사들이고 커다란 별채까지 지은 걸 보고는 질투 좀 했을 걸."

헤일리가 도와 올리버를 곁눈질했다. "저 사람들, 아이를 낳을 생각일까요?"

"헤일리!" 시어도시아가 나무랐다.

"어머나, 약간 흥미가 있을 뿐이에요."

짓궂은 눈으로 헤일리는 어깨를 으쓱했다.

"기품 있는 아가씨가 다른 사람 앞에서 그런 말을 하다니."

시어도시아가 놀리자 헤일리의 주근깨투성이 뺨이 붉어졌다.

"제가 기품 있다고, 누가 그래요?"

"자기 어머니가."

"아." 순간 헤일리의 눈에 눈물이 솟았다. 그녀의 어머니는 불과 2년 전에 돌아가셨던 것이다. "그래요. 전 가끔씩……." 헤일리는 적당한 말을 찾아 머뭇거렸다.

"너무 거침없이 말을 해버리는……."

"우린 지금 이대로의 자기를 정말 좋아해."

시어도시아가 헤일리의 호리호리한 어깨에 팔을 둘렀다. 시어도시아도 서른 여섯으로 아직 젊지만, 이 어린 종업원에 대해서는 가끔씩 보호본능이 생기곤 했다. 헤일리는 제대로 계획도 세우지 않고 돌진하는 경향이 있었다. 대학 전공을 벌써 세 번이나 바꾼 것이 좋은 증거였다.

"나랑 같이 가." 들레인이 열심히 권했다. "소개해 줄게. 「찰스턴 포스트 앤드 쿠리어」 지의 사진기자가 어슬렁거리고 있으니까 어쩌면 함께 사진을 찍어줄지도 모르잖아." 그렇게 말하며 헤일리의 손을 잡았다.

"좋아요." 헤일리가 동의하고는 들레인과 나란히 사라졌다.

자, 난 여기서 이렇게 노닥거리고 있으면 안되지. 시어도시아
는 생각했다. 그녀가 자그마한, 가장자리를 도려낸 샌드위치를
담아 들고 인파를 향해 걸어가려는 순간, 남자의 목소리가 그녀
를 불러세웠다.

"저기요, 마담."

빙글 뒤로 돌았더니 결국은 해변을 굽어보는 모양이 되었다.
종업원 가운데 한 명으로, 아까 의자를 놓는 것을 도와줬던 까만
곱슬머리 청년이 접이식 탁자와 씨름을 하고 있었다. 탁자 한쪽
다리가 뭔가에 걸려 있는 듯했다.

"혹시 있을까요?" 젊은이는 못마땅한 듯이 탁자를 걷어찼다.
"…… 이런 천 한 장요."

시어도시아는 쟁반을 내려놓고, 그가 있는 쪽으로 몇 발짝 다
가갔다. "당신이 말하는 건 식탁보인가요?"

"예." 그는 이마를 팔로 훔쳤다. "여기에 트로피 따위를 놓아
야 하거든요."

시어도시아는 등나무 피크닉 바구니로 돌아가 출장연회 도구
한 벌과 함께 넣어둔 여벌 식탁보를 재빨리 집어들었다.

기슭으로 천천히 돌아왔더니, 그 종업원은 모래와 이끼투성이
인 땅에 그럭저럭 탁자를 세우고 있었다.

"이거면 될 거예요."

바람의 힘을 빌려서 하얀 리넨 식탁보를 크게 펼쳤다. 식탁보는 금속제 탁자에 사뿐히 춤추면서 덮였다.

"날이 따뜻하네요." 시어도시아가 말을 걸었다. "아이스티라도 한 잔 할래요? 미스터……"

"빌리입니다. 빌리 매놀로. 저 요트 클럽에서 일하고 있죠."

그는 해안선을 따라 아스라이 보이는 몇 개의 돛대가 위아래로 흔들리고 있는 부근을 가리켰다.

"사양하겠습니다. 아직 해야 할 일이 많아서요."

그리고는 성큼성큼 걸어 사라졌다.

샌드위치를 담은 쟁반을 다시 들고서 시어도시아는 손님들 사이를 돌아다녔다.

날씨는 최고였고, 게다가 화이트 포인트 가든은 일년 중 이맘때가 가장 아름다웠다. 목련, 배롱나무, 베고니아 꽃이 흐드러지게 피어나고, 종려나무는 대서양에서 불어오는 따뜻한 미풍을 맞으며 우아하게 흔들리고 있었다.

찰스턴이 아직 찰스 타운으로 불리던 시절, 이곳에서는 얼기설기 만들어진 교수대에서 해적들이 교수형을 당하고 수많은 전투가 벌어졌었다. 그러나 오늘날에는 몇 백 쌍의 커플이 결혼식을 올리고, 몇 천 명이나 되는 사람들이 마음을 풍요롭게 해주는 평온한 땅을 산책하기 위해 찾아오는 곳이 되었다.

"바다가 보이는 이 왕국." 에드거 앨런 포의 시 「애너벨 리」의 유명한 한 구절이 머릿속에 떠올라 문득 소리내어 읊었다. 그것은 찰스턴의 마을을 적확하게, 그리고 낭만적으로 묘사한 한 구절이었다. 왜냐하면, 찰스턴은 그야말로 왕국이기 때문이었다. 하늘을 찌르는 듯한 교회의 첨탑이나 작은 탑의 수는 180여 개. 화이트 포인트 가든 건너편에 있는 배터리 지구에는 그야말로 거대하고 웅장한 저택들이 줄줄이, 우아하게 어깨를 맞대고 몰려 있었다.

모든 집들은 마치 웨딩 케이크처럼 코니스, 베란다, 격자 세공, 꼭대기 장식 등으로 덮여 있거나 장식되어 있었다. 벽은 대부분 연어살 색, 설화석고같은 하얀 색, 연푸른 색 등 낭만적인 프랑스풍 배색으로 칠해져 있었다. 게다가 그들 저택의 뒤쪽으로는 스물 세 블록에 이르는 역사적인 주택과 가게가 태피스트리처럼 촘촘하게 늘어서 있고, 둥근 돌이 깔린 길, 연철로 된 문, 숨어 있는 정원이 갖춰진 찰스턴의 건축물 보호지구를 형성하고 있었다.

"혹시, 찻집 주인 분 아니신지요?"

풍부한 바리톤의 목소리가 시어도시아의 백일몽을 방해했다.

미소를 지으며 돌아보니 매끈한 올리브색 피부에 박힌 날카로운 진갈색 눈이 있었다. 말끔히 다듬은 콧수염이 육감적인 입술 위에 펼쳐져 있었다.

"누구신지요?"

말한 순간, 문득 딱딱한 말투가 되어 버렸음을 알아차렸다.

그러나 남자는 조금도 싫은 기색 없이, 레트 버틀러로 착각할 만큼 정중한 몸짓으로 쓰고 있던 파나마 모자를 벗었다.

"조반니 로드라고 하는 놈입니다, 마담."

그 이름이 희미하게 귀에 익어서 눈앞의 특이한 남자의 얼굴을 뚫어지게 쳐다보자, 그는 미소를 되돌리며 황급히 블레이저의 주머니에서 명함을 꺼냈다.

시어도시아는 명함을 받아들고 가느다란 필기체 문자를 들여다보았다.

"로드 골동품 가게. 아아, 그렇군요." 마침내 깨달았다. "킹 스트리트에 있는 가게요."

"골동지구에 있죠." 조반니 로드가 거들었다.

"드레이튼 코널리가 당신 가게를 대단히 칭찬했었어요." 시어도시아는 진심으로 그렇게 말했다. "18세기와 19세기의 유화 수집품은 찰스턴에서 유일하다면서요. 멋진 에스테이트 주얼리*도

* 유산 등으로 상속받은 골동품 보석류.

있구요. 언제 한 번 찾아뵈려고 생각하고 있었지만, 좀처럼 시간이 나질 않아서요." 시어도시아는 안타깝다는 듯이 말했다. "한쪽 벽이 비어 있는데……."

"거기에 꼭 멋진 그림을 걸고 싶으시다?" 조반니 로드가 뒷말을 가로챘다.

"그래요."

"그렇다면 마담, 반드시 시간을 내셔야겠군요." 조반니가 설득에 돌입했다. "아니면, 저희 가게 옆에 찻집 2호점을 여시면 어떨까요? 그렇게 하신다면 대환영입니다."

"아직 1호점도 자리를 잡았다고 할 수 없는 걸요. 하지만 생각만 해도 가슴이 설레네요." 시어도시아는 이 생기있고 약간 괴짜인 청년이 마음이 들어 미소를 지었지만, 문득 보니 그는 딕슨 부부 쪽을 응시하고 있었다.

"제 사촌입니다." 조반니 로드는 변명했다. "신랑이요."

"올리버 딕슨이 당신의 사촌이라구요?"

"정확히 말하면 재종형제입니다. 올리버와 저희 어머니가 사촌간이죠."

시어도시아는 미소를 잃지는 않았지만, 눈앞이 아득해져옴을 느꼈다. 찰스턴, 특히 역사지구에서는, 가끔씩 주민들 모두가 한 핏줄이 아닐까 하는 생각이 들곤 했다. 여기 사람들은 재종형제라든지, 고조부모라든지, 대고모 등등 거미줄처럼 복잡하게 엮인 관계를 글자 그대로 몇 시간에 걸쳐 설명해대곤 했으니까.

고맙게도 조반니 로드는 자신의 가계에 대해 구구절절 설명하지 않았다. 대신에 그는 샌드위치를 담은 쟁반을 시어도시아의 손에서 부드럽게 빼앗아 들었다.

"제가 날라다 드리죠." 그가 눈을 반짝반짝 빛내면서 말했다. "그밖에도 나를 것들이 있을 테니까요." 조반니는 즉석 웨이터가 되어 인파 속으로 사라졌다.

시어도시아는 놀란 나머지, 그 자리에 못박힌 듯이 서서 그의 뒤에서 눈을 깜빡이고 있었다.

"뭘 그렇게 당황해 하고 있어?" 귓가에서 드레이튼의 목소리가 들렸다. 돌아보니, 한 손에 빈 피처 두 개, 다른 한 손에 달랑 하나 남은 샌드위치를 담은 쟁반을 든 드레이튼이 서 있었다. 그는 의아한 듯이 그녀를 보고 있다.

"예전에 골동품 가게의 조반니 로드 이야기를 했었죠?" 시어도시아는 조반니의 뒷모습을 가리켰다. "그가 도와주겠다고 했어요. 도와주겠다는 말을 한 건 저 사람이 처음이에요."

드레이튼은 인파 사이로 눈길을 주었다.

"그건 참 희한한 일인데. 애틀랜타의 질병대책센터가 사우스캐롤라이나 주민은 미국 내에서 가장 엉덩이가 무거운 라이프 스타일을 갖고 있다고 평가했다는 건 알고 있어?"

"저기요." 헤일리가 돌아왔다. "저도 슬슬 엉덩이가 무거운 라이프 스타일을 실행하고 싶은데요. 다리는 천근만근이고, 올해 처음으로 화상도 입은 것 같다구요. 하지만 그 전에 이것만은 가르쳐줘요. 아까의 귀여운 남자는 누구예요?"

"조반니 로드야." 시어도시아가 대답했다. "킹 스트리트에서 골동품 가게를 하고 있어."

그들은 조반니가 인파 속을 조심스레 걸으면서 샌드위치를 나눠주고, 손님들과 즐거운 듯이 담소하고 있는 것을 지켜보았다.

"호감이 가는 녀석이로군, 그렇지 않아?" 드레이튼이 말했다.

조반니는 이리저리 돌아다니다가 마침내 딕슨 부부의 탁자에 이르자 모든 사람에게 샌드위치를 권하면서 한 바퀴 돌았다. 들레인은 여전히 그 탁자에 들러붙어 있었다.

그때 갑자기, 불타는 듯한 빨간 머리 남자가 어깨를 치켜세우면서 뒤쪽에서 다가왔다. 거리가 너무 멀어서 시어도시아도, 드레이튼도, 헤일리도, 무슨 말을 하고 있는지까지는 들을 수 없었지만, 빨간 머리 남자가 화를 내고 있는 것은 불을 보듯 명확했다. 단지 화를 내고 있는 것이 아니라 노발대발하고 있었다. 올리버 딕슨이 돌아보고 그를 정면으로 마주보나 했더니, 두 사람은 격렬하게 말다툼을 시작했다. 구경꾼들이 웅성거렸다.

"저 빨간 머리 남자요." 헤일리가 입을 열었다. "무슨 일이 있는 걸까요?"

"글쎄." 하는 시어도시아.

"저 남자를 알고 있어?" 드레이튼은 그렇게 말하고는 입술을 오므리고, 갈수록 말다툼의 강도를 높여가는 두 남자를 호기심 어린 눈으로 바라보았다.

"포드 캔트렐이에요." 시어도시아가 대답했다. 그를 알고 있었다, 아니, 적어도 그에 대해서는 알고 있었다. 포드 캔트렐은 찰스턴의 바로 남쪽에 있는, 숲과 오래된 쌀농장과 소택지가 펼쳐진 로 컨트리 출신이었다. 그 자신은 소작농이지만, 조상은 대지주였다.

"술을 마신 것 같은데." 드레이튼의 어조는 비난조를 띠고 있었다. "애프터눈 티 시간*에 술에 취한 놈을 본 적이 있어?"

시어도시아는 머리 끝까지 피가 치솟아 손가락을 자꾸 흔들어대는 포드 캔트렐에게 다시금 시선을 돌렸다. 그는 한 손을 앞으로 내밀고 올리버 딕슨에게 뭐라고 올리대고 있있다. 그러나가 상대를 난폭하게 밀쳐내고 성큼성큼 걸어 사라졌다.

---

* 오후 3~4시에 차마시는 휴식 시간을 일반적으로 일컫는 말. 주부들은 손님을 초대하기도 하며 테이블 세팅과 과자 선택에도 특별히 주의를 기울인다. 스콘과 샌드위치, 타르트, 초콜릿 등 간식과 함께 마시는 것이 일반적이다.

"예에." 시어도시아는 그제서야 대답했다. "본 적은 있어요."

그때 해변 가까이에 모여 있던 구경꾼들의 작은 무리로부터 또 다른 흥분한 목소리가 퍼졌다.

"온다!"

2백 명이나 되는 구경꾼이 한꺼번에 의자에서 일어나서 앞을 다투어 바다 쪽으로 우르르 몰려갔다.

아니, 시어도시아는 생각했다. 2백 명이 아니라 199명이야. 포드 캔트렐만은 완전히 반대방향으로 걸어가고 있으니까. 그는 남북전쟁 시대의 대포가 늘어서 있는 부근에서 방향을 바꾸어 야외 무대 쪽으로 걸어서 사라졌다. 포드 캔트렐의 발걸음은 비틀거리지 않고 꼿꼿했지만, 목 뒤쪽은 시뻘겋게 달아올라 있었다. 그건 햇빛을 너무 많이 받아서 탄 것이 아니라 술을 너무 마셔서 달아오른 것이었다.

저토록 온화해 보이는 올리버 딕슨이 왜 포드 캔트렐과 말다툼 따위를 한 걸까? 게다가, 여차하면 주먹다짐으로 발전하기라도 할 듯한 말다툼이었다. 저 두 사람은 왜 그리 화를 냈던 걸까?

"시어도시아, 여기, 여기예요." 헤일리가 불렀다. "요트가 최종 마커에 접근했어요!"

시어도시아는 포드 캔트렐을 머릿속에서 몰아내고 찰스턴 항구로 주의를 돌렸다. 여섯 척의 요트가 다른 집단을 압도적으로 따돌리고, 넘실대는 파도에 심하게 앞뒤로 흔들리는 두 개의 빨간 부표에 접근하고 있었다.

저기 어딘가에서 조리 데이비스가 자신의 J-24급 요트의 스키퍼*를 하고 있을까, 하고 시어도시아는 마음 속으로 생각했다. 조리는 시어도시아의 아버지가 일하던 「리제트 흄 하트웰」이라는 오래된 법률사무소의 변호사로, 요 몇 달 동안 가끔씩 데이트를 하는 사이였다. 그의 요트인 루비콘 호가 결승선을 다투는 저 무리에 있기를, 하고 기도했다.

시어도시아는 떨어진 냅킨과 식기류를 집어들어 모으면서 신록이 눈부신 잔디밭을 걸어갔다. 마침내 인파 속에 도착했을 때는 1989년의 허리케인 휴고로 피해를 입은 낡은 방파제의 잔해 부근은 이미 구경꾼들이 무리를 이루고 있었다. 그들은 요트가 애슐리 강과 쿠퍼 강이 합류하는 지점의 강한 역류를 거슬러 올라가는 모습에 휘파람을 불거나 탄성을 보내고 있었다.

시어도시아는 가늘고 긴 뷔페 탁자에 어질러져 있는 대여섯 개의 빈 접시를 치우고 다시 한 번 요트 쪽을 보았다. 아마도 곧 끝나겠지만, 이 레이스가 끝나면 사람들은 차가운 맥주와 매기 튀

---

* 요트에서 주정(舟艇)의 지휘자. 키잡이는 칵슨, 일반 주정원(舟艇員)은 크루라고 부른다.

김, 게살 스프 따위를 먹기 위해 「찰스턴 요트 클럽」으로 이동해 가겠지. 그 중에는 역사지구에 있는 개인 저택의 중정에 틀어박혀 민트 줄렙*을 한 잔 하고, 그 뒤에는 본 차이나 접시에 아름답게 담긴 디너를 즐기는 사람도 있으리라. 아무튼, 그녀의 일은 이제 거의 끝난 셈이었다.

"올리버, 여길세!"

몸에 너무 꼭 끼는, 금몰**로 장식된 하얀 블레이저 코트를 입은 백발의 잰 체 하는 남자가 올리버 딕슨을 향해 거리낌없이 손신호를 했다. 남자는 안고 있던 나무 상자를 조심조심 들어 아까 빌리 매놀로가 해안에 설치한 탁자 위에 놓았다. 그리고 다시 올리버 딕슨에게 손신호를 했다. "빨리, 올리버!" 하고 독촉했다.

시어도시아는 정돈하던 손을 멈추고, 이상하게 흥분한 모습의 요트 클럽 회장이 무척 소중한 듯이 자단(紫檀)으로 만든 작은 상자를 들어올려 안에서 권총을 신중하게 꺼내는 것을 바라보았다. 오래된 것이네, 그녀는 생각했다. 햇빛을 받아 빛나는 놋쇠 부속품과 완만하게 굽은 긴 총신을 가진 골동품 총이었다. 와아, 멋져. 올리버 딕슨이 결승선의 심판을 보는 명예를 얻었군.

---

* 위스키에 설탕, 박하 등을 넣은 청량 음료.
** 금으로 도금한 장식용의 가느다란 줄. 또는 금실을 꼬아서 만든 끈.

이미 모든 요트가 마커를 돌았고, 두 척의 요트가 다른 배들을 크게 따돌리고 선두로 치고나갔다. 그 중의 한 척이 올린 하얀 깃발에는 「토퍼」라고 씌어 있었다. 다른 한 척은 N-271이라는 숫자가 들어간, 파랑과 하얀 색 줄무늬 깃발을 달고 있었다. 둘은 나란히 결승선의 부표로 돌진하고 있었다.

관객들 사이에서 더욱 커다란 환호성이 터졌다. 바람의 힘을 받아 두 배는 아슬아슬하게 결승선을 다투고 있었다.

시어도시아의 왼쪽으로 10미터쯤 떨어진 곳에서 올리버 딕슨이 바위투성이 해안에 자리를 잡고 서 있었다. 멋진 은발이 바람에 휘날리고, 눈은 파랑과 하얀 줄무늬 깃발의 요트 N-271을 지그시 바라보고 있었다. 그 요트는 토퍼보다 불과 한 발짝 앞서면서 파도 위를 미끄러지듯이 달려왔다.

이제는 해안에 모여 있는 모든 사람의 눈에, 요트를 섬세하게 조작하는 크루의 모습이 보이기 시작했다. 체중을 이용해서 요트의 균형을 잡기 위해 옆구리에서 몸을 내밀고 있었다.

선두에 있는 두 척의 배는 골 라인 가까이까지 접근했고, 그 지점에서도 파랑과 하얀 줄무늬 요트 N-271이 여전히 약간 앞서고 있었다. 이제 눈 앞까지 와 있는 덕분에 시어도시아도 크루의 얼굴이 차츰 일그러져 가는 모습도, 피로와 흥분이 묘하게 뒤섞인 모습도 손에 잡힐 듯 볼 수 있었다.

올리버 딕슨은 우승 팀이 결승선을 통과함과 동시에 총을 쏠
수 있도록 준비하고 있었다.

시어도시아가 은제 피처를 손에 들고, 내용물을 버리려던 바로
그 순간이었다. 골인을 알리는 총성이 엄청난 폭발음이 되어 울
려퍼졌다.

그리고는 누군가 플러그를 잡아빼기라도 한 듯, 갑자기 구경꾼
들이 쥐죽은 듯 잠잠해졌다.

이윽고 비통한 절규가 고요를 잡아찢었다. 처음에는 흐느껴 우
는 것이었던 도 벨베데레 딕슨의 목소리는, 올리버 딕슨의 머리
에서 피가 흘러나오는 순간 소리가 커지더니 공포의 비명소리로
바뀌었다. 결혼한 지 9주밖에 되지 않은 남편의 몸이 힘없이 땅
에 쓰러지는 것을, 그녀는 하릴 없이 지켜보았다.

02

드레이튼이 비틀거리는 걸음으로 시어도시아에게 걸어와 팔
을 난폭하게 붙잡았다.

"아무도 어떻게 해보려 하지 않아!" 억누른 목소리로 말했다.

주위를 둘러보자 현장의 참상이 서서히 뚜렷해졌다. 드레이튼의 말대로였다. 모두들 망연자실해서 가만히 서 있었다. 아까까지 그토록 소란스러웠던 구경꾼들도 그 자리에 얼어붙어 버린 듯했다. 그들 대부분은 큰 대 자로 벌렁 누워 있는 올리버 딕슨을 그저 바라만 보고 있었다. 얼굴을 찌푸리거나 눈을 가리고 있는 사람도 있었다.

시어도시아는 시선의 끄트머리에 한 여자가 땅에 쓰러져 있는 것을 보았다. 젊은 아내 도가 정신을 잃은 건지도 모른다는 생각이 머릿속에 떠올랐고, 그 뒤 그 예감이 맞았음이 판명되었다.

마침내 목소리가 나왔다. "누가, 구급차를 불러요!" 그녀는 소리쳤다. 그 소리는 무척 크고 위엄이 있었다.

조반니 로드가 어느 틈엔가 그녀의 옆으로 와서 미친 듯이 휴대전화 버튼을 누르고 있었다. 그는 교환에게 화이트 포인트 가든으로 구급차와 의료팀을 당장 보내달라고 절박하게 고함을 질렀다.

절망에 차서, 그것이 무엇이든, 뭔가 해야 한다는 생각에 시어도시아는 쓰러져 있는 올리버 딕슨에게 달려들었다. 은발에 점점이 피가 튀어 있는 것을 보자 엉겁결에 몸이 움츠러들었다. 불운한 그는 머리부터 탁자에 쓰러지고는 그대로 주르륵 미끄러져 내린 것이었다. 심지어, 머리는 모래사장에 놓여 있지만 하반신 일부는 물에 잠겨 있었다. 바닷물이 끊임없이 밀려왔고, 그의 몸은 파도 속에서 부드럽게 앞뒤로 흔들리고 있었다.

몇 초 후, 시어도시아는 다시 침착해졌다. 허리를 굽히고 올리버 딕슨의 목에 집게 손가락과 가운데 손가락을 살짝 댔다. 반응이 없었다. 맥박 없음, 호흡 없음.

"구급차가 오는 중입니다. 그밖에 할 수 있는 일은요?"

조반니 로드가 다시 그녀의 옆에 와 있었다. 숨을 헐떡이고, 얼굴은 창백하고, 당장이라도 과호흡을 일으킬 듯한 모습이었다.

"없어요." 시어도시아가 치명상을 입은 올리버 딕슨의 머리에 난 선홍색 얼룩을 지그시 바라보면서 대답했다. "유감스럽지만, 우리가 할 수 있는 일은 아무 것도 없어요."

영원이라고 여겨질 만큼 긴 시간이 지난 뒤 – 드레이튼의 골동품 피아제 시계에 따르면 실제로는 3분이었지만 – 몇 블록 떨어진 곳에서 구급차의 날카로운 사이렌이 울려퍼졌다.

"시어도시아, 이쪽으로."

"예?" 시어도시아는 주름진 드레이튼의 얼굴을 올려다보았다. 그는 배신당한 블러드하운드 견처럼 슬픈 표정을 짓고 있었다.

"저 사람들이 처치하는 데에 방해가 되지 않게 이리 와." 하고 재촉했다.

갑자기 시어도시아는 발이 차갑다는 것을 느꼈고, 긴 실크 치마가 흠뻑 젖어서 볼썽사나운 모습임을 깨달았다. 드레이튼이 그녀를 올리버 딕슨한테서 떼어냄과 동시에 구급대원 일행이 그를 밀어제치고 탁자를 걷어차서 길을 열었다. 하얀 모포가 펼쳐지고, 금속 들것이 바위에 부딪쳐 내는 소리가 들려왔다. 마찰음에 문득 소름이 돋았다.

드레이튼은 시어도시아를 의자가 있는 곳까지 데려가서 억지로 앉혔다. 불과 몇 분 전까지만 해도 사람들은 여기에 태평스럽게 앉아서 아이스티와 오르되브르(전채) ― 내가 준비한 아이스티와 오르되브르! ― 를 즐기고 있었는데. 구경꾼들이 각자 이리저리 흩어지기 시작했다. 모두들 소리를 죽여 이야기를 나누고 있지만, 여전히 누구도 어찌 해야 좋을지 모르는 것 같았다.

들레인이 어디선가 나타나서 시어도시아의 맞은편 의자에 쓰러지듯이 앉았다. 이를 딱딱 떨고, 머리카락은 흐트러져 덩굴손마냥 아무렇게나 뻗쳐 있었다. 그녀가 접시처럼 커다란 눈으로 쳐다보았다. "맙소사." 하고 신음했다. "저 사람 얼굴 봤어요?"

"쉿." 드레이튼이 나무랐다. "물론, 시어도시아도 봤구말구요. 우리 모두가 봤어요."

시어도시아는 들레인에게서 눈을 돌려 올리버 딕슨이 여전히 쓰러져 있는 바위투성이 해변을 보았다. 요란하게 도착한 응급 의료진은 밝은 청색 제복 덕분인지 그야말로 프로답게 척척 움직이는 것 같았다. 그들은 산소통, 휴대형 세동제거기, 점적장치, 생리 식염수 주머니를 갖고 왔다. 올리버 딕슨에게 응급 처지를 한창 하고 있지만, 그들이 갖고온 장비와 장치 중에 어떤 기적을 일으킬 수 있는 건 없다는 것을 시어도시아는 알고 있었다. 상황은 이미 완전히 그들의 손을 떠났다. 올리버 딕슨은 이미 창조주가 계시는 곳으로 떠나버렸다.

구급대원의 뒤를 쫓듯이 찰스턴 경찰도 도착했다. 타이어가 날카로운 소리를 내면서 연석을 뛰어올라 부드러운 잔디밭을 밟고 타이어 자국을 남겼다. 여기저기서 잔디와 갓 피어난 꽃들이 무참히 짓밟혔다.

시어도시아는 머리를 두 손으로 감싸고 경찰이 질문을 시작했기 때문에 발생한 낮은 웅성거림을 듣지 않으려 애썼다. 눈꺼풀을 세게 문지르며, 여전히 올리버 딕슨 옆에서 진행중인 소란으로 눈길을 돌렸다. 허스키한 목소리의 구급대원이 불쌍한 올리버의 목에 관을 삽입하고는 비닐 주머니에서 힘차게 공기를 흘려넣고 있었다.

한눈에 경찰임을 알 수 있는 두 사람이 구경꾼의 무리에서 떨어져서 구급대원들에게 다가왔다.

시어도시아는 해수면이 되쏘는 눈부신 햇살에 눈을 가늘게 뜨고 구급대원과 경찰 사이에서 어떤 이야기가 오가는지를 알아내려 했다. 경찰 한 명이 옆으로 돌았을 때, 그 뚱뚱한 윤곽이 누구인지 알아차리고는 깜짝 놀랐다.

버트 티드웰 형사였다.

시어도시아는 한숨을 쉬었다. 티드웰 형사는 찰스턴 경찰에서도 가장 거만하고 까칠한 형사 가운데 하나라고 말할 수 있다. 그를 처음 만난 건 지난 해 가을, 「램프라이터 투어」에 왔던 손님이 독살당했을 때였다. 그는 사건의 담당형사였는데 질문이 두리뭉실하고 참으로 무례한 사람이었다.

그러나 한편으로 티드웰은 민완 형사이기도 했다. 비유한다면, 경찰계의 타이거 우즈랄까.

티드웰이 현장을 지휘하는 모습을 시어도시아는 가만히 지켜보고 있었다. 풍채좋은 몸은 주위를 압도할 정도로 크고, 그 태도는 그곳을 맡아서 처리하고 있다기보다는 으시대고 있는 쪽에 가까웠다. 마침내 구급대원들은 자신들의 영웅적인 행위가 시간 낭비였다는 현실을 받아들이고 작업을 멈추고 물러섰다. 이제 쇼의 주역은 더이상 그들이 아니었다. 티드웰이 나설 차례였다.

시어도시아는 참을 수 없을 지경이 되었다.

"그 사람을 어디로 데려갈 예정인가요?"

시어도시아는 티드웰 형사의 트위드 재킷 소매를 잡아당겼다.

이 화창한 봄날, 덥기까지 한 날에 울로 된 양복을 입다니 참으로 티드웰다웠다. 바꿔 말하면, 그는 패션에는 전혀 관심이 없는 것이었다. 그에게는 취미다운 취미가 없었다. 그의 관심을 끄는 것은 오직 두 가지, 즉 범죄와 먹는 것뿐이었다. 순서는 반드시 그렇지는 않았지만.

티드웰의 총알 모양 머리가 넓은 어깨 위에서 빙 돌아가 시어도시아를 정면에서 응시하게 되었다. 아랫입술은 축 늘어져 있고, 아무렇게나 자란 눈썹은 거만한 송충이처럼 반구형의 이마에 뻗쳐 있었다. 날카로운 지성을 반영하는 빈틈없는 촉촉하고 반쯤 뜬 눈만이 시어도시아의 존재를 알아차렸음을 보여주고 있었다.

"당신이었군요." 그는 으르렁대는 듯한 목소리로 그렇게 말했을 뿐이었다.

"거기 계신 분, 뒤로 물러나 주십시오."

댄디라고 적힌 명찰을 단 제복 경찰이 시어도시아의 팔꿈치를 붙잡아 뒤로 물러나도록 힘을 주었다. 그러나, 티드웰이 험악한 눈으로 노려보자 이내 움직임을 멈추었다.

"그 여자분한테서 손을 떼게."

티드웰이 으르렁댔다. 그의 목소리는 부풀어오른 하복부에서 보일러라도 가동하는 듯한 소리가 되어 울려퍼졌다.

댄디 경찰은 놀라서 시어도시아의 팔에서 손을 떼고 뒤로 물러났다. 그리고 "예, 알겠습니다." 하고 예의바르게 덧붙였다.

티드웰은 시어도시아를 힐끔힐끔 바라보았다. 치마와 샌들이 젖어 있는 것에 눈길을 멈추고 그녀가 명백하게 충격을 받은 모습 등을 마음 속에 메모했다. "뭐, 병원은 아니겠죠." 형사는 불쑥 한 마디하고, 구급대원 하나가 올리버 딕슨의 몸에 시트를 씌우기 시작하는 것을 지켜보고 있었다. "저 사람은 거의 틀림없이 죽었습니다."

시어도시아는 다시 한 번 진흙과 핏자국을 응시했다. 그리고는 아까는 눈치채지 못했던 것에 시선을 옮겼다. 산산조각난 권총 파편이 사방에 흩어져 있었다. 올록볼록하게 엠보싱 가공을 한 손잡이가 두 사람이 있는 곳에서 몇 미터 앞의 젖은 모래에 떨어져 있었다. 뒤틀린 회색 금속조각이 가까운 바위 틈바구니에 박혀 있었다.

"하지만, 그건 당신도 아실텐데요, 아닙니까?" 티드웰은 빙글거리며 그녀를 바라보았다. "구급대원이 도착했을 때 현장에 있었던 것은 당신이라고 하더군요. 당신이 맨 먼저 피해자에게 달려들었습니까?" 티드웰이라는 사람은 질문을 사실의 설명으로 대치해버리는, 열받게 하기 작전의 대가였다.

"예에, 그럴 거예요." 시어도시아는 대답했다. 거기서 문득, 어쩌면 자신은 가벼운 쇼크 상태일지도 모른다고 생각했다. 눈앞에서 사람이 죽는 일이 그리 흔한 일은 아니니까.

"불운한 딕슨씨는 권총이 폭발함과 동시에 죽었다고 해도 지장이 없겠죠." 그렇게 말하고 티드웰은 찰스턴 항구로 눈길을 향했다. 멀리 있는 해안에서 뭔가를 찾고 있는 듯한 눈이다. "정말이지 문제라니까요. 이런 낡은 권총은." 하고 중얼거렸다. "몇 년동안이나, 아니, 이 경우는 몇 십 년이나, 라고 해야겠죠? 문제없이 작동했었는데, 어느 날 갑자기…… 빵!" 티드웰의 두 손은 운명의 장난이라고 말하려는 듯이 허공으로 올라갔다.

"여기 있습니다." 댄디 경찰은 티드웰에게 라텍스 장갑을 내밀었다.

티드웰은 묵묵히 그것을 받아들고, 고무로 만든 꽉 끼는 장갑을 부풀어오른 손에 끼었다. 그리고 허리를 굽히고 총의 잔해를 주워모으기 시작했다.

그 모습을 보고 있는 동안에 평소에는 주름 한 점 없는 시어도시아의 이마에 갑자기 주름이 잡히고 찌푸린 얼굴이 되었다. "그 파편을 탄도학 전문가에게 조사하게 하는 거죠?"

버트 티드웰의 반쯤 뜬 눈이 마치 먹이를 노리는 파충류처럼 천천히 닫혔다가 열렸다.

티드웰은 비닐 주머니에 권총 파편을 두어 개 넣고는, 그 임무를 옆에서 대기하고 있던 댄디에게 넘겼다. 그리고 커다란 손으로 시어도시아의 팔꿈치를 붙잡고 잡아당기려 했다. 시어도시아는 팔에 실린 힘과 발치의 작고 하얀 조개 껍데기가 밟혀 부서지는 소리를 의식했다. 또한, 자신을 바라보는 2백 여 쌍의 눈을.

해변과 올리버 딕슨의 사체에서 족히 마흔 발짝 떨어지자, 두 사람은 커다란 떡갈나무 아래서 걸음을 멈추고 마주보았다. 머리 위에서 소나무 겨우살이가 레이스로 만든 회녹색 휘장처럼 흔들리고 있었다. 만(灣)에서 불어온 따뜻하고 노곤한 바람이 얼굴을 어루만져, 시어도시아는 지금이 아직 일요일 오후임을 떠올렸다. 그러나 이젠, 참으로 멋진 하루라고는 생각할 수 없었다.

"가르쳐주시죠." 티드웰이 그녀를 힐끗 보았다. "당신은 언제나 그렇게 의혹과 회의감을 적나라하게 드러내십니까?"

"그럴 리가 있나요." 시어도시아는 정색을 하고 말을 되돌렸다. 정말이지, 곧바로 이렇게 된다니까. 버트 티드웰이라는 사람은 이 지구상에 살았던 별종인간 중에서도 최고로 집요하고 이해심이 없음에 틀림없어.

지난 해 10월의 「램프라이터 투어」 사건 때에도 티드웰 형사는 몇 주 동안이나 혐의를 씌워 관계자를 바늘방석에 앉히고, 헤일리의 친구이자 가끔 가게를 도와주던 베서니 셰퍼드를 의심하며 못살게 굴었다. 물론, 시어도시아가 그런 무서운 범행을 저지른 사람이 베서니가 아님을 밝혀낸 뒤에도 티드웰은 일체 사과하지 않았다.

에이비스 멜번 저택의 정원에서 사람이 죽었을 때에도 역시 사고사로 보였어. 그 사건을 통해서 시어도시아는 몇 가지 의심스러운 점은 기억하고 좀더 경계심을 갖는 법을 배웠다.

게다가 티드웰은 화나게 하는 원인이 되기도 하고, 아군이 되기도 한다. 오늘은 어떤 면을 보여줄까, 시어도시아는 아직 확신을 갖고 있지 못했다. 던져올린 동전은 아직 떨어지지 않았다.

"브라우닝양." 티드웰이 입을 열었다. "이미 요트 클럽의 위원 중 한 명으로부터 이야기를 들었습니다. 고명한 변호사이기도 한 그는 이것은 단순히 불행한 사고에 지나지 않는다는 의견을 피력했습니다."

"그 사람은, 저 권총이 평소에는 어디에 보관되어 있는지 말했나요?"

"요트 클럽이 아닐까 추정하고 있습니다." 티드웰이 대답했다. 그 미소짓는 얼굴은 심술사나운 어른이 아이에게 많이 보이곤 하는 것과 비슷했다. "확실하게 자물쇠를 채워둘 수 있는 곳에요."

"어느 쪽 클럽요?" 시어도시아가 물었다.

날카로운 숨을 삼키는 소리가 나고 티드웰이 머뭇거렸다.

뭐야, 시어도시아는 마음 속으로 생각했다. 모르고 있잖아.

"요트 클럽은 두 개 있어요."

시어도시아는 가르쳐주었다. 그리고 잠시 우물쭈물하다가 말을 이었다.

"게다가 라이벌 관계예요."

03

주전자가 날카로운 소리를 내면서 훈기를 뿜어올리고, 갓 끓인 차의 향기가 주위에 떠돌았다. 그윽한 과일 향이 나는 닐기리, 향기높은 아삼, 그리고 중국 남서부가 원산지인 톡 쏘는 윈난*.

낡은 유리창을 통해 들어오는 햇살이 찻집 전체를 따사로운 빛으로 감싸고, 마룻바닥과 오래 써서 낡은 호두나무재 탁자를 밝게 비추고 있었다. 그것이 멋진 배경을 이루어, 코르동 블루의 하얀 도자기에서 손으로 그린 꽃무늬 자기에 이르기까지 가지런히

---

* 중국에서 가장 오래된 차 산지인 윈난성에서 만들어지는 홍차. 금채홍이라고도 한다. 향긋한 향기와 부드럽고 떫은 맛이 특징이며, 차색은 붉다. 밀크티로 마신다.

늘어선 찻주전자 수집품을 한층 돋보이게 하고 있었다.

헤일리는 언제나 그렇듯이 일찍 일어나서 가게 안쪽에 겨우 밀어넣은 거대한 점포용 오븐을 이용해 재능을 유감없이 발휘하고 있었다. 이미 참깨 웨이퍼, 블루베리 스콘, 레몬과 사워 크림 머핀은 나무 시렁에서 식혀지고 있었다. 때때로 그러듯이, 가게의 여닫이문을 막대기로 괴어놓으면 군침이 도는 냄새가 온 처치 스트리트에 진동할 것이라고, 드레이튼은 잘라 말했다.

오전 9시가 되자, 오늘의 첫 손님들인 로빌라드 서점이나 캐비지 패치 자수점 등 근처 가게의 주인들이 차와 아침식사 대용인 과자를 찾아 방문했다. 모두들 어제의 끔찍한 사건에 대해 이야기해달라고 졸라대고, 고인을 애도하듯이 고개를 가로젓고, 이 소름끼치는 사건에 대해 한두 마디씩 하며, 아직 젊은데 미망인이 된 도가 불쌍하다는 둥, 한 마디씩 해댔다.

다음 손님이 몰려오기 전까지 잠시 짬이 생겼다. 다음 손님이란, 한 잔의 차와 더불어 조용히 조간신문을 읽을 시간을 찾아 역사지구에 들르는 단골들이나, 마차나 멋진 승합버스를 타고 찾아와주는 관광객들을 가리킨다.

이 빈 시간을 이용해서 시어도시아와 드레이튼, 헤일리는 둥근 탁자 하나를 둘러싸고 차를 마시면서 어제의 슬픈 사건을 이야기하고 있었다. 그때, 가게의 장부를 맡아 정리해주고 있는 딤플양이 지난 주 영수증을 가지러 얼굴을 내밀었다.

"거기서 권총이 폭발한 거야?"

딤플양을 위해 다시 한 번 어제의 이야기를 해주자, 그녀는 무서운 듯이 말했다.

"엄청난 소리를 내면서요." 드레이튼이 말했다. "다음 순간, 그 가엾은 남자는 거기 털썩 쓰러져 버렸죠. 하지만, 그게 당연하다고 생각지 않아요? 그 사람은 즉사했을 걸요."

"그리고, 아무도 뭔가 하려 들지 않았구요." 헤일리가 덧붙였다. "시어도시아 말고는요. 그녀는 잽싸게 달려가서 그 사람 맥까지 짚어봤으니까요. 아, 맞다, 잘생긴 골동품 가게 주인 조반니 로드가 구급차를 불렀어요."

"잘했어." 딤플양은 그 정도면 됐다고 말하듯이 시어도시아를 힐끗 보았다.

"하지만, 정말 무서웠겠지."

"조금은요." 시어도시아는 인정했다. "끔찍한 사고였죠."

딤플양은 의자 등에 기대어 아삼 차를 한 모금 마셨다.

"그래서, 사고인 건 확실할까?"

헤일리가 얼굴을 찌푸리며 자기도 모르게 몸서리를 쳤다.

"딤플양, 소름끼치는 소리는 하지 말아주세요."

"왜 그렇게 생각하세요, 딤플양?" 시어도시아가 물었다.

"글쎄." 딤플양은 천천히 말했다. "확실히, 내 기억이 있는 오랜 옛날부터 그 낡은 권총을 사용하고 있었을 거야. 내가 아직 아이였을 적에, 그러니까 1940년대인데, 아버지랑 같이 화이트 포인트 가든에 갔었거든. 아일 오브 팜즈 레이스 때만이 아니었어. 여러 가지 레이스가 있었다우. 그때도 똑같은 권총을 사용했지만 한 번도 사고는 없었다구. 적어도 어제까지는 말이야."

"티드웰 형사도 같은 말을 했어요." 시어도시아가 입을 열었다. "하지만, 낡은 권총이니까 어쩔 수 없다고, 운나쁘게 폭발하기도 한다고 하더군요."

딤플양은 자신의 근거없는 억측 탓에 헤일리를 겁먹게 하고 만 것을 미안해 하며 빙긋 미소지었다.

"그렇다면, 됐어. 전문가가 한 말이라면 맞겠지."

"시어도시아는 분명, 새로운 수수께끼를 풀 생각일 걸요." 헤일리가 말을 꺼냈다.

"헤일리." 시어도시아는 항의했다. "1백 퍼센트 사고사임에 틀림없는지를 조사하러 찰스턴을 돌아다닐 시간이 있다면, 그밖에 해야 할 일이 얼마든지 있다구."

드레이튼의 눈이 반안경 너머에서 올빼미처럼 엿보았다.

"아, 그럴까. 그 표정이 모든 걸 말해주고 있는 것 같은데."

시어도시아의 눈이 반짝 빛났다.

"그저 약간 흥미가 있을 뿐이라니깐요. 여러분도 마찬가지잖아요. 올리버 딕슨 같은 유명인사가 눈앞에서 죽는 일은 좀처럼 드문 일이니까요."

"4백 여 개의 눈 앞에서요." 헤일리가 정정했다. "만약 누군가가 살해를 계획했다면, 멋지게 된 거네요."

"무슨 소리야?" 드레이튼이 물었다.

"목격자가 많다는 말이에요." 하는 시어도시아. "그렇게 많은 사람들이 보고 있었으니 증언은 벌써 헤아릴 수 없을 만큼 많지만, 어느 것 하나도 일치하지 않죠."

"이번엔 당신네들 때문에 내가 무서워지는데." 딤플양은 그렇게 말하고 연필을 놓고 검은 가죽수첩을 덮었다.

"하지만, 그럴 수가 있을까?" 드레이튼이 의문을 제기했다. "올리버 딕슨은 모두들 아주 좋아하는 사람이었어, 그렇게 못된 사람은 아니었다구."

시어도시아가 자신의 컵을 탁자 위에 미끄러뜨리자 드레이튼이 두 잔째의 닐기리를 따라주었다.

"드레이튼이 말했지만, 올리버 딕슨이 하이테크 산업에 진입한다든가 뭐라던데."

"아아, 그 이야기라면 신문의 비즈니스면에서 읽었어요." 헤일리가 말했다.

"대체 언제부터 비즈니스면을 읽었어?" 드레이튼이 물었다.

"MBA를 따려고 결심했을 때부터요. 언젠가 직접 사업을 해보고 싶어요. 시어도시아처럼요." 그렇게 말하고 시어도시아에게 명랑한 웃음을 지어보였다.

"헤일리, 자긴 이미 비즈니스 전문가가 다 된 것 같던데." 시어도시아는 말했다. "하지만, 그 올리버 딕슨의 새 회사에 대해서 가르쳐줘. 도중에 이야기를 끊지 말아줘요, 드레이튼."

"예예, 알아모시겠습니다." 드레이튼이 마누라에게 눌려 사는 공처가처럼 굽신거리자 모두가 키득키득 웃어댔다.

"올리버 딕슨은 거액의 자금을 투자받아서 그레이프바인이라는 새로운 회사를 막 차린 참이었어요. 그 회사는 PDA의 확장 모듈 제조를 시작했죠."

"가르쳐줘. PDA란 게 대체 뭐야?" 드레이튼이 질문했다.

"휴대용 개인 단말기예요."

헤일리는 앞치마 주머니에 손을 넣어 휴대전화와 작은 컴퓨터 화면을 합친 것 같은 손바닥만한 크기의 도구를 꺼냈다.

"보세요, 저도 하나 갖고 있어요. 제 건 팜 파일럿이라고 해요. 여기에 메모나 전화번호, 조리법 따위를 저장하고 있죠. 집의 컴퓨터와도 데이터를 주고받을 수 있어요. 「비즈니스 위크」 지에 따르면 PDA 관련 주식은 지금 최고의 성장 주식이래요. 앞으로 세상은 모두 무선이 되고 PDA는 그 최선봉에 서 있는 거죠."

"그런 이야기는 듣고 싶지 않은 걸." 드레이튼이 몸을 떨었다.

그는 자타가 공인하는 기술혁신반대자(러다이트)로서 모든 과학기술과 거리를 두기 위해 고군분투하고 있었다. 살고 있는 곳도 남북전쟁 시대에 의사가 소유하고 있었다는, 지은 지 160년된 주택이며 그는 그것을 역사적으로 정확한 형태로 보존하고 있다고 자부하고 있었다. 집에 전화를 놓는 것만은 양보했지만 케이블 텔레비전은 단호히 거부했다.

"아무튼." 하고 헤일리가 말을 이었다. "올리버 딕슨은 부스 크로울리라는 사람한테 투자를 받았어요. 그레이프바인 사는 획기적이라고 말할 수 있는 신형 호출기와 일부 PDA의 용도를 더욱확대한 확장 모듈을 제조할 예정이었죠."

"그렇군."

그렇게 말한 것은 딤플양이었다. 갑자기 이야기에 흥미가 생긴듯했다.

"왜 그러세요?" 시어도시아가 물었다.

"부스 크로울리란 사람은 엄청 교활한 사업가라우." 딤플양이설명했다. "신중하게 단어를 선택한 계약서를 심지어 변호사가꼼꼼하게 확인하거나 하지 않으면 한 푼도 자기 주머니에서 내줄 사람이 아니라구. 도피네씨가 ─ 신이여, 그 분의 영혼을 평안

히 잠들게 하소서 – 그 사람과 예술협회 위원회에서 함께 있었
는데, 기금이 어디에 사용되었는지에 대해 이상할 정도로 집착
하더라고 말씀하셨어."

도피네씨란 딤플양이 오랫동안 모신 고용주였다. 그는 인디고
찻집에서 남쪽으로 세 집 건너에 있는 페리그린 빌딩의 소유자
였는데, 지난 가을 「램프라이터 투어」에서 일어난 독살사건 소
동이 한창일 때 세상을 떠났다.

시어도시아는 고개를 끄덕였다. 부스 크로울리에 대해서는 들
은 적이 있었다. 특별히 나쁜 소문이라고 할 순 없지만, 그의 사
업 방식은 일찌감치 널리 알려져 있었다. 그는 찰스턴의 유력인
사 가운데 한 명이었다. 마을 최고의 벤처 투자회사인 체리 트리
펀드의 최고 경영자였을 뿐 아니라, 찰스턴 교향악단, 기브스 미
술관, 찰스턴 기념병원의 위원 자리도 차지하고 있었다. 그가 무
시할 수 없을 정도의 실력자임에는 틀림없었다.

출입문 위의 종이 명랑한 소리를 냈다 싶더니 갑자기 열 몇 명
의 손님이 우르르 밀고 들어왔다. 헤일리와 드레이튼은 의자에
서 튕기듯이 일어나서 손님들을 자리로 안내하고 주문을 받았다.
시어도시아가 기특하게 생각한 것은 헤일리가 재치있게 일행에
게 이렇게 말했을 때였다.

"몇 분이신가요? 세 분요? 그렇다면 창가의 이 멋진 탁자에 앉

으세요. 오늘은 햇볕이 아주 좋거든요."

드레이튼은 언제나처럼 매력적이었다. "다섯 분이십니까? 이쪽의 둥근 탁자에 앉으십시오. 괜찮으시다면, 회전쟁반에 찻주전자를 몇 개 놓고 시음을 해드릴 수도 있습니다. 그럼 잠시 실례해서, 차와 서비스로 드리는 비스킷을 가져오겠습니다."

이렇게, 인디고 찻집의 남은 하루가 움직이기 시작했다.

"자, 다음 번엔 수요일에 올게."

딤플양이 포동포동한 손을 시어도시아의 어깨에 얹었다.

"고마워요, 딤플양. 우리 가게 일을 도와주셔서 정말로 감사드려요. 무엇보다 베서니가 주도(州都)인 컬럼비아에 있는 미술관에 취직해버려서 저희는 울고 싶을 정도로 손이 부족했거든요."

"고마운 건 오히려 나라우. 이런 늙은 회계는 이제 아무도 안 써주잖아. 요즘은 젊은 사람을 쓰는 것이 유행이니까."

"우리 가게에서 중요한 건 유행 따위가 아니에요." 시어도시아는 따뜻하게 말했다.

"중요한 건 사람이죠."

"아이구, 고마워라."

딤플양은 그렇게 말하고 문을 나섰다. 키는 150센티미터가 될락 말락한 오동통한 요정 같은 사람이지만, 회계만큼은 여전히 머리가 팍팍 돌아가는 그녀는 뒤뚝뒤뚝 걸어서 가게를 나갔다.

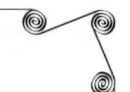

시어도시아 풍의 얼 그레이 셔벗

인디고 찻집의 비법
특별히 상쾌한 후식

준비할 것

- 물 ··· 1/4컵
- 설탕 ··· 1큰술
- 신선한 레몬즙과 레몬 껍질 ························ 2개분
- 얼 그레이 찻잎 ·· 2큰술
- 달걀 흰자 ·· 1개

만드는 법

1. 한쪽 손잡이가 달린 냄비에 물, 설탕, 레몬즙과 레몬 껍질을 넣고 4분 동안 끓인다.
2. 1에 찻잎을 넣고 뚜껑을 덮고, 불에서 내려 자연스럽게 식힌다.
3. 2를 걸러서 볼에 담고, 뚜껑을 덮어서 냉동고에 넣어 가볍게 얼린다.
4. 달걀 흰자를 빡빡해질 때까지 거품을 내어 3에 섞는다.
5. 원하는 만큼 굳을 때까지 냉동한다.
6. 유리잔에 담고, 신선한 과일과 레몬 쿠키를 곁들인다.

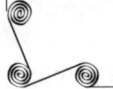

04

"시어도시아."

드레이튼이 한 손에는 재스민 차를 담은 주전자, 다른 한 손에는 실론티 실버팁*을 담은 주전자를 든 채로 말을 걸었다.

"손님 접대가 대충 끝나는 대로 할 말이 있어."

시어도시아는 탁자들을 둘러보았다. 손님들은 모두들 여유롭게 앉아 참깨 웨이퍼스를 먹고 있거나 차를 넣은 깡통, 젤리류, 도기 주전자, 티 캔들**을 예쁘장하게 진열한 선반을 감탄스러운 듯이 바라보고 있었다.

"무슨 일이 있나요?"

그는 고개를 갸우뚱하며 장난스럽게 눈을 빙글 돌려보였다.

"미스터리 차모임 일이야." 일부러 그러는 듯이 목소리를 떨면

---

* 하얀 솜털에 덮힌 어린 새싹으로 만든 차.
** 차나 퐁듀 등의 음식을 데우거나 실내의 부분 조명 등으로 쓰는 얇은 금속제 용기에 담긴 작은 양초. 일반적인 초보다 오래 타며 향이 첨가되어 있는 경우도 많다.

서 대답했다.

시어도시아의 뺨이 느슨해졌다. 이런 신선한 재미를 더한 차모임 기획을 하면 드레이튼은 그야말로 물만난 물고기였다. 게다가 미스터리 차모임은 특히나 그의 상상력을 자극한 것 같았다. 외곬의 역사 마니아이자 문화유산협회의 일원이기도 한 그에게도 역시 장난꾸러기 같은 면이 있는 건지도 모른다.

그런 한편, 그는 사업 면에서도 빈틈이 없었다. 미스터리 차모임은 순조롭게 진행되고 있었다. 오늘 걸려온 두 통의 전화를 합치면 토요일 밤에는 열두 명의 예약이 들어오게 된다. 드레이튼이 과감하게 한 명당 45달러라는 가격을 붙였음에도 불구하고.

"알았어요, 드레이튼. 사무실에서 기다릴게요."

시어도시아는 그렇게 말하고 찻집 안쪽 공간과 구분짓고 있는 진녹색 빌로드 커튼 뒤로 사라졌다. 커튼 안쪽에는 좁은 주방과 그보다 더 좁은 그녀의 사무실이 있었다.

골동품 목재 책상에 앉아 거래처인 「우드 앤드 윈스턴」의 카탈로그를 넘기면서 카라페*나 프랑스제 티 프레스를 보아도 도무지 집중할 수가 없었다. 문득문득 어제 오후의 사건으로, 올리버

---

* 레스토랑 등에서 하우스 와인 등을 담아내는, 도자기나 유리로 만든 병모양 그릇.

딕슨의 죽음으로, 그 뒤 버트 티드웰 형사와 나눈 이야기로 생각이 돌아가고 말았기 때문이었다.

라이벌 관계인 요트 클럽 일로 멋지게 콧대를 꺾어주었다. 그 것은 형사를 시험해 본 것이었다. 그가 어떤 어떤 의심을 품고 있는지 알고 싶었던 것이다. 형사의 머릿속에는 나름의 생각이 있다는 것을 경험상 알고 있기 때문이었다.

하지만, 어느 한 쪽 클럽의 회원이 상대에게 못된 짓을 꾸몄으리라고 정말로 생각하느냐면 답은 아니오, 였다.

찰스턴 요트 클럽과 컴패스 키 요트 클럽은 언제나 경쟁 관계였지만, 동시에 옛날부터 몹시 사이가 좋기도 했다. 두 클럽은 아일 오브 팜즈 레이스뿐만 아니라 인터코스털 레가타, 버번 컵 등 기묘한 이름을 붙인 가을 행사에도 사이좋게 참가하곤 했기 때문이었다.

지금 그녀가 좀더 자세히 알고 싶은 것은 올리버 딕슨과 그가 새로 시작한 회사인 그레이프바인 사였다.

그리고, 올리버 딕슨과 소반니 로드 앞에서 흥분해서 추태를 부린 포드 캔트렐도. 그건 과연 뭘 의미하는 것이었을까?

아까 헤일리는 내가 뭔가 수수께끼를 풀고 싶어 한다던가 뭐라던가 말했었지. 그래, 아마도 이것이 그 수수께끼인 것 같아.

"똑똑."

드레이튼이 노크 대신에 그렇게 말하고는, 찻쟁반을 손에 들고 들어왔다.

"막 도착한 일본 센차*를 한 잔 할까 해서. 알겠지만, 첫물차로, 아주 귀한 거야." 그는 옻칠을 한 쟁반을 책상 위에 놓았다. 시어도시아는 기대감으로 고개를 끄덕였다. 첫물차는 그것만으로도 각별한 기쁨을 준다. 갓 돋아난 새 잎은 그야말로 부드럽고 그윽한 맛이 있었다.

드레이튼은 책상 맞은편에 있는 의자에 걸터앉아 철제 찻주전자에 뜨거운 물을 끓였다. 먼저, 물을 조금씩 따르면서 대나무로 만든 다솔을 이용해 가루 녹차를 휘저어 부드러운 거품을 냈다. 그것에 끓어오르기 직전까지 끓인 뜨거운 물을 부었다. 그리고는, 장식적인 섬세한 금이 가 있는 자그마한 일본제 도기 찻잔 두 개에 연한 녹색 차를 약간씩 따랐다.

시어도시아는 먼저 그윽한 향기를 즐기고 한 모금 마셔 혀 위

---

* 5~6월에 찻잎을 따서 증기로 찐 다음, 뜨거운 바람으로 말리면서 손으로 비벼서 가늘고 길게 만든 차. 가장 대중적인 일본차로, 식사 전후에 마신다. 일본차에는 센차 이외에도 교쿠로, 반차, 호우지차, 맛차 등이 있는데, 교쿠로는 봄에 찻잎을 따기 전에 차밭의 햇볕을 차단시켜 쓴 맛을 줄인 최고급차다. 반차는 오래된 큰 찻잎이나 줄기 부분으로 만든 차다. 호우지차는 반차를 강한 불로 볶아 만든 차로 맛과 향이 독특한 갈색을 띤 차이다. 맛차는 교쿠로처럼 햇빛을 차단해 키운 찻잎을 손으로 따서 찐 후, 말린 다음 갈아서 가루로 만든 차로 쓴 맛이 매우 강하다.

에서 굴렀다. 감칠맛이 있으면서 깔끔하고 뒷맛은 부드러웠다. 대개 녹차의 맛은 익숙해지는 데 시간이 걸리지만, 일단 그 맛에 사로잡히면 마시지 않고는 배길 수 없게 된다. 불소도 풍부하게 함유하고 있고 면역력도 높여준다고 한다. 벌레나 벌에 쏘였을 때 임시 습포제로 쓸 수도 있다.

"끝내주는데요." 시어도시아의 목소리가 무심코 커졌다. "이 차는 얼마나 주문했어요?"

드레이튼은 일그러진 미소를 띠었다.

"한 통만 샀지. 너무 비싸서 말야. 가게의 손님들이 보통 지불하는 금액을 훌쩍 웃돌거든. 어때, 이건 우리들만의 작은 즐거움으로 삼지 않겠어?"

"전 상관없어요." 시어도시아는 동의했다. "자, 미스터리 차모임은 어떻게 되고 있어요?"

드레이튼은 누구와도 의논하지 않고 혼자서 구상을 하고 처치스트리트 일대와 많은 호텔에 포스터를 배포해왔다. 그러나, 지금 현재, 찻집 식구들에게도 어떤 내용으로 할 건지 전혀 알려주지 않고 있었다.

드레이튼은 검정 표지의 공책을 재빨리 끄집어내고 코 끝에 독서용 안경을 척 걸쳤다.

"지금 현재까지 예약을 받은 손님은 열두 명이고, 앞으로, 그러니까……, 열 명분은 아직 여유가 있어. 일단 맨먼저 캐비아를 얹은 카나페*와 인도의 차이**를 커다란 마티니 잔에 넣고, 레몬 껍질로 만든 장식을 얹어서 낼 거야. 그리고 프로그램 진행에 맞춰서……." 거기서 그는 얼굴을 들고 시어도시아의 얼굴이 기쁜 듯이 빛나고 있는 것을 알아차렸다. "어때?"

"정말 멋질 것 같아요. 그 다음엔 뭐가 나와요?"

드레이튼은 공책을 탁 덮었다. "그만두겠어. 사실을 말하자면, 당신이 처음에 어떤 반응을 보일지 시험해보고 보고 싶었을 뿐이야. 지금 본 그 표정만으로 충분히 확신이 섰어. 나머지는 토요일 밤을 즐겁게 기대하시길."

"드레이튼!" 시이도시아가 웃으면서 항의했다. "너무해요!"

그는 어깨를 으쓱했다. "미스터리 차모임이잖아."

"하지만, 듣기만 해도 정말 즐거울 것 같은 걸요. 적어도, 지금 가르쳐준 손톱만큼의 정보만으로 판단하자면요. 그러니까, 그러면 안 되죠……. 제 말은, 전부 혼자서 하겠다고 생각하면 안 된다구요. 도와줄 사람이 필요해요."

---

* 얇고 잘게 썬 빵이나 크래커 위에 채소, 고기, 생선, 달걀, 치즈 따위를 얹어 만든 서양 요리.
** 인도식으로 조리해 마시는 차. 주로 계피, 카르다몬, 정향 등의 향신료를 홍차와 함께 우유에 넣어 손냄비로 끓여낸다. 자극적이고 강한 향이 있으며 맛이 달콤하다.

드레이튼은 완고한 모습으로 고개를 좌우로 흔들고는, 체셔 고양이 같은 미소를 지어보임으로써 얼굴을 온통 주름투성이로 만들었다.

　"꽤 멋진 공격인데. 자, 그럼 가게로 돌아가서 헤일리를 도와줘야겠어." 그는 남은 차를 마저 마시고는 잔을 내려놓았다. "그런데, 어제 남은 음식은 어떻게 할지 정했어? 냉장고 안이 꽉 차 있잖아. 그런데, 공간이 약간 필요하거든. 나의……." 거기서 그는 목소리를 낮추었다. "미스터리 만찬을 넣을 공간이 말야."

　그가 나가자 시어도시아는 의자 등에 기대어 쓴웃음을 지었다. 알았어요, 드레이튼, 당신의 그 작은 유희에 동참해줄게요. 토요일 밤에 어떻게 우리를 놀래켜줄지 즐겁게 기다리죠.

　차를 한 모금 더 마시고는 냉장고에 든 음식이라는 어려운 숙제를 어떻게 해결할까 생각했다. 정말 드레이튼이 말한 대로였다. 냉장고에는 어제의 피크닉 바구니에서 꺼낸 작은 샌드위치가 꽉꽉 들어차 있었다. 멀쩡한 음식을 함부로 버릴 순 없고, 어떻게 하면 좋을까?

　그래. 한데 모아서 양로원에 갖고 가면 되겠다. 어차피 오늘밤 얼 그레이를 데리고 갈 예정이잖아.

　얼 그레이를 머릿속에 떠올린 순간, 시어도시아의 마음은 녹아드는 듯했다. 얼 그레이란 그녀가 달브라도 견이라고 부르는 개의 이름이었다. 달마티안 피가 절반에 래브라도 피가 절반. 불쌍하게도 그 개는 폭풍우가 몰아치던 날, 추위와 굶주림에 떨며 종이상자 안에 웅크리고 있었다. 시어도시아는 그 강아지를 집으로 데려와 돌봐주고 마음을 열었다.

얼 그레이도 그녀의 친절에 여러 가지 형태로 응답해 주었다. 함께 살아보니 그는 탁월한 반려동물이었다. 품위있고 성격은 온화해서 가게 2층에 있는 작은 아파트에서 사는 시어도시아에게 꼭 맞는 룸메이트였다. 복종훈련에서도 빼어나게 우수했고, 예의바른 개가 되기 위해서 필요한 것들을 기꺼이 기억했다. 게다가 세라피견으로 일하는 의욕까지 보여주었다.

세라피견을 양성하는 특별 코스를 다니면서 휠체어와 나란히 걸을 때의 보행법이나 놀래키지 않게 하는 인사법, 고령자들이 몸을 어루만져도 애교있게 참고 있는 법을 배웠다. 언젠가 어떤 할머니가 눈물을 뚝뚝 흘리면서 추억의 애견에 대해 쉴새 없이 이야기하며 갸냘픈 팔을 목에 휘감아왔을 때도, 얼 그레이는 털로 덮힌 다부진 어깨에서 실컷 울게 해주었다.

세라피견 양성 코스를 마친 얼 그레이는 국제 세라피견(TDI) 증명서를 받고 TDI의 기장이 붙은 파란 나일론 조끼를 두르고 한 달에 두 번씩 오더우드 양로원을 방문하게 되었다.

"저기요." 헤일리가 입구 쪽에 서 있었다. "드레이튼과 무슨 재미있는 이야기를 한 거예요? 드레이튼은 카나리아를 삼킨 고양이 같은 얼굴을 하고 있던데요."

시어도시아는 손을 휘휘 내저었다. "미스터리 차모임 이야기였어."

"아아, 그 이야기요. 저도 너무 궁금해서 머리가 이상해질 지경이에요. 어머나, 나 좀 봐. 여기 온 용건을 잊어버릴 뻔했네. 전화왔어요. 조리 데이비스씨한테요. 2번이에요."

시어도시아는 다급하게 전화기를 들었다. "여보세요?"

"시어도시아?" 귀에 익은 목소리가 말했다.

"어떻게 된 거예요? 어디 있어요? 당신의 요트는 골인하지 않았잖아요."

"믿어주지 않겠지만." 조리 데이비스는 말했다. "항구라는 안전지대를 출발한 뒤, 설리번 섬을 지난 부근에서 바람이 심하게 강해져서 제노아*가 날아가 버렸어요. 그래서 기권하고 아일 오브 팜즈에서 접안할 수밖에 없었죠. 겨우 계류할 장소를 찾고는 찰스턴까지 히치하이크로 돌아왔을 때는 이미 밤 10시가 넘었더라구요. 하지만 올리버 딕슨의 사고 이야기는 들었어요. 참으로

---

* 순항 경주용 요트의 큰 돛에 포개는 삼각돛.

운이 나빴더군요. 그렇게 죽어버리다니, 나도 모르게 등골이 오싹했다니까요. 바로 며칠 전에 클럽 하우스에서 웃고 있던 사람이 다음 날에는 망자가 되다니. 아직 사고의 자세한 향방은 모르나요? 그 낡은 권총은 조사했어요? 물론, 그건 사고였겠죠?"

이상도 하지. 시어도시아는 생각했다. 그건 사고였는지 슬쩍 물어본 건 조리 데이비스가 두 명째다. 아니, 틀려. 세 명째야. 왜냐하면 나 자신도 어제 티드웰에게 똑같은 질문을 했으니까.

"권총이 폭발했나 봐요."

"그래요." 조리 데이비스의 목소리가 작아졌다. "딕슨 가의 모든 사람들한테는 개같은 하루였군요."

"무슨 뜻이에요?" 시어도시아의 안테나가 팟, 하고 섰다.

"올리버 딕슨의 두 아들인 브록과 퀘이드도 우리와 같은 레이스에 출전할 예정이었는데 실격당했거든요."

"왜요?"

"요트에 불법적인 키를 장착하고 있었어요. 두 사람은 클럽의 요트 관리 종업원인 빌리 매놀로가 개조했다고 주장하고 있지만요. 내 솔직한 의견을 말하자면, 그 두 사람이 자신들의 보트의 성능을 높이려고 키를 바꿨다고 생각해요. 아무튼." 조리는 말을 이었다. "아버지가 그렇게 비참하게 죽은 이상, 그들에 대해 험담을 하고 싶지는 않군요."

"예에, 물론 그렇죠." 시어도시아는 중얼거렸다.

"어제는 밤늦게 전화해서 당신을 깨우고 싶지 않았어요. 당신에게 어제가 어떤 하루였는지를 생각하면 더더욱 그랬죠. 당신이 올리버 딕슨에게 맨 먼저 달려들었다고 하던데요."

"예에."

"좀처럼 흉내낼 수 없는 일이에요. 괜찮아요?"

"아마도요." 시어도시아는 대답했다. "하지만, 문득문득 도를 생각하게 되어 버리네요. 그 두 사람은 결혼한 지 아직 9주밖에 안되었잖아요."

"참으로 비통한 일이죠." 조리가 말했다. "일 주일쯤 전에 에밀리오즈 레스토랑에서 도와 올리버를 봤어요. 그때는 두 사람 다 서로에게 홀딱 반해 있는 분위기였죠. 물론, 도가 젊다는 것이 오히려 위안이 되요. 언젠가는 기운을 차려 새출발하겠죠."

"새출발." 시어도시아는 멍하게 따라했다. "그렇겠죠."

"하지만, 잠깐만요. 전화한 건 그 사고 이야기를 하기 위해서가 아니였어요. 벌써 오전 중에 수많은 사람이 가게에 들러서 실컷 이야기했겠죠. 전화한 건, 오늘 오후에 내가 뉴욕에 가게 되었다는 것을 알려주기 위해서였어요."

"뉴욕에요?" 시어도시아가 엉겁결에 소리를 질렀다. 조리 데이비스를 만나서 조금이라도 정보를 얻고 싶었는데. 그는 요트 클럽의 장기 회원이니 내부 정보를 갖고 있을 텐데. 게다가 변호사의 예리한 직감으로 평소와 다른 뭔가를 잡아낼지도 모르는데. 요트 클럽의 클럽 하우스에 열쇠를 채워서 보관되어 있었다는 낡은 권총에 대해서도 뭔가 가르쳐줄지도 모르는데. 하는 수 없지 뭐. 전부 잠시 보류해야지.

"모회사한테 속았다는 패스트푸드 체인의 가맹점을 우리 사무소가 변호하게 되었어요. 내가 증인을 모으고 집단소송 절차를 밟게 되었죠. 월도프 호텔에 묵을 거요. 무슨 일이 생기면, 어떤 일이든 상관없으니 프런트에 메시지를 남겨줘요, 알겠죠?"

"알겠어요. 잘 다녀오구요."

시어도시아는 약간 뾰로통해서 전화를 끊었다. 책상 바로 건너편의 벽에 걸린 액자에 든 사진, 오페라 프로그램, 차의 라벨, 그밖의 여러 가지 기념품들을 하나하나 바라보았다.

처음 만났을 무렵의 얼 그레이의 사진이 있었다. 갈비뼈가 드러나 있고 털에는 윤기가 없다. 자신의 요트에서 여유롭게 포즈를 잡고 있는 아버지의 사진도 있었다. 아마도 아버지가 돌아가시기 1년 전에 찍은 것이리라. 그리고 시어도시아가 좋아하는 한 장, 케인 릿지 농장에서 찍은 부모님 사진도 있었다. 1960년대 전반의 것으로, 부모님이 결혼해서 얼마 안 되었을 무렵이었다. 두 사람 모두 아주 젊고 희망에 차 있고, 팔을 서로의 몸에 두르고, 진심으로 서로 사랑하고 있는 것처럼 보였다. 이 사진을 찍고 6년 후에 시어도시아가 태어났다. 어머니는 그로부터 8년밖에 살지 못했다.

커다랗게 한숨을 쉬고는 시어도시아는 슬퍼해서는 안 돼, 운이 좋다고 생각해야지, 하고 자신에게 말했다. 부모님이 후회없이 애정을 쏟아준 것은 충분히 알고 있었다. 부모님으로부터 받은 최고의 선물은, 어떤 때라도 그야말로 진지하게 몰두하면 반드시 보답받는다는 생각을 그녀의 마음에 확실하게 심어준 것이다.

실제로, 그 생각은 지금도 확실히 심어져 있다.

조리 데이비스가 뉴욕에 출장가는 일 정도로 약해지다니, 하고 자신을 나무랐다. 언제든지 전화할 수 있어. 그 사람도 그러라고 했잖아. 게다가 난 친구도 잔뜩 있고, 해치워야 할 일거리도 잔뜩 있어서 엄청 바쁘기도 하고 말야.

아까 헤일리로부터 또 수수께끼를 풀고 싶어서 안달복달하고 있잖아요, 하고 놀림을 당했다. 정말로 그럴까? 이다지도 기분이 가라앉지 않는 것은 단지 그 때문일까? 진심으로 올리버 딕슨의 죽음이 불운한 사건이 아니라고 생각하고 있는 걸까?

그런 것들을 곰곰이 생각하면서 시어도시아는 카탈로그 하나에 손을 뻗어 천천히 넘기면서, 다양한 종류의 찻주전자와 삼발이를 유심히 살펴보았다.

05

털투성이 코 끝이 침대의 금속 레일 위에서 엿보았다.

"안녕, 멍멍아."

몸집이 작고 가냘픈 여성이 혈관이 파랗게 두드러진 팔을 뻗어 얼 그레이의 이마에 얹었다. 얼 그레이가 그것에 대답하듯이 몸을 기대자 노부인은 기쁜 듯이 탄성을 질렀다.

"멍멍아, 와줘서 고맙다. 정말 착한 아이로구나."

열 걸음 물러난 곳에 서서 얼 그레이가 마음껏 입원자와 교류하게끔 하고 있는 동안, 시어도시아의 얼굴은 저절로 부드러워졌다. 이것이야말로 이 일의 보람이었다.

이 부드러운 털로 덮인 따뜻한 존재는 왠지 마음을 어루만져주지만 어떤 대가도 요구하지 않는다. 그런 동물과 접촉하는 기쁨을 인생의 선배들에게 맛보게 하는 것이다.

오늘밤 얼 그레이와 시어도시아는 방문시간의 대부분을, 누워서만 지내는 입원자들의 방을 방문했다. 평소라면 노인들이 던지는 공을 쫓아서 복도를 힘차게 달려갔을 얼 그레이도 오늘 같은 날에는 얌전히 굴어야겠다고 마음먹고 있는 듯했다. 얼 그레이가 개 나름의 예의를 지켜서 행동해주는 것이 시어도시아는 흐뭇했다.

"시어도시아? 얼 그레이를 텔레비전방으로 데려가 줄래요?"

여기서 15년 이상이나 근무하고 있는 야근 간호사 슈제트 엘리슨이 문 쪽에 서 있었다.

"왜요, 슈제트? 또 얼 그레이에게 간 브라우니를 주려구요?"

슈제트가 빙긋 웃었다. "그것말고 뭐가 있겠어요? 하지만, 오늘은 특별한 날이기도 하답니다. 여러분의 기념일이에요. 당신과 멋진 멍멍이가 여기에 온 지 2년이 된 것을 사람들이 축하해주고 싶대요."

"서프라이즈!" 시어도시아와 얼 그레이가 방에 들어서자 일제히 환호성이 터져나왔다.

시어도시아는 놀라서 두 손을 들었고, 얼 그레이는 방 한가운데에 놓인 낮은 탁자 위의 간 브라우니를 잽싸게 발견하고, 기대를 담아 고개를 내저으며 날카롭게 멍, 하고 한 번 짖었다.

"2주년이 된 걸 축하한다, 얼." 여성들 중의 한 명이 들뜬 목소리로 말했다. "언제나 우리를 기쁘게 해줘서 고마워."

시어도시아가 갖고온 샌드위치는 이미 슈제트가 긴 탁자에 놓아두었고, 덤으로 펀치볼까지 준비되어 있었다. 입원자들은 각자 나름대로 스낵에 손을 뻗고, 방 안은 파티의 시작과 함께 갑자기 흥청거리기 시작했다.

시어도시아는 펀치를 담은 잔을 들고 입원자 사이를 돌아다녔다. 누구나 그녀에게 미소를 보내고 인사를 하지만, 물론 진짜 스타는 얼 그레이였다. 얼 그레이야말로 모두가 말을 걸고 만져보고 싶은 상대였다. 얼 그레이야말로 모두들 만나는 것을 즐겁게 고대하는 상대였다.

"가져온 샌드위치는 정말 맛있었다오, 브라우닝양."

시어도시아는 휠체어의 노인에게 빙긋 웃어보였다. 벗겨진 머리 전체에 검버섯이 피고 얼굴에는 깊은 주름이 패여 있었지만 눈은 호기심으로 반짝반짝 빛나고 있었다.

"기뻐해 주셔서 저도 기뻐요."

"어제 오후로부터 뭔가 진전은 있었소?" 노인이 물어왔다.

놀란 시어도시아는 노인과 눈높이가 같아지도록 한쪽 무릎을 꿇었다. 그러자 노인이 빙긋 웃었다. 그 온화하고 빈틈없는 미소가 떠오른 순간, 피로에 지친 주름살투성이 얼굴이 몇 살은 젊어진 것 같았다.

"그렇고말고." 노인은 손가락을 흔들면서 말했다. "사고에 대해서는 아들한테서 전부 들었다오. 거기에 있었거든."

"아드님이 어제 화이트 포인트 가든에 있었나요?"

"그렇다오. 물론 아들이 아닌 밤중에 홍두깨 격으로 전화해서 말해준 건 아니지. 아침 신문에서 읽었어. 그리고나서 아들한테 전화를 해서 생생한 정보를 얻어낸 거라오. 아들은 옛날에 레이저급 레이스에 나간 적이 있지."

노인은 거기서 문득 말을 잘랐다. 마치, 이렇게 말을 하는 것만으로도 힘들다고 말하는 듯했다.

"뭔가 마시는 건 어떠세요?" 시어도시아는 그렇게 말하고는 갖고 있던 컵을 내밀었다. "이걸 드세요."

노인은 기다렸다는 듯이 그녀의 손에서 음료를 채가서는, 누구의 도움도 받지 않고 몇 모금만에 모두 마셨다.

"맛있어." 갈라진 목소리로 말했다. 그리고 빈 컵을 옆 탁자에 두고 쭈글쭈글한 손을 내밀었다.

"나는 윈스턴 레이저비라오."

"시어도시아 브라우닝입니다." 그녀는 그 손을 잡고 말했다. "그럼, 아드님은……."

"토마스 레이저비야. 찰스턴 자혜병원의 심장외과 전문의지."

윈스턴 레이저비는 아들의 전공은 여기라오, 하고 과시하듯이 여윈 가슴을 주먹으로 탕, 쳤다.

"올리버 딕슨의 기사를 읽은 순간, 오랜 기간에 걸친 그들의 대립이 머릿속에 떠올랐지."

시어도시아의 목덜미 솜털이 곤두섰다.

"무슨 뜻인가요? 레이저비씨?"

"딕슨 가와 캔트렐 가의 대립이라오." 윈스턴은 시어도시아를 지그시 바라보면서 대답했다. "두 집안은 그럭저럭 70여 년 동안이나 대립하고 있었다오."

시어도시아는 주위를 재빨리 둘러보았다. 아무도 우리에게 신경쓰지 않고 있어. 좋아. "좀더 자세히 말씀해 주실래요, 레이저비씨?"

노인이 얼굴을 가까이 했다. "1930년대에 레티시아 딕슨이 샘 캔트렐과 사랑의 도피를 한 뒤로 두 집안은 쭉 사이가 나빴지."

"그 레티시아 딕슨이라는 사람은 올리버 딕슨과 어떤 관계인데요?"

그는 잠시 생각에 잠겼다.

"백모야. 레티시아는 올리버의 어머니의 언니일 걸세."

"그럼, 샘 캔트렐은요?"

윈스턴은 고개를 끄덕였다. "캔트렐 가의 사람 전부와 피가 통하고 있다오. 자세히는 모르지만. 하지만, 샘은 입담이 좋은 사내였고 레티시아는 아직 젊은 처녀로, 기껏해야 열여덟쯤이었을 걸. 일곱 마리 악마보다 무모하고 겁없을 때지."

"두 사람은 어떻게 되었는데요?" 시어도시아는 흥미진진해서 물었다. "어디로 사랑의 도피를 했는데요?"

"그걸 아는 사람은 아무도 없다오." 윈스턴이 대답했다. "소문으로는, 레티시아는 오레곤 주로 흘러들어가서 몇 년 뒤에 급성 관절 류머티즘으로 죽었다나. 하지만 난 그냥 뜬소문에 지나지 않는다고 생각해. 이런 일이 일어나면 주변 사람들은 반드시 최악의 결과를 생각하고 싶어들 하는 법이거든."

"그래서 지금도 두 집안은 서로 미워하고 있는 건가요?"

윈스턴 레이저비는 다 안다는 얼굴로 고개를 끄덕였다. "아주 많이 미워하고 있지."

"그렇다면 포드 캔트렐이 올리버 딕슨과 조반니 로드 앞에서 그렇게 격분한 것도 이해가 가네요." 시어도시아는 중얼거렸다.

"조반니 로드라……." 노인이 느닷없이 킥킥 웃어댔다. "참으로 세련된 이름으로 바꿨지 뭔가. 그 놈은 원래 조지 로드라는 이름이었다오. 조반니라고 하면 관광객들에게 좀 더 어필할 수 있을 거라고 생각했겠지. 게다가 원래 성인 로드(Lord)에다 에이(a)를 넣어서 로드(Loard)로 하구 말야. 그러면 진짜배기 남부 신사로 착각하는 놈도 있을 테니까."

"딕슨 가와 캔트렐 가가 최근에 어떤 일로 싸웠는지 알고 계시나요?"

"그 놈들은 아무 일이 없어도 싸울 걸세." 윈스턴 레이저비는 대답했다. "지금까지 싸웠던 이유를 들자면 사업, 부동산, 여자." 거기서 손사래를 쳤다. "한심하지."

시어도시아가 문득 눈을 돌려보니 입원자 대부분이 자기 방으로 돌아가는 중이었다. 저녁 8시 30분. 나이든 사람들에게는 이미 늦은 시간이었다.

"레이저비씨, 언젠가 또 이야기를 들려주시겠어요?"

"물론이오. 언제든지 찾아와요. 내 방은 알고 있겠지?" 그렇게 말하고 그는 윙크했다.

애마인 지프 체로키의 창을 모조리 열어제치고 밤의 어둠 속을 집을 향해서 차를 달리자 따뜻한 산들바람이 시어도시아의 얼굴을 어루만지고, 얼 그레이의 호기심 왕성한 코 끝으로 맛있는 냄새를 실어왔다. 일 년 반 전에 드레이튼의 충고를 무시하고 지프를 산 그녀는 그 후로 완전히 이 차에 푹 빠져 있었다.

여름의 더위와 습도가 최고조에 이르고 찰스턴의 거리 전체가 숨이 막힐 정도가 되면, 무작정 로 컨트리로 도망가고 싶어진다. 웃자란 덩굴식물이 무성하게 뻗어 있는 좁은 길로 돌진해서 지프의 경쾌한 질주와 사륜구동의 위력에 몸을 맡기고, 완전히 황폐해진 비포장도로를 달려갔다. 나뭇잎 사이로 햇살이 드문드문 비쳐드는 숲이나 남부의 수호신인 떡갈나무가 지키고 있는 수많은 구불구불한 시냇물에 둘러싸이면, 그 서늘함과 고요함에 마음까지 차분해지곤 했다.

그러나 오늘밤은, 윈스턴 레이저비의 이야기가 마음 속에 무겁게 걸려 있었다. 좌회전해서 뷰페인 스트리트로 들어가 R. 프래트 골동품점과 캠벨 건축자재점 앞을 지나칠 무렵에는 그 노인의 기억이 정말로 맞는지 의심스러웠고, 딕슨 가와 캔트렐 가의 반목에 관한 이야기를 믿어도 될 지 미심쩍었다.

그렇다면, 하고 시어도시아는 찻집이 자리한 작은 건물 뒤쪽으로 돌아가 주차 공간에 차를 세우면서 생각했다. 확인할 방법은 딱 한 가지야. 좀더 조사를 해보는 거지.

찻집의 2층은 시어도시아가 직접 꾸민 아늑한 방이었다. 골동품과 물려받은 물건들 중에서 고심 끝에 선택한 장식품으로 꾸민 이 방은 창문을 열면 항구에서 바닷바람이 불어올뿐만 아니라, 처치 스트리트 일대와 미팅 스트리트에서 배터리 공원까지의 아름다운 풍경이 한눈에 보였다.

얼 그레이는 자신의 침대 – 침실 한 귀퉁이에 놓인 사라사 무명천의 특대 쿠션 – 로 물러나고 시어도시아는 오렌지 일릭서를 끓였다. 드레이튼의 특제 블렌드인 오렌지 일릭서는 정확히 말하면 차는 아니었다. 왜냐하면 학명 '카멜리아 시넨시스', 즉 차나무에서 비롯된 것이 아니기 때문이다. 구체적으로 말하면 오렌지 껍질, 히비스커스, 은행, 보리수꽃을 볶은 아주 맛있는 음료였다. 신경이 아니라 정신을 고양시키고 싶을 때 마시는.

시어도시아는 골동품 책상 앞에 앉아 애용하는 아이맥을 켜고 넷스케이프 내비게이터를 클릭했다. 사이트가 뜨자 검색창에 '찰스턴 포스트 앤드 쿠리어'라고 입력했다.

신문사 자료실을 열람할 수 있기를 바라면서 과일과 허브향이 진한 음료를 한 모금 마셨다.

이런, 「찰스턴 포스트 앤드 쿠리어」지는 1996년까지의 기사밖에 보관하고 있지 않았다. 시어도시아는 손가락으로 키보드를 톡톡 두드렸다. 그밖에 어떤 수가 있지? 문화유산협회? 나쁘지 않아. 거기는 설립한 지 1백 년 이상이 지났고, 역사적 건축물이나 유물뿐 아니라 문서보관 일도 하고 있잖아.

시어도시아는 브라우저에 문화유산협회의 웹사이트 주소를 쳐넣었다. 몇 초 후에 역사적인 건축물 사진과 현기증이 날 만큼 주르르 메뉴가 늘어선 문화유산협회 사이트가 떴다. 시어도시아는 메뉴를 하나하나 살피다가 '역사의 기록'을 클릭했다.

눈 앞에 다시 한 번 메뉴가 떴다 – 공적, 혼인, 지도와 지면, 군대, 남북전쟁, 항해일지, 도시계획 등등.

이래서야 쓸 수가 없겠는데, 하고 시어도시아는 혼잣말을 했다. 몇 백 개의 사적인 문서의 바다에서 무작정 헤맬 순 없지.

화면 맨 아래까지 쭉 스크롤해서 '검색'이라는 글자를 클릭했다. 여기서 '캔트렐'이라는 이름을 입력해서 만약 그 이름이 문화유산협회 사이트 어딘가에서 사용되고 있다면 검색엔진이 그것을 찾아내줄 것이었다.

다섯 건의 검색 결과가 나오고, 각각에 한 줄씩 코멘트가 붙어 있었다. 맨 처음 세 건은 쓸모가 있을 것 같지 않았다. 모두 1800년대 후반에 유타빌이라는 마을의 교사였던 코라 캔트렐이라는 인물에 관한 기술이었기 때문이다.

네 건째를 클릭해서 나타난 것은 쪽, 면화, 쌀을 산더미처럼 실은 바지선이 오가는 데을 사용했던, 현존하지 않는 캔트렐 운하에 관한 기사였다.

그것과 비교하면 다섯 번째 건은 얻을 것이 훨씬 많았다. 그것은 현존하지 않는 마을의 폐간된 신문인 「콜튼 텔레그라프」 지에서 오려낸 기사로, 1892년에 젭 캔트렐이라는 사람과 스튜어트 딕슨이라는 사람이 말다툼을 한 것이 기술되어 있었다. 팜리코 힐 농장 가까운 숲에서 결투가 행해져 젭 캔트렐이 스튜어트 딕슨을 쏘아죽인 것이었다.

이 결투를 한 두 사람은 포드 캔트렐과 올리버 딕슨의 먼 옛날에 죽은 선조들일까?

꽤 그럴 듯했다.

어쩌면 이 결투가 딕슨 가와 캔트렐 가의 추한 대립에 불을 댕긴 진짜 이유일지도 몰랐다. 윈스턴 레이저비가 생각하고 있듯이, 사랑의 도피에 얽힌 스캔들이 아닐 지도 모르는 것이다. 그건 나중에 일어난 일이니까.

옛날부터 역사에 남은 결투란 말은 참 낭만적으로 들렸지, 하고 시어도시아는 생각했다. 물론, 두 집안의 가장이 뭔가 명예가 걸린 문제를 둘러싸고 무모한 싸움에 도전한 것이지만. 그리고 한 쪽이 그것에 의해 목숨을 잃었고.

시어도시아는 컴퓨터 화면에서 눈을 떼서 거실 건너편의 벽난로 위에 걸린 검은 바다 그림을 바라보았다.

역사가 남긴 너무나도 많은 잔혹한 교훈을 생각했다. 그 교훈 가운데 하나는 가족이나 부족, 또는 심지어 국가조차도 그것을 막을 수는 없다는 것이었다. 그러기는커녕, 반목이란 마치 깊고 축축한 숲에서 부패물을 먹고 커가는 독버섯처럼 끊임없이 자라나는 것이었다.

자손들이 불화의 원인이 된 상황을 이해하지 못하거나 최초로 피를 흘린 선조를 직접 알지 못하더라도 피로 물든 싸움이 멈추는 일은 없을 듯하다. 눈에는 눈, 이에는 이니까.

시어도시아는 두 팔을 머리 위로 뻗어 굳어버린 어깨를 풀어주었다. 그리고는 손을 목 부근으로 갖고 가서 살짝 주물렀다. 딕 슨 가와 캔트렐 가의 대립이 여전히 계속되고 있다면 – 어제 오 후, 포드 캔트렐의 마음에서는 분명히 격렬한 증오가 소용돌이 치고 있었다 – 이 주변의 상황을 조사해 봐야 한다.

포드 캔트렐은 심문을 받지 않아도 될까? 권총이 폭발하도록 손을 댔느냐고 노골적으로 묻기 위해서가 아니라 오히려 용의자 명단에서 제외하기 위해서 말이다.

시어도시아는 의자에서 재빨리 일어나서, 고상한 웨지우드 수 집품이 몇 점 놓여 있는 소나무재 장롱으로 걸어가서 작은 서랍 을 당겨 열었다. 갈색 가죽 카드지갑을 뒤져 버트 티드웰 형사의 명함을 찾았다. 그것을 엄지 손가락과 검지 손가락으로 집어들 고 머릿속으로 몇 번이고 자신에게 물어보았다.

마침내 생각을 굳히자 명함을 갖고 컴퓨터 앞으로 돌아와 앉아 서 형사 앞으로 짧은 메일을 썼다. 중요한 문제에 대해 이야기를 나누고 싶으니, 내일 찻집에 들러줬으면 한다는 초대이자 요청 인 메일을.

내가 잘하고 있는 걸까, 한참을 망설이다가 마침내 '보내기' 버튼을 클릭했다.

06

"마리아주 프레르*는," 시어도시아는 세 명의 손님 앞에서 설명하고 있었다. "프랑스에서 블렌드를 합니다. 이 미라벨이라는 특별한 차는 중국이 원산지인 홍차에다 프랑스 북부에서 자생하는 알이 작고 아주 맛있는 미라벨 자두의 향을 첨가한 것입니다. 그래서 희미하게 달콤한 향이 나죠."

차의 시음회를 진행하는 역할은 대개 드레이튼의 몫이었다. 그러나 오늘의 부인네들 그룹은 시어도시아를 지명했다. 이들 세명 — 모두 나이가 지긋하고, 역사지구의 주민이다 — 은 찰스턴 가든 페스티벌 위원회 활동을 통해 시어도시아와 알게 되었는데,

---

* 1854년에 마리아주 가문의 두 형제(프레르)가 창업한 프랑스의 홍차 회사, 또는 브랜드. 원래 마리아주 프레르 사는 1660년부터 차와 식료품을 취급하던 유서깊은 회사였는데, 1854년에 앙리 마리아주가 홍차 전문점으로 리모델링했다. 히비스커스와 모브(아닐린 염료에 속하는 합성유기염료)가 가미된 「에로스」, 티베트의 꽃과 과일향이 들어간 「마르코 폴로」 등의 제품이 유명하다.

그녀의 차에 관한 지식, 넘치는 활기, 매력적인 인격에 완전히 반해버린 것이었다.

오늘 아침은 그러는 편이 드레이튼에게도 좋았다. 그는 가끔씩 헤일리를 도와주면서 계산대 – 낡은 금전 등록기와 깡통에 든 차와 차제품을 섞어 담은 스위트그래스 바구니가 늘어서 있다 – 에서 가장 가까운 작은 탁자에서 거의 꼼짝 않고 있었다. 그리고, 부지런히 머리를 싸매고 여름용 차의 구상을 마무리짓고 있었다.

"도와줄까?"

바로 옆을 지나치던 헤일리에게 그는 말을 건넸다. 그녀는 아침의 차 한 잔을 즐기고 있는 다섯 명의 단골들에게 두 개째의 작은 애플 파이를 날라가던 중이었다.

"어머나, 괜찮아요." 헤일리는 한 손을 허리에 대고 얼굴을 찌푸렸다. "이쯤은 식은 죽 먹기죠."

부지런하기 짝이 없는 헤일리는 오늘 아침의 손님은 혼자서 맡아보겠다고 마음먹은 이상, 누구의 방해도 용서치 않았다.

"난 그저 확인해봤을 뿐, 자길 방해할 생각은 꿈에서도 해본 적이 없었다네."

"그래요, 드레이튼." 헤일리가 건조하게 말했다. "당신의 그런 수사적인 말투는 무척 마음에 들지만, 제가 만든 크랜베리 스콘을 향한 당신의 사랑에는 두 손 들었는데요." 그 말은 드레이튼이 큼직한 페이스트리를 이미 두 개나 게눈 감추듯 먹어치운 사실을 가리키는 것이었다.

"자기도 내 나이쯤 되면, 그 소녀 같은 몸매에 별로 신경쓰지 않아도 되게 될 텐데." 드레이튼이 놀려댔다.

문득 고개를 돌리자 시어도시아가 상대하고 있던 부인들이 한꺼번에 자리에서 일어나 다가왔다. 드레이튼은 서둘러 일어나서 계산대로 획, 하고 들어가 섰다. "무엇을 도와드릴까요?"

"티 프레스를 보려구요." 노란 밀짚 모자를 쓴 여성이 말했다.

"그거라면 멋진 것이 몇 개 있으니 보여드리죠." 드레이튼은 그렇게 말하고 선반에서 견본을 내려 카운터에 놓았다.

나머지 두 사람은 스위트그래스 바구니를 손에 들고 입에 침이 마르게 칭찬하기 시작했다. "이거 정말 멋져." 한 사람이 극찬했다. "벌써 몇 년이나 여름용 백으로 썼던 스위트그래스 바구니를 갖고 있었거든. 그게 낡아서 너덜너덜해졌는데 손녀딸이 달라고 졸라대지 뭐야. 그것과 비슷한 바구니가 스미소니언 박물관에 진열되어 있었다나."

"확실히 진열되어 있답니다." 드레이튼은 힘주어 말했다. "사우스 캐롤라이나 산 스위트그래스 바구니들은 스미소니언 박물관의 상설전시관 한 켠에 진열되어 있습니다. 저희 로 컨트리의 장인들에게 그 이상의 명예는 없지요."

그는 카운터 위에 있던, 손으로 짠 세련된 바구니를 높이 들어 올렸다. "여기 이 제품들은," 유혹하는 듯한 말투였다. "존스 아일랜드에서 재배된 스위트그래스로 짠 것입니다. 가정용으로 하나 사가시면 어떠실지요?"

두 사람은 끄덕였고, 드레이튼은 회심의 미소를 지었다.

"당신은 정말 타고난 세일즈 맨이에요, 드레이튼!"

그의 맞은 편에 앉으면서 시어도시아는 완전히 탄복했다는 듯이 말했다. 함께 일한 지 3년이 넘어가지만 드레이튼의 놀라운 판매 능력에는 그저 머리가 숙여질 따름이었다. 물론 광고업계에 있을 때는 그녀도 가공식품이나 컴퓨터 주변기기를 전국 규모로 홍보했다. 그러나 일 대 일로 물건을 파는 건 지금도 좀 쑥스러웠다. 물건을 꼭 팔아야겠다는 생각보다는 물건이 좋으면 어련히 팔리려니 하고 생각하는 경향이 강했기 때문이었다.

시어도시아는 탁자 위에 손을 뻗어 지금은 드레이튼에게 있어서 성서나 마찬가지인 검은 가죽 표지의 공책을 가볍게 두드렸다. 거기에는 시음에 관한 자료의 대부분과 차의 블렌드나 특별한 이벤트, 차의 판매촉진에 관한 아이디어가 모두 적혀 있었다.

"여름용 차를 생각하고 있었군요." 시어도시아는 진지한 얼굴로 말했다.

드레이튼은 고개를 끄덕였다.

"지난 번의 화이트 포인트 그린은 야외 파티에서 대성공이었으니까, 그건 꼭 패키지에 넣어서 팔고 싶어요."

드레이튼은 다시 고개를 끄덕였다. "찬성이야. 그리고 또 한 종류, 아이스티용 차를 생각했어." 그는 거기서 말을 잘랐다. "이름은 오두본 허벌. 여기서 꽤 가까운 오두본 습지 공원에 경의를 표했지."

시어도시아는 맞장구를 쳤다. "조류학자인 존 오두본이 사우스 캐롤라이나의 물새의 생태에 관한 책을 집필한 곳이잖아요."

"맞아. 이 차는 약간의 홍차에 히비스커스, 레몬그래스, 캐머마일을 블렌드하지. 순하고 상쾌하고 별로 자극적이지 않아."

시어도시아는 눈을 반짝 빛냈다. "좋은데요. 경의를 표한 차라니. 그밖에는요?"

"꽤 이국적인 느낌의 차가 한 종류." 드레이튼은 그렇게 말하고는 서둘러서 덧붙였다. "사람들이 이국적인 차를 선호하는 케이스를 본 게 한두 번이 아니잖아."

"이의를 제기할 생각은 없으니까 안심해요, 드레이튼."

"하나는 애슐리 리버 로열이라고 이름지었어. 실론 산 홍차에다 서양배 에센스를 더한 거야."

"분명히, 아주 이국적이네요."

"아니, 진짜 이름은, 스완 레이크 아이리스 가든. 역시 격조높은 정원에의 오마주야. 거기서는……, 일곱 종류의 백조가 비상한다지? 네덜란드 산과 일본 산 붓꽃이 피어나는 봄이 되면, 모두들 거기를 찾아가는 건 당신도 알고 있을 거라고 생각하는데."

"물론이죠." 시어도시아는 말했다. "그래서, 그 차는 뭘 블렌드하는데요?"

"그을음 향이 나는 랍상 수숑*을 주조로 해서 네 종류의 차를 블렌드하지."

"드레이튼, 당신은 정말, 차를 사랑하는 사람들뿐 아니라 새를 사랑하는 사람들이나 정원을 가꾸는 사람들에게도 사랑받을 거예요. 그건, 찰스턴 주민들의 거의 전부란 말이죠."

"알고 있고 말고." 드레이튼은 빙긋 웃었다.

"저기요." 헤일리가 끼어들었다. "설마 이번에도 포장 작업을 직접 하는 건 아니겠죠? 지난 해 가을에 크리스마스용 차를 담았었잖아요? 그 때 일을 생각만 해도 등이 아파온다구요."

"작업은 모두 갤러거 식품 서비스에 맡기기로 했어." 하는 드레이튼.

---

* 중국 푸젠성 무이산의 랍상 지역에서 재배되는 홍차. 찻잎은 솔잎을 태워서 그을려 만들어 소나무향이 나는데, 매우 특징적이다. 차는 어두운 오렌지색이 우러나며, 맛은 부드럽다. 러시안 캐러밴과 얼 그레이의 블렌딩 베이스로도 많이 쓰인다.

"솔직히 말해서 모두 함께 작업하는 것도 즐거울 거라고 생각하지만, 아무래도 나와 같은 생각을 가진 사람이 없는 것 같아서 말야. 당신들, 확 반란을 일으킬까 보다 하는 표정인데."

"지난 해 가을에는 한 명 더 있었죠. 하지만 베서니는 컬럼비아로 이사해 버렸으니까 속아서 일해줄 사람이 달리 있겠어요? 딤플양이라든지?"

"그녀라면 좋을지도 모르겠는데. 자기가 하는 불평의 절반도 하지 않을 테니까."

"드레이튼, 딤플양에게 차의 포장 따위는 시키지 말아줘요." 시어도시아가 웃었다.

"참, 그렇지, 한 가지 더 있어." 드레이튼은 그렇게 말하고는 공책을 덮고 자리에서 일어났다. "새로운 포장상자라구." 카운터 안쪽으로 가서는 광택이 있는 감청색 상자를 꺼냈다. "쪽빛 상자야."

"우리 가게에서 선물용 포장지로 쓰고 있는 거랑 똑같은 색이네요!" 시어도시아는 기뻐서 목소리가 들떴다. "대단해요. 어디서 찾았어요?"

"샌프란시스코의 납품업자야. 갤러거에서 포일 주머니에 차를 담아 그것을 이 감청색 상자에 넣는 것까지 해줄 거야. 거기까지 되면 우리는 라벨만 붙이면 되지. 인쇄실에서 금색 종이 라벨의 샘플을 몇 개 받아왔어. 이제 라벨의 모양과 서체를 정하면 돼. 그러면 모든 일이 끝나지."

"너무 쉬운데요." 시어도시아가 말했다.

"지금 얼굴을 들면 안 돼요." 헤일리가 문득 목소리를 낮춰서 말했다. "그 촌스러운 형사가 들어왔어요. 도대체 여기에 무슨 용건일까요?"

"내가 불렀어." 시어도시아가 대답했다.

"저 사람을 불렀다구요?" 헤일리는 아연실색했다.

"안쪽으로 가서 과자를 적당히 갖고와 줄래, 헤일리? 그리고 드레이튼, 당신은 주전자에 차를 끓여와 줄래요? 둔산들레 차농장 것이 좋을려나?"

"그렇군, 시오." 드레이튼은 이해했다. 그리고는 헤일리를 바라보며 말했다.

"바닥에 뿌리라도 박은 거야, 아가씨? 시어도시아가 한 말 못들었어? 과자를 갖다줘."

"알았어요." 헤일리는 마지못해 말했다. "하지만, 저 사람은 아무래도 못 참겠어요. 저 사람의 질문이나 불쾌한 빈정거림 때문에 베서니는 미칠 지경이 되었다구요. 틀림없는 비겁한 놈이에요."

"그는 최고의 형사야." 드레이튼이 작은 목소리로 잘못을 지적했다. "자, 과자를 부탁해."

"알았다니깐요."

"티드웰 형사님." 시어도시아는 형사를 따뜻하게 맞아들였다. "창가에 앉으시지요."

"다시 만나 반갑군요, 브라우닝양." 티드웰은 그렇게 말하고는, 나무로 만든 캡틴 체어*에 거대한 몸을 묻었다. "편지 잘 받았습니다. 뭐, 편지래야 전자 우편이지만요."

형사는 명랑한 웃음을 보였지만 그 뒤에는 명랑함이 손톱만큼도 없음을 시어도시아는 잘 알고 있었다. 티드웰의 한담도 소소한 농담도 모두, 순진한 사람을 옭아매는 강철덫에의 입구에 지나지 않는다.

"올리버 딕슨의 일로 드릴 말씀이 있어요." 시어도시아는 말을 꺼냈다.

"올리버 딕슨의 죽음, 이라는 뜻이군요." 형사가 정정했다.

"당신이 그렇게 말씀하신다면, 예, 그래요."

헤일리가 두 사람 앞에 찻잔과 접시, 나이프, 스푼을 놓고 이어서 드레이튼이 뜨거운 물이 든 주전자를 놓는 동안 시어도시아

---

* 등받이와 다리가 있는 접이식 의자.

는 묵묵히 앉아 있었다. 그리고는 티드웰의 컵에 향기 그윽한 신비의 액체를 따르고, 그의 코가 씰룩이는 것을 보고 만족스러운 듯한 미소를 지었다. 이어서 헤일리가 구운 과자 접시를 날라오자, 티드웰의 얼굴은 확실히 알 수 있을 정도로 빛났다.

"이거이거, 정말 맛있어 보이는군요." 그렇게 말하면서 라즈베리 스콘을 자신의 접시에 담았다. "혹시 이 과자에 바를 잼이나 뭔가가 있을까요?"

그러나 헤일리는 이미 버터를 담은 접시, 클로티드 크림*을 넣은 피처, 잼이 든 몇 개의 그릇을 갖고 돌아와 있었다.

"티드웰 형사님." 시어도시아는 입을 열었다. "올리버 딕슨을 죽인 그 권총에 대해 뭔가 알아내셨나요?"

티드웰은 버터를 아주 약간 덜어서 스콘에 발랐다.

"약간요." 하고 그는 말했다. "그 권총은 미국제이며, 1800년대 중반에 군의 규격에 맞춰 제조되어 장교가 휴대했던 것입니다. 총신은 단풍나무를 사용했고 격철에는 도토리 문양이 새겨져 있습니다. 보기엔 멋지지만 총으로서는 근거리가 아니면 거의 쓸모가 없는 물건입니다."

하지만 올리버 딕슨에게 치명상을 입히는 데에는 쓸모가 있었

---

* 지방질이 많은 고체 크림.

잖아요, 하고 시어도시아는 속으로 생각했다.

"그런데," 하고 티드웰이 말을 이었다. "문제의 권총은 올리버 딕슨이 속한 요트 클럽에 보관되어 있었습니다. 그에게 아주 친숙한 장소죠. 그러므로, 누군가가 손을 댔으리라고는 생각할 수 없습니다."

"총알을 넣은 건 누군데요?"

"보브 브루스터라는 남자입니다. 그 작업을 오랫동안 했습니다. 한 번 재현해보라고 했는데, 화약을 약간 집어서 그것을 작은 종이에 싸서 주둥이를 돌려막기만 하면 되는 일이더군요. 티백을 만드는 것과 비슷합니다. 그리고는 포장한 것을 총구를 통해 집어넣는 것뿐입니다. 여담이지만, 브루스터는 이번 사건으로 심하게 괴로워하고 있습니다."

"하지만, 클럽 안에 적이 있었을 가능성도 있을 텐데요."

티드웰은 뚱뚱한 턱을 쓰다듬었다. "제가 이야기를 들은 사람은 대부분 올리버 딕슨을 무척 칭찬하던 걸요. 회장을 역임했던 적도 있고, 클럽을 위해서 약간이지만 돈도 기부하고 있었습니다. 선착장 보수나 클럽 하우스의 난방시설 설치 등에 돈을 냈더군요." 티드웰은 가슴 쪽에 있는 주머니에서 둥근 스프링이 달린 수첩을 꺼내어 내용을 보았다. 아이들이 문방구에서 사는 것과 같은 모양의 수첩이었다. "그렇지, 올리버 딕슨은 지난 해 여름,

저소득층 아이들을 위한 요트 강좌 비용도 부담했더군요. 어린이 요트 학교라든가, 뭐 그런 이름이었죠."

"올리버 딕슨이 자선 활동으로 유명했다는 말인가요?"

"뿐만 아니라, 흠잡을 데 없는 선량한 사람으로도 유명했죠." 티드웰은 시어도시아에게 미소를 보내고는 아몬드 스콘에 손을 뻗었다. "맛있겠는데요." 하고 작은 소리로 중얼거렸다.

나에게는 중요한 정보를 아무 것도 가르쳐주지 않을 속셈이야. 하지만 애당초 이 사람이 뭔가를 가르쳐줄 거라고는 생각지도 않았잖아? 시어도시아는 속으로 한숨을 쉬었다. 티드웰과의 대화는 언제나 이런 식으로 얼버무려지고 말았다.

"알고 계시겠지만." 그녀가 입을 열었다. "딕슨 가와 캔트렐 가는 오랜 세월 대립하고 있어요." 상대를 유심히 보면서 지금 한 말이 이해되기를 기다렸다. 형사는 아무 반응도 보이지 않았다.

"대립은 1880년으로까지 거슬러 올라가요. 두 집안의 가장이 목숨을 건 결투에 도전했죠."

"흐음." 티드웰은 아몬드 스콘을 다시 한 입 먹었지만 이야기에 귀를 기울이고 있음은 명백했다.

"1930년대에 들어서자 올리버 딕슨의 백모가 캔트렐 가의 남자와 사랑의 도피를 했어요. 아무튼, 그 일을 계기로 두 집안은 공공연하게 대립하게 된 것 같아요."

"요컨대, 당신은 젊은 포드 캔트렐을 의심하고 있는 겁니까?"
티드웰의 반짝 빛나는 눈이 그녀에게 못박혔다.

"누군가를 의심한다는 건." 시어도시아는 천천히 대답했다.
"어떤 범죄가 행해졌다고 믿는다는 뜻이잖아요. 하지만, 저는 아
무런 증거도 없어요."

"하하. 요컨대, 이 대화는 단순히 주변의 뜬소문인 거로군요."
시어도시아가 불쾌한 얼굴이 되어 그를 노려보았다.

그녀를 화나게 했음을 알자 티드웰의 눈에서 웃음이 사라지고
갑자기 진지한 얼굴이 되었다.

"확실히, 이른바 딕슨 가와 캔트렐 가의 반목에 대해서는 여러
가지 소문을 들었습니다. 그렇지만, 구체적인 정보에 관해서는
당신이 훨씬 앞서가고 있는 것 같군요."

비록 배둘레는 뚱뚱했지만, 티드웰은 필요하다면 언제든지 말
은 날씬하게 줄일 수 있는 사람이었다.

"골동품 총에 대해서는 잘 아세요?" 시어도시아는 물었다.

그는 생각에 잠겼다. "그렇다고는 말 못하겠군요. 저희 감식반
도 여러 가지를 조사하고 있지만, 녀석들이 능숙한 건 주로 현대
의 총기류니까요."

하지만 난 전문가를 알고 있어, 하고 시어도시아는 생각했다.
운은 하늘에 맡기고 그 사람에게 이야기를 들어봐도 좋겠지.

티드웰은 세 개째의 과자에 손을 내밀까 말까 망설이는 몸짓을 보였지만 결국 포기했다.

"자 그럼." 그는 힘들게 일어나서는 재킷이 접힌 곳에서 반짝이는 설탕 알갱이를 털어냈다. "슬슬 가봐야겠군요. 초대해주신 것과 차는 감사했습니다."

그리고 문을 통해 나갔다. 아무 일도 없었다는 듯이.

시어도시아는 사용한 접시를 모아 가게 안쪽으로 날랐다. "드레이튼." 하고 어깨 너머로 불렀다. "티모시 네빌의 악단이 서배너 공연에 초빙되었죠. 지금쯤은 돌아왔을까요?"

"돌아왔구말구." 드레이튼이 커튼에서 얼굴을 내밀었나. "어제 이야기를 했지."

"그래요." 시어도시아는 그 말밖에 할 수 없었다. 티모시 네빌을 찾아가볼까 생각하는 것과, 실제로 그와 이야기를 하는 것은 하늘과 땅 차이였다.

"그 사람, 지난 번에 부동산 개발업자를 독살한 범인이라고 의심했던 일로 나를 미워하고 있을까요?"

"말도 안 돼." 드레이튼은 말했다. "티모시 네빌은 당신을 미워하고 있지 않아. 그는 세상 모든 사람을 미워하고 있거든. 티모시는 옛날부터 평등주의자야. 그의 말이 불쾌해도 깊이 생각하진 말라구."

07

티모시 네빌은 다음 달이면 여든 살 생일을 맞이한다. 그러나, 역사지구의 어리석은 인간들에게 일부러 그것을 가르쳐줄 생각은 없었다. 웃기지 말라구. 그의 생년월일은 옛날부터 화젯거리였으며, 자신이 그 즐거움에 찬물을 끼얹을 생각은 추호도 없었다. 사람에 따라서는 그가 여든 다섯 살이라고 하는 사람도 있었고, 또는 친절하게도 그보다 열 살이나 젊게 어림잡는 사람도 있었다.

그래서 뭐가 어쨌는데?

손에 관절염 기미가 있는 것을 빼면 그야말로 건강했다. 관절염은 오랫동안 바이올린을 켰기 때문이고, 괴로운 건 기온이 섭씨 10도 이하로 내려갔을 때뿐이었다.

사실을 말하면, 주치의 가운데 두 사람은 이미 고인이 되었다. 요즘은 일일이 의사에게 진찰받으러 가지도 않게 되었다. 집사인 헨리에게 하루에 두 번씩 혈압을 재게 하고, 은행 엑기스, 코

95

엔자임Q10, 콜린*, 비타민 B_1, B_{12}C, E와 같은 영양 보조제를 먹고 있다.

확실히, 식생활 면에서는 몇 가지를 양보해서 붉은 살코기 위주였던 식단을 생선으로, 버번을 포도주로 바꾸었다. 여전히 아르투로 푸엔테 시거**를 피우고는 있지만 그것도 횟수를 점점 줄여가고 있었다.

유전이다. 티모시 네빌은 이 모든 것이 유전 덕분이라고 믿고 있었다. 어머니는 아흔 살까지 사셨고, 자리보전을 한 것은 돌아가시기 전날뿐이었다. 그의 선조 – 대부분은 1600년대 중반에 프랑스의 종교탄압을 피해온 위그노 교도였다 – 들도 완고하고 튼튼한 사람들이었다. 그들은 항해라는 고난을 이겨내고, 찰스타운을 개척하기 위해 개미처럼 일했으며, 탐욕스러운 영국 왕실과 싸웠고, 남북전쟁에서 살아남았다. 오늘날, 그의 선조들은 찰스턴의 창설자로 손꼽히며 특권계급으로 여겨지고 있었다.

손에 든 풍경화를 지그시 바라보면서 티모시 네빌은 무심코 웃음을 흘렸다. 로 컨트리의 쌀농장을 구슬픈 터치로 묘사한 것으

---

* 활성 측면에서 비타민과 관련된 질소를 포함하고 있는 알코올. 대부분의 미생물과 고등동물의 필수영양소이며 사람을 포함한 동물의 물질대사 과정에 중요한 역할을 한다.

** 쿠바에서 생산되는 최고급 시거.

로 알려진 이 그림은, 화가 앨리스 래브널 휴거 스미스의 1930년 대 작품이었다. 이 그림에는 약간의 흠이 있었다. 한 귀퉁이에 좀먹은 흔적이 있고, 하늘 부분에는 물에 의한 갈색 얼룩이 번져 있었다. 중성지에 싸여 있지 않았던 탓에 빛깔도 약간 바랬다. 아직은 수채화를 복원하는 데에는 상당한 기술이 필요하지만, 이 그림은 그 만큼의 가치가 있었다. 휴거 스미스의 작품은 구하기도 힘들고, 소유자들은 미술관에 기증하기보다는 뉴욕의 경매시장에 내놓고 싶어하기 때문이었다.

"네빌씨? 손님이 오셨는데요?" 비서 중 하나인 클레어가 문간에 서서 망설이듯이 말했다.

티모시는 얼굴을 들고 물었다. "누군데?"

"시어도시아 브라우닝?"

클레어는 무슨 말을 하든지 의문문처럼 끝을 올리는 버릇이 있었다. 왜 그럴까. 티모시는 그것이 이상했다. 젊은 여자들이 화가 치미는 이런 말투로 말하는 것을 들은 적도 있었다. 너무나 자신감이 없어서 평서문으로는 말을 못하는 걸까?

뭐 그런 건 상관없었다. 티모시는 그저 시간을 벌기 위해서라는 걸 알면서도, 시어도시아 브라우닝이 일부러 찾아왔다는 사실을 머릿속에서 몇 번이고 되새김질했다. 그녀를 대기실에서 충분히 기다리게 하는 것도 나쁘지 않아. 누가 뭐래도 저 여자는 지난 해 가을, 내가 부동산 개발업자의 죽음과 관련되어 있다고 혐의를 두고 연주회의 중간 휴게시간에 교활하게도 내 집안을 염탐하고 다녔으니까. 그 일이 있은 뒤로 저 여자는 자신에게 무척 냉담하고 쌀쌀맞아진 느낌이 들었다. 겸연쩍은 걸까? 자신이 저지른 일을 후회하고 있는 걸까? 틀림없이 그럴 것이다.

"들어오라고 해요." 결국 티모시는 그렇게 명했다.

시어도시아 브라우닝은 실크 옷자락이 스치는 소리를 내면서 사무실로 들어왔다. 천이 바스락거리는 희미한 소리가 들려오고, 아련한 꽃향기가 떠도는 것을 느낄 수 있었다. 향수를 뿌리고 있는 걸까, 아니면 차의 향기일까.

티모시는 눈 앞의 탁자에 그림을 놓아두고 그녀를 향해 고쳐앉았다. 자리에서 일어서려는 의사표시는 아무 것도 하지 않았다. 그녀가 빙긋 웃고 있었다. 구불거리는 갈색 머리카락이 얼굴을 감싸고 있는 모습은 마치 착한 메두사 같았지만, 밝은 청록색 실크 슬랙스를 입은 그녀는 꽤나 미인이었다.

"네빌씨." 시어도시아가 입을 열었다.

"티모시라 불러주게." 그는 시원시원하고 사무적인 목소리로 말했다. "잘 알고 있는 사이니까. 그렇지 않나?"

시어도시아는 일순 움찔했고, 부끄러움에 얼굴이 새빨개졌다.

"그러시다면, 티모시." 시어도시아는 고쳐 말했다. 무작정 여기를 찾아온 것을 후회하기 시작하고 있었다. 역시 티모시 네빌은 몇 달 전에 그녀가 한 일을 잊지 않고 있었던 것이다. 꿀꺽, 침을 삼키고 어서 해치워버리자고 배에 힘을 주었다.

"당신은 골동품 무기에 정통하다고 들었어요. 대포나 권총 같은 것들요. 권총이 폭발하는 과정을 제가 알 수 있도록 설명해 줄 수 있으실까요?"

"또 뭔가 염탐하고 있는 겐가, 브라우닝양?" 티모시 네빌은 쌀쌀맞은 미소를 그녀에게 향했다.

"수사라고 부르기도 합니다, 네빌씨."

티모시라고 부르는 건 역시 무리다. 네빌씨라고 부르는 것이 훨씬 더 나아. 견고하고 거리감이 느껴지는 이 몸집이 작은 괴짜 사나이와는 그렇게 하는 것이 좋을 것 같았다.

"분명히 그렇게 말할 수도 있지." 티모시가 대답했다. "하지만, 그건 정식으로 절차를 밟고 선서를 한 수사관에 대해 사용하는 단어 아닐까. 당신이 그런 사람이라고는 생각할 수 없는데."

시어도시아는 티모시의 반론을 무시했다. "흥미가 있거든요. 올리버 딕슨의 죽음……, 그러니까, 그가 맞이한 무서운 사고요. 저기, 알고 계신……."

"물론, 무슨 일이 있었는지는 알고 있지." 티모시는 불쾌한 목소리로 대답했다. "무서운 재난이었지. 좋은 사람이었는데." 티모시의 번쩍번쩍 빛나는 눈이 그녀를 쏘아보았다.

"그래서 당신은, 내가 골동품 총을 수집하고 있으니까, 총의 폭발이라든지 그것과 관련된 것을 알고 있으리라 생각한 겐가?"

"그렇다기보다, 뭔가 설명을 해주실 수 있지 않을까 해서요."

"사고에 대한 설명이라." 티모시가 천천히 말했다. "당신의 논리에는 동조할 수 없어. 뭐, 동조할 논리가 있다면 말이지만."

"하지만, 혹시 그것이 사고가 아니었다면…… 그렇다면……." 그녀는 거기서 갑자기 말을 잘랐다. "도와줄 수 없으세요?"

이야기는 생각했던 대로 흘러가주지 않았다. 이전에 티모시의 저택을 염탐했던 일을 후회하고 있는 것이 일단 커다란 걸림돌이었고, 또 한 가지, 티모시 네빌의 뛰어나게 좋은 머리 탓에 자신이 마치 어린 여학생이라도 된 듯한 느낌도 원인이었다.

티모시 네빌은 아주 약간 어깨를 으쓱했다.

"저기, 한 가지 말씀드리고 싶은 것이 있는데요." 시어도시아는 될 대로 되라는 심정으로 말했다. "문화유산협회의 웹사이트에서 몇 가지 실마리를 찾았어요."

티모시는 그저 그녀를 응시하고 있을 뿐이었다.

"그래요." 시어도시아가 말을 이었다. "문화유산협회의 웹사이트에 보존되어 있는 옛날 신문의 데이터베이스를 조사해서 딕슨 가와 캔트렐 가의 대립에 대해 몇 가지 알게 되었어요."

"그것 참 장하군."

티모시로서는 갑자기 가혹한 말투를 쓸 생각은 아니었지만, 상대방에게는 그렇게 들리고 말았다. 자신이 애교없는 노인이며, 문득문득 가시돋친 말을 해버린다는 것도 뼈저리게 자각하고 있었다. 이때도 말한 순간 곧바로 후회했다.

그러나 그의 말에 시어도시아는 이미 심하게 상처받아 휙, 뒤로 돌아섰다.

당장 나가자. 티모시 네빌에게는 협력해줄 생각이 손톱만큼도 없는 것 같으니까.

티모시 네빌이 입을 열었을 때에는 이미 그녀는 문 밖으로 나가고 있었다.

"브라우닝양, 추측컨대, 당신은 교회는 제대로 찾아갔지만 신도석을 잘못 찾은 건 아닐까 하는데."

달래려 하는 말이 한꺼번에 그의 입에서 튀어나왔다. 그러나 그 목소리는 너무나 작았고, 시어도시아는 전부를 듣지 못했다. 마치 흠집이 난 레코드나 테이프처럼 띄엄띄엄 들려왔다.

"예에?"

시어도시아는 그가 무슨 말을 하려 했는지 몰라 되물었다.

그러나 티모시 네빌은 이미 그림 검사 작업에 다시 몰두하고 있었다.

잠깐! 간단 차 상식
차의 정의에서 역사까지

• **차란?**
차나무(Camellia sinensis)의 잎을 따서 가공한 것, 또는 그것을 우려낸
음료.

• **차의 기원**
차가 처음 재배된 지역은 중국의 윈난(雲南)성으로 알려져 있다. 윈난성
에서는 원래 야생 차나무가 자라고 있었는데 처음엔 주민들이 약용으로
이용하다가 당나라 때부터 물을 끓여마실 때 물 맛을 내려고 넣었다가
맛이 좋아 널리 유행되기 시작했다고 한다.
당나라 때 육우(陸羽)가 쓴 『다경(茶經)』이란 책은 중국의 삼황제 중에 두
번째 황제였던 신농씨(기원전 2737년)가 처음으로 차를 마셨다고 기록
하고 있다. 백성들에게 농사짓는 법을 처음 가르친 것으로도 알려져 있
는 신농씨가 어느 날, 차나무 그늘에서 물을 끓이고 있는데 우연히 나뭇
잎이 들어갔고, 그 끓인 물의 맛과 향이 매우 좋아서 온 백성에게 차를
끓여 마시게 했다고 한다.

• **홍차의 역사**
차, 특히 홍차라면 영국이 곧바로 머릿속에 떠오를 정도로 영국인들의
홍차 사랑은 유명하다. 그러나 사실 홍차의 발상지는 중국이며, 영국에
서 홍차를 마시기 시작한 것은 17세기 후반부터다. 중국의 차가 처음으
로 유럽에 들어온 것은 1610년에 네덜란드의 동인도회사에 의해서였고,

영국에는 1662년에 국왕 찰스 2세가 포르투갈에서 온 캐서린 왕비와 결혼하면서 차 문화가 전해졌다.

당시 유럽인들은 차는 중국 이외의 지역에서는 자라지 못한다고 생각했다. 중국이 차의 수출이라는 유리한 산업을 타국에 빼앗기지 않기 위해 차와 관련된 모든 기술과 정보를 엄격하게 통제했기 때문이다. 중국은 차의 종자나 묘목의 반출을 엄금하고, 차의 재배기술과 차발효법 등을 극비에 붙였다.

그러다가 1823년, 영국인 탐험가인 로버트 브루스가 지금의 미얀마 지방에서 우연히 야생 차나무를 발견했다. 이것이 현재의 아삼종 차나무였다. 아삼종 찻잎은 중국종 찻잎보다 크기가 3배 정도 컸고, 열대의 기후에 적합할 뿐 아니라 홍차로 가공했을 때 중국종보다 달콤하고 깊은 맛이 났다.

19세기까지는 세계적인 커피 산지였던 스리랑카의 실론섬은 1869년에 발생한 병충해로 커피가 전멸했다. 하루 아침에 경제적인 기반을 잃고 공황 상태에 빠진 실론섬은 서둘러 대체작물을 찾아내야 할 형편에 처했다. 이때, 대체작물로 도입된 것이 아삼종 홍차였다. 이것이 대대적인 성공을 거두어 1875년 무렵부터 실론은 세계적인 홍차 산지로 떠올랐고, 중국 홍차는 내리막길로 접어들었다.

전통적으로 서양에 알려진 차는 홍차뿐이었으며, 녹차가 차츰 알려지고 있는 현재에도 서양에서 팔리는 차의 90퍼센트 이상을 차지하고 있는 것은 홍차이다.

08

"알고 싶었던 건 알아냈어?"

시어도시아가 찻집으로 돌아온 지 그럭저럭 1시간, 드레이튼은 그녀의 옆으로 갈 기회를 쭉 노리고 있었다.

그녀는 재빨리 사무실에 틀어박혀 오로지 노트북 자판을 두들기고 있었다. 아마도 새로운 판촉계획이라도 세우고 있을 것이다. 가게나 웹사이트나 차모임의 기획이나 차를 이용한 목욕용품 아이디어 등으로 시어도시아는 눈이 핑핑 돌 정도로 바빴다. 게다가 마음이 흐트러져 있기도 했다. "꽤 오래 걸렸네." 드레이튼이 덧붙였다.

시어도시아는 의자 등에 기대어 천천히 숨을 토해냈다.

"티모시와의 이야기는 그렇게 오래 걸리지 않았어요. 하지만, 몹시 짜증이 나서 그 뒤에 성 빌립보 교회 뒤쪽을 어슬렁거리면서 머리를 식혀야 했거든요."

성 빌립보 교회 뒤쪽에 있는 묘지는 찰스턴의 비밀장소, 말하자면 관광객이 별로 들르지 않는 곳이었다. 분수와 조각품, 매혹적인 옛 묘비 등이 있는 그곳은 조용하고 차분해서 거기에 가면 누구라도 마음의 위안을 얻을 수 있었다.

"티모시가 짜증나게 하는 말을 했어?"

티모시가 까칠한 노친네라는 건 드레이튼도 알고 있지만, 특별히 다루기 힘들 정도는 아닐 터였다. 물론, 당연히 조심해서 다뤄야 하겠지만.

"티모시 네빌은 절 미워하고 있어요." 시어도시아가 내뱉었다. "똑똑히 알았어요. 마음 속까지 꿰뚫어보는 듯한 냉혹하고 계산 밝은 눈으로 절 봤어요. 문화유산협회의 관계자들에게는 그가 돈을 모으고 역사적 건축물의 인증을 얻고 건물을 보존하는 등 뛰어난 능력을 발휘하고 있겠지만, 제가 보기엔 그 사람은 무례하고 거만한 사람에 지나지 않아요."

그녀는 책상에 팔꿈치를 올리고 턱을 두 손 위에 얹었다.

"그래요. 명백해요. 그 사람은 나를 미워하고 있어요."

"시어도시아, 그건 피해망상 아닐까." 드레이튼이 말했다.

"아뇨, 틀려요. 그는 정말 불쾌한 작은 남자예요."

"그렇기도 하지만, 아주 매력적인 사람이기도 하지." 드레이튼이 반론했다. "게다가 티모시가 당신을 미워하고 있다면 자기 집에서 여는 가든 페스티벌 개막 파티에 초대할 리가 없잖아."

찰스턴에서 일 년에 한 번씩 열리는 가든 페스티벌은 다음 주부터 시작된다. 일주일에 걸친 그 행사에서는 역사지구 내의 서른 개 이상의 정원이 일반에게 공개된다. 정원 가꾸기 애호가를 자처하는 수많은 사람들이 몇 년에 걸쳐 정원을 손질하고, 분수를 만들거나 희귀한 꽃을 길러서 일반에게 공개되는 명단에 올라가기 위해 고군분투했다. 그러나 선택되는 정원의 수에는 한계가 있었다. 바로 그렇기 때문에 명예였다. 물론, 아치데일 스트리트에 서 있는 장대한 조지 왕조 풍 저택 뒤편에 있는 티모시 네빌의 중정은 그 명단의 맨 위에 올라가 있었다.

"초대받은 건 제가 아니에요." 시어도시아가 말을 되돌렸다. "당신이죠."

"그래, 하지만 참석하겠다는 답장에 당신 이름도 씌어 있지. 당신이 나와 동행한다는 것에 동의했다고."

시어도시아는 코에 주름을 잡았다. "꼭 가야 하나요?"

드레이튼이 엄격한 표정이 되었다. "당연하지. 이제 와서 참석을 취소할 수는 없어. 그리 예의바르다고는 할 수 없는 행동이니까. 게다가 이건 아주 중요한 행사라구."

"알았어요." 시어도시아는 한숨을 쉬었다. 발을 앞으로 내밀고 로퍼를 걷어차듯이 벗어던졌다. 그 신발은 얇은 가죽으로 만들어져 있는데, 청록색 실크 슬랙스와 잘 어울렸다. 패션의 수호천사 들레인이 골라준 것이었다.

"티모시가 화를 내며 저를 쫓아내지 않기를 기원하는 수밖에 없군요."

"티모시가 아무 것도 안 가르쳐 줬어?"

드레이튼이 슬쩍 속을 떠보았다.

"그답지 않은 걸. 당신을 좀 놀렸을지는 모르겠지만, 전문가로서의 지식을 빌리고 싶다고 하면 대개는 몹시 기뻐하는데."

시어도시아는 두꺼운 검은 펜을 손에 들고 책상 한가운데에 있던 아트지에 낙서를 하기 시작했다.

드레이튼은 이때는 화제를 바꾸는 것이 좋겠다고 판단했다.

"욕실용 차를 생각하고 있었어?"

"예에."

"뭔가 좋은 생각 있어?"

시어도시아의 얼굴이 순간적으로 밝아졌다. "사실은요, 잔뜩 떠올랐어요. 욕실용품 시리즈는 어때요? 말하자면, 욕실용 티백이죠. 녹차에는 근육통을 완화시키는 효과가 있고, 라벤더나 재스민, 금잔화의 꽃, 그리고 장미꽃잎은 피부를 매끈하게 해주거든요. 욕실용품은 엄청 인기잖아요. 자연의 산물을 이용한 상품이라면 특히 더요. 그러니까 치유 효과가 있는 차상품은 딱일 거라고 생각해요."

"동감이야." 드레이튼도 찬성했다.

그 뒤 한 시간 가까이 두 사람은 이런저런 의견을 교환했다. 시어도시아는 필사적으로 메모를 하고 있었지만, 결국 노트북에 입력하는 것으로 바꿨다. 그렇게 하는 것이 아이디어를 정리하는 데에 시간이 덜 걸린다는 결론에 이르렀기 때문이었다.

5시가 되자 헤일리가 들어왔다.

"문닫을 시간인데, 닫을까요?"

"물론이지." 시어도시아는 손을 흔들었다. 우울한 기분으로부터는 말끔히 벗어나 있었다. "멋진 밤 보내구."

"당신두요." 헤일리가 대답했다. "그럼, 안녕히, 드레이튼."

"즐거운 저녁 보내."

시어도시아와 드레이튼은 잠시 말이 없는 채로, 헤일리가 불을 끄고 앞문으로 나가서 열쇠를 잠그는 소리에 귀를 귀울이고 있었다. 이제 찻집에서 빛나는 유일한 빛은 책상 위의 티파니 램프뿐이었다.

"드레이튼." 시어도시아가 이야기를 시작했다. "그러고보니, 티모시 네빌은 분명히 뭔가 말했어요."

드레이튼은 끈기 있게 그녀를 응시하고 있었다.

"'올바른 교회와 잘못된 신도석'이라든가, 그런 말을 중얼거렸어요. 아마도, 딕슨 가와 캔트렐 가의 대립을 말한 것이라고 생각하는데요. 그 이야기는 들었어요?"

드레이튼은 고개를 끄덕였다. "오랜 세월에 걸쳐서 조금씩, 이래저래 들었지."

"오늘 티드웰 형사에게 그걸 이야기했어요."

"헤일리와 나도 그러지 않을까 했어. 설마 포드 캔트렐이?"

시어도시아는 어깨를 으쓱했다.

"어쩌면요. 당신도 봤죠? 그 사람이 야외 파티 때 화를 내는 모습을요."

"불같이 화를 내고 있었지."

"물론, 티모시가 나를 틀린 방향으로 가게 하려고 했을 가능성도 있지만요."

"그건 티모시답지 않다고 생각하는데. 그는 언제나, 자신은 식견이 높고 엄격하다고 호언장담하고 있으니까."

두 사람은 잠시 마주보았다.

"그래서," 드레이튼이 말했다. "조사는 아직 진행중인 거야?"

시어도시아의 푸른 눈동자는 여기서 그닥 멀지 않은 대서양마냥 아름답고 예측불가능했다.

"기대해도 좋아요."

09

"상당히 세련됐죠? 보십시오, 회녹색 유약에 빛이 반사되어 아름답지 않습니까? 에지필드 군(郡)의 도공이 만든 건 아닐까 짐작하고 있습니다."

시어도시아는 따끈따끈한 블루베리 머핀을 서빙용 쟁반에 조심스럽게 놓으면서 목소리에 귀를 기울였다. 들은 적이 있는 목소리였다. 적어도, 들은 적이 있다는 생각이 들었다.

커튼을 젖히고 가게 안으로 발을 들여놓은 순간, 조반니 로드가 찻주전자를 소중하게 두 손으로 들어올리고 드레이튼과 이야기에 열중하고 있는 모습이 보여 약간 놀랐다.

"그래." 드레이튼이 말했다. "에지필드 산인 건 일단 틀림없고 19세기 초반에 만들어진 것이라고 단언할 수 있네."

드레이튼은 안경이 코 한가운데 근처까지 미끄러져 내려와 있는 것에는 아랑곳 하지 않고 헤일리가 '문화유산협회 어투'라고 이름붙인 어조로 수다를 떨고 있었다. 전문가로서의 식견을 빌리고 싶다는 부탁을 받고 기뻐하는 건, 아무래도 티모시 네빌 한 사람에 그치지 않는 것 같았다. 그건 드레이튼도 역시 마찬가지였다.

"안녕하세요?"

과자를 담은 바구니를 각각의 탁자에 모두 나눠주고나서 두 사람에게 말을 걸었다. 드레이튼은 살짝 미소지었을 뿐이지만, 조반니 로드는 튕기듯이 의자에서 벌떡 일어나 그녀의 손을 꼬옥 잡았다.

"브라우닝양, 다시 만나 반갑습니다." 조반니 로드는 과장되게 말했다.

"그리고 드디어 이 찻집에 오게 된 것도요."

"찾아주셔서 감사해요." 시어도시아는 대답했다. "친족분이 돌아가신 것, 다시 한 번 조의를 표합니다."

조반니 로드의 미소띤 얼굴이 단숨에 무너졌다.

"고마워요. 모든 이들에게 이번 일은 유감입니다. 특별히 도에게는요. 당신의 배려는 감사히 받아들이겠습니다."

"이걸 봐."

드레이튼이 견고하게 만든 작은 도기를 시어도시아에게 건넸다. "이쪽의 재능 풍부한 친구가, 고맙게도 이 찻주전자를 감정해 달라고 해서 말야."

조반니가 설명했다. "드레이튼의 말에 따르면, 이건 일단 틀림없는 에지필드 산이라고 하는군요."

에지필드 도기는 찰스턴의 북서쪽, 서배너 강을 따라 있는 에지필드에서 풍부하게 산출되는 무거운 점토로 만들어졌다. 1800년대에 에지필드의 도공들은 물단지, 보관용 단지, 볼, 찻주전자, 얼굴을 새겨넣은 작은 단지 등을 생산했다.

"멋져요." 그렇게 말하고 시어도시아는 작은 도기를 손 안에서 돌렸다. "이런 물건은 점점 더 찾아보기 어려워지고 있죠. 이건 당신 가게에서 팔려고 입수한 건가요?"

"아뇨, 그렇지 않습니다." 조반니가 대답했다. "도와 올리버가 결혼 축하 선물로 받은 것 중 하나입니다. 불쌍하게도 그 애는 이런 것을 보는 것조차도 견딜 수 없는 상태죠. 집에 놓아두는 것만으로도 가슴이 찢어질 정도로요. 그래서, 자기 대신에 팔아줬으면 한다고 부탁하더군요."

"오죽 충격을 받았겠어요." 시어도시아는 그렇게 말했지만 남편이 죽은 지 아직 얼마 지나지도 않았는데 벌써 결혼 축하 선물을 팔아치우다니, 하고 이상한 생각이 들었다. 장례식도 내일에야 겨우 치러지는데!

"올리버의 몸에 무슨 일이 일어났는지를 조사하는 수사는 전혀 진전이 없습니다." 조반니가 침울한 얼굴로 말했다. "모두들 그 사건이 얼마나 참혹했는지는 한 마디씩 하고 있어요. 하지만, 물론, 전 권총을 누군가 손본 건 아닌가 생각합니다. 도 역시 같은 생각이구요."

"경찰이 수사하고 있나?" 드레이튼이 물었다.

"예." 조반니가 천천히 대답했다. "그래서, 포드 캔트렐을 엄하게 조사해 달라고 말해두었죠. 놈은 인간 쓰레기입니다." 조반니는 시어도시아에게 진지한 눈길을 향했다. "다시 한 번, 인사를 드리고 싶습니다. 야외 파티에서 재빨리 대응해주신 점, 마음으로부터 감사하고 있습니다."

시어도시아는 손을 내저어 막았다. 상대가 누구든지 같은 일을 했을 것임에 틀림없기 때문이다.

"이 찻주전자는 잠시 맡겨줬으면 하는데." 드레이튼이 요청했다. "아는 사람의 견해를 들어볼 생각이야. 그 사람은 에지필드 도기를 수집하고 있으니까 얼마나 가치가 있는지 가르쳐줄 지도 모르거든."

"그거 정말 고맙습니다."

조반니 로드는 들릴 듯 말 듯한 목소리로 말했다. 거기에 헤일리가 찻주전자를 들고 나타나자 그의 표정이 온화해졌다. "안녕하세요." 그가 말을 걸었다.

"어, 차가 왔군." 드레이튼이 말했다. "고마워, 헤일리."

그는 조반니, 시어도시아, 그리고 자신의 잔에 무나르 차를 따랐다.

그러나 헤일리는 물러나지 않고, 조반니는 여전히 상냥한 미소를 짓고 있었다.

"로드씨, 이쪽은 헤일리 파커예요." 시어도시아가 소개했다.

"처음 뵙겠습니다." 헤일리가 말했다. "과자라도 드릴까요? 지금 막 오븐에서 꺼낸 레몬 타르트가 있어요."

"그것 참 맛있겠군요." 조반니가 빙긋 웃자 헤일리는 서둘러 과자를 가지러 갔다.

"예쁜 아가씨로군요."

조반니는 차를 한 모금 마셨다. "오, 맛있네요. 하지만 사실 저는 차에 대해서는 전혀 모릅니다. 이것이 일본차인지 중국차인지도 구별을 못해요."

"사실은," 하고 시어도시아가 말했다. "인도차예요."

"역시 저는 모르겠군요."

"호오, 이건 정말!" 헤일리가 돌아와서 구운 과자를 담은 접시를 내려놓자 그는 엉겁결에 목소리를 높였다. "여러분의 따뜻한 배려와 대접에 모자를 벗고 경의를 표해야겠군요! 왜 좀더 빨리 여길 찾아오지 않았을까요?"

"얼마 전에 이 근처에 집을 사셨죠?" 시어도시아가 물어보았다. 들레인이 그런 말을 했던 것을 기억해냈던 것이다.

"예에. 레거 스트리트에 있는 겁니다. 오래된 빅토리아 왕조 풍의 단독주택이죠. 왜, 있잖습니까, 고풍스럽고 멋지지만 여기저기 수리해야 할 곳투성이인 그런 집요. 예전의 저였다면 그저 돈 푼 깨나 깨지겠네, 하고 생각했겠지만, 지금은 언젠가는 그 집을 멋지게 복원해볼 생각입니다."

"그 근방의 집들은 잘 알고 있는데," 드레이튼이 말했다. "대부분의 집들에 아름다운 정원이 있지."

조반니가 열성적으로 끄덕였다. "정원 가꾸기는 저의 유일한 삶의 낙입니다. 벽돌을 깐 파티오, 작은 분수, 조각은 모두 거의 완벽한 상태입니다. 사실을 말하면, 꼭 해야만 했던 일은 정원수를 좀 바꿔심는 것 정도였죠. 웃지 말아 주십시오." 조반니의 어조가 비밀스러워졌다. "사실은 저의 정원이 다음 주에 열리는 가든 페스티벌에 참가한답니다."

"멋진데." 드레이튼이 감탄했다. 드레이튼은 역사적인 것들의 복원 이외에 정원 가꾸기에도 열정을 쏟고 있었다. 자택의 좁은 뒤뜰에 멋진 정원을 만들고, 요즘은 분재의 명인이 되려고 과감하게 도전하고 있기도 했다. "하지만, 자네가 정원 가꾸기 클럽 회원인 줄은 몰랐는데. 더군다나 자네 정원이 올해 페스티벌에 참가할 줄이야."

"저희집 정원은 금요일 밤에 공개됩니다." 조반니가 말했다. "티모시 네빌의 저택에서 열리는 성대한 개막 파티 다음날 밤이 죠. 여러분도 꼭 들러주십시오."

"조반니 로드는 헤일리와 데이트를 하고 싶어 하는 것 같아." 조반니가 돌아간 뒤 드레이튼이 말했다.

헤일리는 발끝까지 새빨개졌다. "설마요. 친절할 뿐이에요. 신사인 거죠."

"정말로 그렇게 생각해?"

시어도시아가 끼어들었다. 조반니 로드가 있는 동안 그녀는 거의 아무 말도 하지 않았다. 일요일에 처음 만났을 때는 매력적으로 보였지만, 지금은 모든 것이 위선적으로 보였다. 물론, 삼 대 일이라는 상황에서 약간 신경질적이 되었을 뿐이라고도 생각할 수 있다. 우리의 수다에 압도되었을 뿐일 수도.

"결혼 축하 선물을 팔아치우다니, 좀 이상하지 않아?" 시어도시아는 듀보스 벌꿀과 던디의 클로티드 크림 단지를 선반에 정리하면서 헤일리에게 물어보았다.

"글쎄 말예요." 헤일리도 동감이었다. "어쩐지, 도는 사교계의 신데렐라가 되고 싶었던 건 아닐까 하는 생각이 들기 시작해요. 그렇지 않다면, 왜 그렇게 나이많은 사람과 결혼했겠어요? 재산에 눈독을 들인 거라는 들레인의 생각이 맞을지도 몰라요."

정말로 도는 재산에 눈독을 들여서 결혼했을까, 하고 시어도시아는 마음 속으로 생각했다. 결국 그런 거였어?

도는 못된 계획과는 전혀 상관없어 보이고 젊음에 넘쳐 있었다. 훨씬 연상의 남성과 사랑에 빠진 젊고 아름다운 아가씨. 그러나, 그 남편이 죽고 올리버의 아들들뿐만 아니라 도 역시 정당하게 거액의 유산을 상속받을 수 있는 입장에 있었다. 즉, 그녀도 용의자로 간주할 수 있는 것이었다.

시어도시아는 올리버 딕슨의 장례식에 갈까 말까, 엄청 골머리를 앓고 있었다. 그러나 덕분에 가야겠다는 단호한 결심이 섰다.

상관없잖아. 올리버 딕슨은 역사지구에 살고 있었으니 말하자면 이웃 사촌이었어. 그의 장례식에 참석하는 건 이웃 사람으로서 당연하다구.

게다가 물론, 올리버 딕슨이 죽을 때 자신은 그곳에 있었다. 분명히, 단지 스쳐지나가는 사람이었을지도 모르지만, 그 비극적인 날 오후에 화이트 포인트 가든에 있었던 다른 사람들과 비교하면, 훨씬 의미있는 일을 하기도 했으니까.

"지금, 괜찮수?" 딤플양이 사무실 입구에서 우물쭈물하고 있었다. "뭣하면 다시 올게. 그래도 전혀 상관없으니까."

"어머, 딤플양." 시어도시아는 멍한 생각에서 자신으로 돌아왔다. "좀 생각할 게 있어서요. 어서 들어오세요."

"지난 달치 장부를 갖고 왔다우." 딤플양은 시어도시아에게 미소지으면서 그렇게 말했다. "수지는 꽤 양호해. 웹사이트의 초기비용이 들었던 것치고는 말야."

"딤플양." 지금 막 떠오른 생각이 머릿속을 스쳐지나갔다. "당신을 회계사로 믿고 여쭤보는데요, 어떤 회사의 재무 상황을 조용히 조사할 방법이 있을까요?"

"D&B에서 조사할 수 있지. 있잖수, 마케팅 조사 회사인 던 앤드 브래드 스트리트 사."

"그건 간단해요'?"

"난 도피네씨 부탁으로 쭉 해왔는데. 지금이라면 인터넷을 통해서 훨씬 빨리 할 수 있을 걸."

"인터넷으로요? 정말요?" 시어도시아는 빙긋 웃었다. 그거라면 장기인 분야다. "좋은 걸 배웠어요. 어서 해봐야지."

10

"저기, 들었어요?"

들레인 디시가 찻집 입구에 쓱 나타나서는 로마노프 왕조의 대공비처럼 침착하게 탁자에 앉았다.

"들었다니, 뭘요, 들레인?"

시어도시아는 체념한 얼굴로 되물었다.

오늘 점심 시간은 살인적으로 바빠서 샌드위치는 다 팔려버렸다. 헤일리가 과일과 치즈를 담은 접시를 열두 개 준비하고 거기에 워터 비스킷* 몇 개를 곁들여줘서 겨우 그럭저럭 넘겼다. 과일과 치즈 접시는 나중에 온 손님들에게는 호평을 받았지만, 시어도시아는 겨우 한숨 돌린 참에 들레인과 그녀의 신파조의 태도를 참아낼 수 있을지 자신이 없었다.

"야외 파티에 왔던 그 불쾌한 남자 기억해요?"

---

* 밀가루와 물만으로 구운 비스킷.

그렇게 말하고는 들레인은 금색 콤팩트에서 립스틱을 재빨리 꺼냈다.

"포드 캔트렐이라고 했던가요?" 그리고 립스틱 케이스를 돌리고는 모두가 보고 있는 것을 알면서도 입으로 가까이 가져갔다. "취조받으러 경찰에 끌려갔대요." 입을 움직이지 않고 대충 분홍빛 립스틱을 바르면서 아무렇게나 말했다.

들레인은 화장 도구를 핸드백에 집어넣고 눈부신 미소를 시어도시아와 드레이튼에게 향했다.

"빅 뉴스죠?" 마치 사건의 당사자라도 된 듯한 말투였다.

"뭐, 놀랄 정도는 아닌네요." 드레이튼이 말했다. 그는 갓 끓인 차가 든 주전자와 벅나 만 점심거리를 들고와 들레인의 탁자에 놓고, 맞은 편 의자에 앉았다. "아이고, 정신없이 바빴던 점심 시간이 마침내 끝나서 지금은 기진맥진입니다. 이런 일을 하기에는 나도 너무 나이가 든 것 같군요."

"말도 안 돼요." 들레인이 대꾸했다. "지금이 인생의 절정기예요. 이제야 중년이시라구요."

"그럼요. 드레이튼은 120살까지 살 생각이니까요." 헤일리가 그의 옆을 지나쳐가면서 말했다.

"쉬잇, 조용히." 들레인이 말했다. "마음쓰일 만한 말은 함부로 하지 않는 게 좋아. 드레이튼은 이제 곧 생일이니까."

"당신도 곧 생일 아니었던가요, 들레인?" 하는 헤일리.

"음, 뭐, 설마. 난 아직 멀었어." 그녀는 드레이튼이 여전히 먹고 있는 과일과 치즈 모듬에 눈길을 주었다. "이것과 같은, 멋진 점심거리가 아직 있을까?"

"그럼요." 헤일리는 빙긋 웃었다. "잠시만요." 그리고, 들레인에게 내올 것을 준비하기 위해 서둘러 좁은 주방으로 들어갔다.

"포드 캔트렐의 이야기는 어디서 들었는데요?" 시어도시아가 물었다.

"어머나, 처치 스트리트는 온통 그 이야기뿐이에요. 난 오늘 아침에 우리 가게에 들른 모니카 피셔에게 들었지만요. 그 뒤로 댄디 볼드윈과 길에서 딱 마주쳤죠. 아무튼, 그 캔트렐 가의 젊은이가 올리버 딕슨과 잘생긴 재종형제에게 싸움을 걸어서 야외 파티에 찬물을 끼얹은 것만은 틀림없어요."

"그 두 사람이 뭣 때문에 말다툼을 했는지는 알아요?"

"글쎄요." 들레인은 전혀 모르겠다는 듯이 손을 흔들었다. "시시한 일이에요. 물고기 낚시라든가 뭐라든가. 그보다, 그 옛날, 포드 캔트렐의 종조부가 올리버 딕슨의 백모와 사랑의 도피를 했다는 이야기는 알고 있어요?" 들레인이 눈썹을 치켜올렸다. "사람들은 아직도 그 이야기를 하던데요."

"정말?" 드레이튼이 끼어들었다. "그건 아주 옛날 이야기고,

그 뒤로도 찰스턴에는 자극적인 스캔들이 많이 있었을 텐데."

들레인이 호기심에 가슴을 부풀리며 몸을 앞으로 내밀었다.

"제가 알아둬야 할 이야기가 있나요?"

"과일과 치즈 모듬입니다, 마담."

헤일리가 들레인의 앞에 놓은 분홍색과 흰색의 본 차이나 접시에는 카망베르 치즈와 체다 치즈 조각, 그리고 포도와 사과 몇 조각이 담겨 있었다.

"참, 아까 메일을 확인했는데, 이걸 당신에게 주려고 프린트해 뒀어요."

그렇게 말하고 헤일리는 손에 들고 있던 종이다발을 시어도시아에게 내밀었다.

"당신에게 온 것이라고 생각해요. 그레이프바인 사의 재무상황인가, 뭐 그런 것 같던데요." 그리고 캐묻는 듯한 눈으로 시어도시아를 보았다.

"그레이프바인 사라구요?" 들레인이 문득 큰소리를 냈다. "올리버 딕슨이 시작한 그 회사? 그 회사의 재무정보 따위를 알아서 뭘 할 건데요? 우리 몰래 합병이라도 꾀하고 있는 거예요, 시어도시아?"

"이 차를 마셔 봐요, 들레인." 드레이튼이 권했다. "무척 맛있는 다질링이랍니다."

"어마, 고마워요, 드레이튼." 들레인은 만면에 미소를 지으면서 드레이튼이 따라주는 차를 받아들고는, 이어서 접시 위의 치즈를 포크로 찔러 예의바르게 조금 베어먹었다.

"어머나, 이 카망베르 치즈는 정말 맛있어요. 입 안에서 스르르 녹아드는 것 같은데요. 유지방 함유율 따위는 그냥 잊어버리고 싶어!"

"시어도시아, 정말 죄송해요."

헤일리가 사과했다. 안절부절 못하고 발을 엇바꾸고, 얼굴에는 고뇌하는 빛이 떠올라 있었다.

"들레인이 있는 곳에서 메일 이야기 따위를 꺼내다니……. 너무 한심하죠."

"자기가 나쁜 게 아냐. 그저 친절히 대해준 것뿐이야."

시어도시아는 그렇게 말하고는 종이다발을 서류가방에 미끄러뜨리듯 집어넣었다. 아까 일에 대해 화가 나긴 했지만, 어쩔 수 없었다. 헤일리는 평소에는 아주 신중하고 분별이 있다. 그건 그저 순간적인 실수였다. 그런 실수를 들레인 디시가 있는 곳에서 했다는 게 운이 안 좋았다고 말할 수밖에 없었다.

대신에 드레이튼이 서둘러 다질링을 권한 덕분에 들레인의 주의를 딴 데로 돌릴 수 있었다. 아마도 잘 넘어갔을 것이다.

한동안은 상태를 지켜봐야겠지만.

"정말이지, 저 자신이 싫어져요." 헤일리가 말했다.

"괜찮아. 누구나 그럴 수 있어."

"정말로 그렇게 생각해요? 아니죠? 입으로만 그렇게 말하는 것뿐이죠."

"헤일리, 이제 그만해. 그런 일로 그렇게 계속 고민하지 마."

"당신의 시간을 절약해 주려는 생각에 메일을 프린트했을 때 이 기사를 봤는데요."

헤일리는 「찰스턴 포스트 앤드 쿠리어」 지의 지면을 시어도시 아가 볼 수 있도록 높이 들어올렸다.

"그게 무슨 기산데?"

"음, 그러니까, 사실은 기사는 아니에요. 지난 일요일의 야외 파티에서 찍은 사진이 대부분이에요. 지난 사흘 동안 올리버 딕 슨 사건이 제1면을 독점했잖아요? 그래서 「찰스턴 포스트 앤드 쿠리어」도 이제야 겨우 요트 경기를 다루게 된 것 같은데요. 뉴 스라기보다는 사교계 뒷담화라는 느낌이에요. 누가 참가했고, 시외에서 누가 왔다는, 그런 소식요."

시어도시아는 헤일리로부터 그 지면을 빼앗아 기사를 보았다. 헤일리의 말대로였다. 가벼운 주제의 뉴스로, 독도 약도 되지 않 을 정도의 것이었다.

"정말이네. 신문사는 그 야외 파티를 취재하려고 카메라맨을 보냈었군."

"예, 본 느낌으로는 상당히 사진을 많이 찍은 것 같아요. 뭐, 실린 건 그 중 세 장뿐이지만요."

시어도시아는 헤일리를 지그시 응시했다. "다른 사진도 보고 싶은데."

"보고 싶다구요?"

시어도시아는 한 손을 뺨으로 가져가 멍하게 쓰다듬으면서 생각에 잠겼다.

"그러니까, 사진은 거기서 일어난 일을 연속적으로 찍고 있었을 지도 모르잖아." 그녀가 천천히 말했다.

"티드웰 형사 말로는 아무도 수상한 움직임은 보이고 있지 않았다고 하더라구. 게다가 그 권총이 자단 상자에서 꺼내어진 뒤에 몇 명이 그것을 만졌는지, 어느 누구도 정확히 파악하고 있지도 않아."

헤일리가 갑자기 장난꾸러기 꼬마처럼 씨익 웃었다.

"아까 저지른 잘못을 변상하게 해주세요. 친구인 지미 캐더밴에게 사진을 보여달라고 부탁해볼게요. 그 신문사에서 카피라이터 인턴 사원을 하고 있거든요."

"정말? 어떻게 하면 되는데? 회사로 가면 될까? 지금부터 스폴레토 페스티벌 홍보위원회 회의가 있어서 외출해야 하는데, 그 뒤라면 함께 갈 수 있는데."

헤일리의 웃음이 더더욱 크게 퍼졌다.

"제게 더 좋은 생각이 있어요. 지미에게 메일을 보내서 그가 회사의 인트라넷*에 접속할 수 있는지 한 번 물어볼게요. 혹시 가능하다면, 그 사이트에서 사진을 골라서 그걸 PDF 파일로 보내달라고 하죠. 그렇게 하면 컴퓨터로 사진을 볼 수 있고, 흥미로운 사진은 바로 프린트를 할 수도 있잖아요. 물론 당신이 그러고 싶다면 말이죠."

"헤일리, 자긴 천재야."

11

스폴레토 페스티벌 USA는 찰스턴의 성대한 예술축제이자, 춤, 오페라, 연극, 음악, 미술, 그리고 문학작품 낭독 등이 집중

---

* 기업 내 컴퓨터를 연결하는 종합 통신망.

적으로 펼쳐지는 화려한 연중행사였다. 해마다 전몰자 추도 기념일(5월 마지막 월요일)에 막을 올리고, 2주에 걸쳐 수많은 행사가 벌어졌다. 내빈인 감독, 무용단, 연극 단체들이 차례로 등장해서 이미 일대 세력을 형성한 찰스턴 예술계와의 교류를 깊게 하고, 퍼포먼스, 영상, 문학이 풍성하게 융합하기도 했다.

시어도시아는 지난 6년 동안 스폴레토 페스티벌 홍보위원회에서 일해왔다. 처음엔 상사의 명령으로 '자원 봉사'를 했지만, 첫해에 그 일이 아주 보람있고 즐겁다는 것을 알고는 그 뒤로도 계속하고 있었다. 광고 회사를 그만둔 뒤로도.

올해 그녀는, 지난 행사 때의 인상적인 장면들을 편집하고 재즈를 배경 음악으로 깐 텔레비전용 30초짜리 광고를 기획했다. 그리고, 찰스턴에 있는 다섯 개의 민영 방송국은 물론, 컬럼비아 시와 그린빌 시, 그리고 조지아 주의 서배너와 오거스터의 방송국 등과도 교섭해서 적정한 가격에 방송하게 되었다. 이로써 스폴레토 페스티벌은 찰스턴뿐만 아니라, 근처의 도시와 주에 사는 예술 애호가들에게도 알려질 것이다.

시어도시아는 기브스 미술관의 넓은 복도를 천천히 걷다가 작은 전시실을 몇 군데 들러볼까, 생각했다. 10분쯤 빨리 도착했고 어차피 홍보위원회 회의실은 같은 방향이었다.

아시아 전시실에 들어가 일본의 정밀한 목판화를 감상했다. 대부분은 히로시게*나 호쿠사이** 등 이미 평가받은 거장의 작품이었지만, 미쓰아키나 에이이치 등 젊은 작가의 현대 판화도 전시되어 있었다. 그들은 일본 판화의 영역을 넓히려 색, 기법, 양식 등의 연구에 힘을 쏟고 있었다. 환상적이야, 그녀는 생각했다. 아름답고 몽환적인 분위기는 로 컨트리의 황혼녘을 꼭 닮았다.

손목시계를 보자 이제 곧 3시였다. 서둘러 아시아 전시실을 나와 오른쪽으로 꺾어서 중앙 통로를 걸어갔다. 미술관 관리사무실 입구에서 걸음을 멈추고 휴대전화 전원을 껐다. 좀더 많은 사람들이 이런 사소한 배려를 하면 좋을 텐데, 하고 생각하면서.

눈을 들자 한 여성이 그녀를 지그시 바라보고 있다. 퇴색한 듯한 연푸른 색 눈동자, 곱슬거리는 빨간 머리에는 흰 머리카락이 섞이기 시작했다.

"잠깐만 시간 있나요?" 여성이 낮은 목소리로 물었다.

"예?" 시어도시아는 당황해서 여성을 쳐다보았다.

그녀는 고개를 갸웃했다. "전 리즈베스 캔트렐이에요." 무뚝뚝

---

* 안도 히로시게(安藤廣重, 1797~1858). 일본 우키요에(浮世繪) 판화의 대가 중 한 사람. 일본의 아름다운 풍경들을 처음으로 일반인들도 쉽게 음미할 수 있는 방식으로 묘사했다.
** 가쓰시카 호쿠사이(葛飾北齋, 1760~1849). 일본 에도시대에 활약한 우키요에 화가. 연작인 「후가쿠 36경」이 유명하다.

하게 말했다. "시어도시아 브라우닝양이죠?"

"예, 안녕하세요?" 시어도시아는 완전히 허둥거리고 있었다.

"당신 이름은 홍보위원회 명부에서 봤어요." 리즈베스 캔트렐은 그렇게 말하고 한 손을 내밀었다. "나도 회의에 왔어요. 티켓위원회 회의요."

시어도시아는 내민 손을 잡으면서, 그녀를 찬찬히 관찰했다. 도대체 이런 어찌된 일이지? 내가 딕슨 가와 캔트렐 가의 반목에 대해서 소소한 조사를 하고 있다는 걸 어딘가에서 주워듣고 온 걸까? 설마. 마음에 짚이는 사람은 티드웰 형사인데, 그가 정보원을 밝힐 리는 없었다. 수갑을 채워 고문이라도 하지 않는 이상은 말이다. 그렇다면, 도대체 무슨 일일까?

발을 꼼지락거리면서 고개를 움츠리는 리즈베스 캔트렐을 보니 키가 180센티미터는 넘어 보였다. 손발이 길고 여위어서 광대뼈와 턱이 더욱 두드러졌다.

"둘이서만 이야기할 수 있을까요?" 리즈베스가 말했다.

"물론이에요."

두말할 필요없이 우연을 가장한 이 만남에 시어도시아는 문득 흥미가 솟았다.

회의실 가운데 하나로 살짝 들어가 쌍바라지 문을 뒤에서 닫자, 시어도시아는 리즈베스 캔트렐을 유심히 관찰했다. 동생인 포드 캔트렐을 키가 크고 멋지게 보이게 하는 특징도, 그녀에게 는 역효과를 가져왔을 뿐이었다. 포드보다 나이가 많다는 건 한 눈에 알 수 있었고, 빨간 머리카락이 모든 빛깔과 감정을 빨아들 여 버렸는지, 왠지 수수하고 겉늙어 보였다.

실제로 리즈베스 캔트렐은 강아지가 태어나는 것을 지켜보거 나 멋진 말을 타고 숲을 달릴 때가 가장 행복한, 수수하고 꾸밈 없는 여성이었다.

"당신은 정말 똑똑한 여성이에요." 리즈베스 캔트렐이 말을 꺼 냈다. "여성 실업가. 그건 다른 많은 여성들과 미묘하게 다른 부 분이죠."

"고맙습니다……, 라고 해도 되겠죠. 그런데, 무슨 일로?"

리즈베스 캔트렐이 한 손을 들었다.

"말하기 쉽지 않네요. 도움을 청하는 데에 익숙지 않아서."

"제가 도와드리길 원하세요?" 이야기가 갈수록 이상해져 가는 걸, 하고 시어도시아는 마음 속으로 생각했다.

"당신이 지난 일요일, 올리버 딕슨이 죽었을 때 화이트 포인트 가든에 있었다는 건 알고 있어요. 그리고, 당신이 살인사건을 조 사하려고 마음먹고 있다는 말도 들었죠."

"다른 사람으로 착각하고 계신 것 같은데요."

"아뇨, 착각 따윈 하고 있지 않아요." 리즈베스 캔트렐은 단호한 말투로 말했다. "당신의 리비 고모가 당신에 대해 모조리 말해줬거든요. 지난 해 가을 「램프라이터 투어」 때 한 남자가 죽었던 사건에서, 경찰은 당신 가게에서 일하던 아가씨를 용의자로 지목했어요. 하지만, 당신은 그 아가씨의 무죄를 믿고 진실을 파헤쳤죠."

시어도시아는 상황이 잘 파악되지 않았다.

"리비 고모가 당신에게 말했다구요? 죄송한데, 대체 무슨 말씀이신지요?"

"동생의 누명을 벗겨주었으면 해요. 동생은 그 낡은 권총을 손보거나 하지 않았어요. 언제나 어처구니없는 일을 저지르고 다니니까 그렇게 오해를 받고 있는 것뿐이에요. 게다가 총을 수집하고 있고 사냥도 좋아하구요. 하지만, 난 포드가 건실하고 정직하다는 걸 알고 있어요. 동생은 살인범이 아니에요."

그렇게 서둘러 결론을 내리지는 마세요, 하고 시어도시아는 생각했다. 애당초, 포드와 리즈베스의 종조부인 젭 캔트렐이 1892년에 스튜어트 딕슨을 죽였을 때부터, 딕슨 가와 캔트렐 가의 반목은 시작되었잖아요.

한편으로, 처음에는 포드 캔트렐이 무척 수상했지만, 모든 혐의를 그에게만 돌려도 되는지는 확신할 수 없었다. 딕슨의 아내인 도 역시 맹렬한 속도로 용의자 명단의 위쪽으로 올라가고 있

었다. 그리고, 올리버 딕슨의 두 아들인 브록과 퀘이드도 조사해
봐야 했다.

"도와줄 수 있나요?" 리즈베스 캔트렐의 연푸른 빛깔의 눈은
긴장한 채로 시어도시아에게 못박혔다. "당신은 믿을 수 있는 사
람이에요. 게다가 머리도 좋고."

"팜리코 힐 농장에 살고 계시죠? 리비 고모의 농장에서 몇 마
일 떨어진 곳에 있는."

"맞아요."

문득 희미한 미소가 리즈베스의 밋밋한 얼굴에 떠오름과 동시
에, 아까까지 볼 수 없었던 부드리움과 조용한 활기가 넘쳐왔다.

"전 당신을 알고 있군요, 그렇죠?" 시어도시아가 말했다. 어딘
가, 기억의 아주 깊숙한 곳에서 아련한 추억이 머리를 쳐들었다.

"예에, 그럴 거예요." 리즈베스가 대답했다.

시어도시아는 아스라한 그림자인 양 리즈베스를 바라보며 기
억을 되살리려 했다. "그때 계셨던 분이시군요, 저기……, 제 어
머니가 돌아가실 때에."

"그래요." 리즈베스가 부드럽게 말했다. "그때 당신은 아직 너
무 어렸는데. 그러니까, 예닐곱 살쯤이었나."

먼 여름날의 풍경이 총천연색 파노라마의 형태로 시어도시아
의 눈앞에 나타났나 싶더니 머릿속에서 한순간에 터졌다. 동시

에 기억의 파도가 덮쳐왔다. 찌는 듯한 무더위, 아버지의 희망에 매달리는 중얼거림, 가슴이 찢어질 듯한 슬픔.

"나의 어머니는 당신 어머니의 간호를 도왔어요." 리즈베스가 설명했다. "그래서 나도 가끔 따라갔었죠."

"당신도 따라왔었어요." 꿈을 꾸는 듯한 말투로 시어도시아가 앵무새처럼 따라했다. "저보다 언니여서 더운 날에는 헤엄치는 데에 데려가주었죠."

"그래요. 카펜터 연못에 갔었어요." 리즈베스는 부드럽게 미소지으며 시어도시아의 머리가 모든 것을 다 이해할 때까지 끈기 있게 기다렸다.

"그래요, 기억나요." 시어도시아가 천천히 말했다.

이제 최초의 충격은 사라지고, 과거를 돌아보고 천천히 기억을 재생할 수 있었다. 어머니는 마지막 여름을 로 컨트리의 케인 릿지 농장에서 보냈다. 어머니는 다른 무엇보다도, 무성한 시금치 밭에 쏟아지는 햇살과 그늘지고 고즈넉한 소나무 숲으로 저무는 분홍빛 석양을 바라보고 싶어했다. 그리고 최후에는, 그곳에 있는 오래된 가족 묘지에 묻히고 싶어했다. 시어도시아는 쭈뼛거리며 한 손을 뻗어 리즈베스의 소매를 만졌다.

"당신은 정말 친절했어요."

"당신은 정말 슬퍼보였구요."

회의실의 쌍바라지 문이 삐걱, 하고 날카로운 소리를 냈다.

"난 가야겠네요." 리즈베스는 가방과 수첩을 그러모으면서 말했다. "당신의 위원회가 시작될 것 같은데요." 거기서 말을 끊고, 기대감으로 가득한 얼굴을 시어도시아에게 향했다. "도와줄 수 있나요?"

문이 활짝 열리고, 여섯 명의 사람이 회의실로 우르르 들어왔다. 그들은 리즈베스와 시어도시아는 아랑곳하지 않고, 실내에 가득한 극도의 긴장감도 전혀 알아차리지 못하고, 탁자에 모여들었다.

시어도시아는 두 팔을 아래로 떨구면서 고개를 끄덕였다.

"해볼게요."

무슨 약속을 해 버린 건지 자신도 정확히 알 수 없었다. 왜 약속을 해 버린 건지도. 하지만, 어떻게 거절할 수 있겠는가?

리즈베스는 눈을 깜박이며 눈물을 참았다.

"고마워요."

그렇게 말했을 뿐이었다.

12

냄비 가득 렌즈콩* 스프가 뒤쪽 버너에서 보글보글 끓고 있고, 오븐에서는 팝오버**가 노릇노릇한 갈색으로 구워지고 있었다.

2층에 있는 시어도시아의 집은 그리 넓지는 않았지만 요즘 아파트에서는 보기드문 독특한 특징, 말하자면 운치가 있었다. 바닥에는 연푸른 색과 계피색 오뷔송 융단이 깔려 있고, 프렌치 도어 덕분에 거실과 주방은 매끄럽게 연결되어 보이고, 접어서 열 수 있는 천장은 방 전체에 아늑한 분위기를 자아내고 있었다. 커튼과 소파는 영국산 사라사 무명천으로 되어 있었다.

아까, 드레이튼은 이웃 로빌라드 서점에 가서 오래된 중국차

---

* 우리 나라의 녹두와 비슷하게 생긴 인도콩. 인도에서는 '달'(dal)이라고 불리며 인도뿐만 아니라 유럽, 중동 등에서도 재배된다. 미국의 건강 전문지에서 한국의 김치, 일본의 콩과 콩제품, 스페인의 올리브유, 그리스의 떠먹는 요구르트와 더불어 세계 5대 건강식품으로 선정하기도 했다.

** 미국 요리 가운데 구울 때 부풀어서 속이 거의 빈 가벼운 머핀.

라벨을 판독하고 싶다는 핑계로 커다란 돋보기를 하나 빌려왔다. 지금 시어도시아는 그 돋보기를 들고 주방 탁자에 앉아 흑백 프린트물을 조사하고 있는 중이었다.

헤일리가 장담했듯이, 사진은 전자적으로 변환되어 메일로 날아오더니 마술처럼 레이저 프린터에서 뽑아져 나왔다.

사진은 그 일요일 오후의 풍경을 선명하게 포착하고 있어서 흥미로웠다. 레이스를 시작하기 전에 항구에서 북적이는 요트들 사진, 바람에 돛이 부풀어 있는 스무 척 정도의 요트가 대서양으로 날아가듯이 항해하는 사진. 그 다음부터 사진기자는 군중에게 초점을 맞추고 있었다. 담소를 나누고 있는 사람들, 악수하는 사람들, 끌어안고 뺨을 맞대는 사람들. 들레인이 몇 장의 사진에 찍혀 있었다. 드레이튼의 모습도 있었다. 빌리 매놀로가 권총이 든 자단 상자가 놓인 탁자 옆에 서 있었다. 또한, 금몰이 붙은, 몸에 너무 꼭 끼는 재킷을 입은 요트 클럽 회장의 모습도.

시어도시아는 한 장 한 장 프린트물을 조사해갔다. 흥미롭기는 했지만 한편으로는 약간 기대에 어긋나기도 했다. 이내 눈에 띄는 뭔가를 찾아내리라고는 생각지 않았다. 그건 너무 싱겁다. 하지만, 뭔가 알아낼 수는 있을 거라는 막연한 예감은 있었다.

그 생각이 머릿속에서 빙빙 돌아 현기증이 났으므로 기분도 바꿔볼 겸, 오늘 오후에 깜짝 놀랄 정도로 빨리 도착한 던 앤드 브래드 스트리트 사의 보고서를 훑어보기로 했다.

겨우 네 장짜리 보고서였지만 그레이프바인 사에 관한 상당한 평가 등이 기재되어 있었다. 요컨대, 제품의 개요와 회사의 잠재적 성장 가능성에 관한 검증 따위가.

며칠 전에 헤일리가 말했듯이 그레이프바인 사는 PDA용 각종 확장 모듈 생산을 개시하고 있었다. 이 분야는 경쟁이 치열하긴 하지만, 그레이프바인 사는 사전 시장 조사를 확실히 했고 아주 유망한 상품을 내놓으려 한다고 보고서는 전망하고 있었다.

오븐의 타이머가 울린 것을 신호로 시어도시아는 마침내 한숨 돌리기로 했다.

느릿느릿 주방에 들어가 냄비 장갑을 손에 끼고 오븐에서 팝오버를 꺼냈다. 완벽했다. 색은 노릇노릇한 갈색이었고 빵빵하게 부풀어 있었다. 헤일리의 조리법은 최고였다. 언제나 그렇지만.

렌즈콩 스프를 머그에 따르고는 몽땅 쟁반에 담아 거실 탁자까지 날라가서는 프린트물을 치우고 거기에 식사를 놓았다. 얼 그레이가 순식간에 옆으로 달려와서, 팝오버 한 입만 달라는 듯이 머리를 부드럽게 기대왔다.

"내가 먹고나서 남은 걸 줄게."

시어도시아가 그렇게 말하자, 그는 개들 특유의 알겠다는 표정을 지었다.

스프를 다 먹고는 다시 한 번 프린트물을 처음부터 조사해갔다. 몸이 절반쯤 물에 잠기고, 엎드려 쓰러진 올리버 딕슨의 사진에서 손을 멈추고 한참을 노려보았다.

사진기자가 셔터를 누른 건 시어도시아가 맥을 짚으려고 앉기 직전이었음에 틀림없었다. 그녀의 오른손 끝이 아주 조금 찍혀 있었기 때문이었다. 너무 잔혹해서 신문에 싣지는 못했지만, 그래도 버리지 않고 보관하고 있었던 것이다.

시어도시아는 눈을 감고 그 순간의 느낌을 되살려 보았다. 올리버 딕슨의 움직이지 않는 몸을 내려다보면서 느꼈던 것은 폭발한 화약의 코를 찌르는 강렬한 냄새, 찰싹거리며 발목에 부딪쳐오던 차가운 바닷물, 그리고 비현실감과 감각의 마비였다.

낡은 권총에 어떻게 탄알을 장전한다고 했었지?

기억을 더듬었다. 아아, 그래. 작게 자른 종이에 약간의 화약을 놓고 주둥이를 쌌댔지. 작은 티백을 만드는 것과 비슷하다고.

시어도시아는 프린트물 위에 돋보기를 놓아두고 있었다. 입자가 너무 조악해서 세세한 부분까지 분간하기 힘들었다. 알 수 있는 건, 올리버 딕슨의 후두부가 뭔가 밝은 것을 배경으로 까맣게 보인다는 사실뿐.

시어도시아는 한숨을 쉬었다. 여기서는 아무런 실마리도 찾아내지 못할 것 같아.

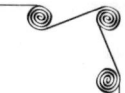

시어도시아풍 티 스콘

시어도시아의 추천 메뉴

준비할 것
- 베이킹 파우더 ························· 1작은술
- 굵은 설탕 ····························· 1작은술
- 중력분 ·······························1컵
- 소금 ······························ 1/4작은술
- 오렌지 주스 ··························· 1큰술
- 우유 ································ 1/2컵
- 건포도 ······························ 1/2컵

만드는 법
1. 넓은 그릇에 중력분, 베이킹 파우더, 소금, 굵은 설탕을 넣어 섞고, 거기에 오렌지 주스와 우유를 넣어 반죽한다. 건포도도 넣는다.
2. 제빵종이에 반죽을 8등분해서 넣고, 섭씨 220도의 오븐에서 15~20분 동안 굽는다.
3. 뜨거울 때에 버터와 잼을 듬뿍 바르면 완성.

13

4월이면 찰스턴에는 봄이 찾아든다. 딱따구리와 개똥지빠귀는 지저귀면서 가지를 뻗은 떡갈나무 사이로 날아다니며 둥지를 짓는 데 쓸 나뭇가지나 이끼를 찾는다. 하루하루 날이 따뜻해짐과 더불어 나른함도 더해가, 찰스턴의 템포 - 원래 눈이 핑핑 돌 만큼의 속도로 움직이지도 않았지만 - 는 여기저기서 느려진다.

유달리 날씨가 화창한 오늘 아침, 찰스턴의 상쾌한 공기는 목련, 진달래, 그리고 층층나무의 좋은 향기로 가득차 있었다.

하지만 날씨에 신경을 쓰는 사람은 아무도 없었다.

대신에, 두세 명씩 짝을 지은 조문객들은 활짝 열어젖힌 성 빌립보 교회의 쌍바라지 문 안쪽으로 침통한 표정으로 들어갔다. 머리 위에서는 첨탑의 종이 요란하게 울리고 있었다.

오늘의 종소리는 무척 가라앉은 것 같아. 드레이튼과 나란히 걸어가면서 시어도시아는 생각했다. 저 종은 수없이 많은 환희의 소리를 울려왔다. 부활절, 크리스마스 이브, 결혼식, 세례식.

경건한 소리를 울린 적도 있었다. 그러나 오늘, 저 종은 애조의 빛깔을 띠고 신의 아들 하나가 지금부터 묻히려 한다고 역사지구의 모든 주민들에게 알리고 있었다.

교회 뒤쪽 자리로 가서 앉을 자리를 골라 시어도시아와 드레이튼은 조용히 앉았다. 장례식에 참석한 사람들이 대개 그렇듯, 대부분의 사람들은 각자 생각에 잠겨 넋을 잃은 듯했다.

시어도시아는 성 빌립보 교회의 날아갈 듯한 인테리어에 경탄하다가 이것이 유명한 건축가 조셉 나이드의 설계라는 것을 기억해냈다. 나이드는 런던에 있는 성 마틴즈 교회의 신고전주의적인 아치에 감명을 받아, 조각으로 장식한 우뚝 솟아오른 듯한 디자인을 성 빌립보 교회로 재현시켰던 것이다.

파이프 오르간이 위엄과 비애를 담아 모차르트의 「진혼곡」 서곡을 연주하자 모두들 수런거리며 일어섰다. 그리고 장례식이 시작되었다.

검은 슈트에 하얀 셔츠, 검은 넥타이 차림의 남자 여섯 명이 발을 맞추어 올리버 딕슨이 담긴 청동관을 밀면서 넓은 중앙 통로를 걸어갔다. 관과 관을 실은 차에서 열 발짝 뒤에, 올리버 딕슨의 아내가 된 지 9주가 된 도 벨베데레가 고개를 숙이고 두 손을 꼬옥 모아쥐고 남편의 유해를 엄숙한 표정으로 따라갔다. 올리버 딕슨의 장성한 두 아들, 브록과 퀘이드가 바로 뒤를 따랐다.

검정색 맞춤 슈트에 같은 천으로 만든 베레모를 쓴 도는 금발을 수수한 프렌치 트위스트 스타일로 묶어올리고 있었다. 그 모습은 애처로울 정도로 젊었다.

"저 아가씨는 매력적이야, 정말 매력적인데." 일행이 옆을 지나갔을 때, 드레이튼이 중얼거렸다. "정말이지, 여자들은 왜 장례식장에서 아름다워 보이는 거지?"

"그녀는 젊고," 시어도시아가 그렇게 말했을 때, 갑자기 성가대의 합창이 시작되어 라틴어 가사가 지루하게 되풀이되었다. "그리고 피부가 아주 곱잖아요."

오랫동안 이 교회의 정신적 지주였던 조녀선 목사가 앞으로 나와서 추도사를 했다. 이어서 여섯 명 정도의 사람들이 차례로 연단에 올랐다. 그들은 입을 모아 올리버 딕슨의 업적과 지역에의 공헌, 그리고 흠잡을 데 없는 평판을 열렬히 늘어놓았다.

장례식이 오래 끌자 시어도시아는 멍하게 생각에 잠겼다.

올리버 딕슨의 아들, 브록과 퀘이드의 뒷모습을 응시했다. 저 두 사람이 요트 경기에서 실격당한 일이 사건과 관련이 있을까?

그녀는 야외 파티에서 포드 캔트렐이 보였던 기묘한 싸움을 머릿속에 떠올렸다. 오늘 그는 어떤 기분일까. 여기 와 있을까? 시어도시아는 과감하게 주위를 둘러보았다. 아니, 안 온 것 같아.

어젯밤에 조사했던 프린트물을 생각했다. 뭔가 나올 거라 기대

했던 그것을. 마지막 한 장, 올리버 딕슨의 상반신이 뭔가 살풍
경한 것을 배경으로 또렷이 도드라져 있던 한 장이 기억에 새겨
져 있었다.

시어도시아는 딱딱한 좌석에서 다리를 포개려 몸을 움직였다.

살풍경한 배경.

시어도시아는 갑자기 등허리를 곧추세우고 포개려던 다리를
멈추었다. 그 배경은 뭐였지? 혹시 바위? 아니면 젖은 모래였나?
기억을 더듬었다.

그래, 우리 가게의 식탁보잖아.

우리 가게의 식탁보. 둥근 불꽃이 기세좋게 솟구치듯 생각이
번뜩였다. 게다가, 식탁보에 뭔가, 이를 테면 화약이나 산산조각
난 금속파편이나 핏자국 따위가 묻어 있다면 뭔가 실마리가 될
지도 모른다는 것에 생각이 미쳤다.

실마리야. 진짜 실마리. 재미있어지는 것 같지 않아?

최후의 장송곡이 라스트에서 웅장하게 고조되어 시어도시아
는 문득 정신을 차렸다. 하마터면 얼굴에 미소를 띄울 뻔했다. 어
찌할 수 없는 만족감에.

맙소사. 그녀는 품위를 유지하려 애를 쓰며 생각했다. 조심해
야지. 사람들에게 기분나쁜 여자로 여겨지면 어떡해. 장례식장
에서 불경스럽게 미소를 짓다니!

"가요." 시어도시아는 자리에서 벌떡 일어나 드레이튼에게 귀엣말을 했다.

"그래. 조의를 표하러 가자구."

두 사람은 꼬박 20분을 줄을 서서, 도 벨베데레 딕슨이 조문객과 차례로 껴안고 뺨을 맞대고 손을 맞잡는 모습을 바라보았다. 그녀는 편안하고 우아한 태도로 이야기를 나누고 사람들이 건네는 동정어린 말에 대답하고 있었다.

"너무 생기가 넘쳐 보이지 않아?" 드레이튼이 그녀를 주의깊게 관찰하면서 말했다. "남편 장례식에 립스틱을 칠하고 오다니 꼭 「바람과 함께 사라지다」의 스칼렛 오하리를 보는 것 같군."

"저 아가씨는 미모를 타고 났을 뿐이에요. 제가 보기엔 진심으로 슬퍼하는 것 같은데요."

"당신 말이 맞아. 미안해."

"미안하죠?"

시어도시아는 목소리를 죽여서 그렇게 말하고는, 팔꿈치로 드레이튼의 복부를 가볍게 쿡 찔렀다. 그녀도 아까부터 도의 모습을 주의깊게 관찰하고 있었고, 그 결과, 분명히 도는 상을 당했다기보다는 지금부터 미인대회라도 나가려는 사람처럼 보인다는 강한 인상을 받고 있었다.

마침내 줄의 선두가 된 시어도시아와 드레이튼은 올리버 딕슨의 아들인 브록과 퀘이드의 손을 잡았다.

"정말 유감입니다." 그녀도 드레이튼도 낮은 목소리로 말했다.
"심심한 조의를 표합니다."

그리고나서 시어도시아는 도와 눈을 맞췄다.

드레이튼의 말이 맞을지도 몰라, 하고 문득 생각했다. 눈 앞의
젊은 여성은 얼핏 슬픔에 잠겨 있는 듯하지만 동시에 연기를 하
고 있는 것 같기도 했다. 비탄에 잠긴 미망인이라는 역할을.

"진심으로 조의를 표합니다." 시어도시아는 그렇게 말하고 도
의 손을 꽉 잡았다.

"고맙습니다."

도는 눈을 아래로 내리깔고 있는 채여서, 까딱했다간 긴 속눈
썹이 장밋빛 뺨에 달라붙을 것 같았다. 저건 붙인 속눈썹일까, 하
고 시어도시아는 막연히 생각했다. 요즘은 붙이는 속눈썹이 유
행이었다. 옛날엔 가발이, 요즘은 붙이는 속눈썹이. 요즘 젊은 아
가씨들은 결점이라면 모조리 숨기고 싶어 하는 것 같아. 본인이
마음만 먹으면. 그리고 돈만 듬뿍 있다면야.

"알고 계실지 모르겠지만." 시어도시아는 말했다. "남편분에
게 맨 먼저 달려간 사람이 저였답니다."

도는 눈을 깜빡이며 시어도시아를 똑바로 쳐다보았다. 그 몸짓
에 동요의 빛은 조금도 없었다. "고맙습니다." 가냘픈 목소리였

다. "친절히 대해 주셔서요."

드레이튼이 부드럽게 그녀를 밀어내려 하고 있는 것을 깨달았다. 이 느낌으로 미루어 보건대, 그만두라고 말하고 있는 듯했다. 도의 충실함에 대해 억측을 하는 것과 그녀를 몰아붙이는 건 전혀 다른 문제임은 알고 있었다. 하지만, 시어도시아는 조금 더 찔러보았다.

"누구라도 그렇게 했을 거예요. 정말 무서웠죠, 권총이……."

도가 약간 동요를 나타내기 시작했다. "예에……." 하고 말을 더듬었다.

"남편분은 사냥을 좋아하셨죠? 총을 다루는 데에도 익숙하셨다죠?"

"예에, 그럴 거예요……. 체슨 사냥 클럽의 일원으로서 남편은……. 죄송한데요, 대체 무슨……."

"쉬잇." 시어도시아는 상대의 손을 가볍게 두드렸다. "드레이튼과 제가 할 수 있는 일이 있다면 주저말고 전화해줘요."

"그게 애도의 인사야?"

누구에게도 들리지 않는 곳까지 가자 드레이튼이 따졌다.

"당신은 저 가엾은 아가씨를 위협한 거야. 그녀는 어쩔 줄 몰라 했다구." 두 사람은 몇 발짝 더 걸어갔다. "속된 말로, 한 번

찔러본 거지? 올리버 딕슨이 총을 잘 알고 있는지 확인하려고?"

시어도시아는 그의 소매를 붙잡아 지나가는 사람들의 무리에서 끌어냈다.

"제가 보기엔 올리버 딕슨이 당한 것 같아요."

드레이튼은 입술을 뾰족하게 하고는 탐색하는 듯한 눈으로 그녀를 응시했다.

"당했다? 그 말은……."

"누군가 권총이 폭발하도록 손을 가한 거예요." 시어도시아는 흥분한 듯이 말했다.

"알고 있겠지만, 당신이 말하려는 건 탐탁지 않은데."

드레이튼이 불끈 화가 난 목소리로 말했다.

"제 말을 끝까지 들어보세요. 누군가가 그 권총에 손을 가했다고 가정하면, 물론 전 실제로 그랬을 거라고 생각하지만, 그 경우, 움직일 수 없는 증거가 남아 있을지도 몰라요. 예를 들면 화약이라든지, 아니면……."

"움직일 수 없는 증거." 드레이튼은 수상쩍다는 듯이 눈썹을 찌푸리며 말했다. "그 움직일 수 없는 증거란 건 어디에 있는데?"

"식탁보요."

드레이튼이 멍한 얼굴로 시어도시아를 보았다.

"우리 가게의 식탁보 한 장이, 올리버 딕슨이 쓰러져 뒹굴던 탁자에 씌워져 있었다구요. 그는 탁자에 한 번 부딪치고, 그 다음에 주르륵 미끄러졌잖아요. 기억해요?"

드레이튼은 잠시 망설이며, 머릿속으로 그때의 일을 재생했다.

"아아, 그래. 당신 말대로야."

"그러니까, 그 식탁보에는 화약이라든지 폭발물 조각이라든지, 뭔가 미세한 증거가 남아 있을 지도 몰라요."

"흐음." 드레이튼은 그렇게 말하더니, "무슨 뜻인지 알았어!"

"그래서, 그 문제의 식탁보를 어떻게 했는지 알아낼 수만 있다면 좋겠는데요. 아무튼 엄청난 소동이 있었으니까, 어디에 두었는지 기억이 모호해요." 그렇게 말하고는 길을 향해 열려 있는 교회의 문을 응시했다.

"그거라면 내가 갖고 있는데." 드레이튼이 말했다.

시어도시아는 놀라서 돌아섰다. "당신이 갖고 있다구요?"

"거의 확실해. 적어도, 내가 접어서 다른 것들과 함께 쑤셔넣었던 건 기억하고 있거든."

"그래서, 그 식탁보는 지금 어디 있어요?"

"아마도 아직 내 차 트렁크에 있을 거야. 어제 더러워진 리넨류를 전부 모아서 체이스 세탁소에 갖다줄 생각이었는데, 문화유산협회 일 때문에 바빴거든. 어떤 사람한테 낡은 목재 널빤지를 가져왔다는 전화가 와서, 왜 있잖아, 쌀농장의 관개용 수로를 건널 때에 쓰는 것 말야. 지금은 좀처럼 보기드문 것이라서……."

"드레이튼……."

"응?"

"당신이 우선권을 확실히 갖고 있어줘서 기뻐요." 볕이 비치는 곳까지 걸어가면서 시어도시아가 말했다. "왜냐하면 증거가 될 만한 것을 멋지게 보관해 주었잖아요."

갑자기, 시어도시아의 웃음이 얼어붙더니 발걸음을 멈추었다. "어마, 어떡해? 티드웰 형사예요."

드레이튼도 떨떠름한 얼굴을 했다. "왜 저 사람이 여기 있지?"

"왜겠어요?" 그녀는 길 맞은 편에 있는 형사를 바라보았다.

"탐문수사일까? 용의자를 찾으러 온 걸까?"

"우리들처럼요." 시어도시아는 입술을 깨물고, 형사한테 가서 이야기를 할까 말까 망설였다.

"그래서, 이야기할 거야?" 드레이튼이 마침내 물었다.

시어도시아는 잠깐 망설였지만 마침내 마음을 정했다. "못할 것 있나요? 저쪽에서 뭔가 말하기 전에 우리가 먼저 떠보죠."

"좋아." 드레이튼은 동의했다. "하지만 아까 이야기는……."

시어도시아는 집게 손가락을 입술에 댔다. "비밀이에요." 하고 다짐을 두었다.

두 사람은 장례식용 화환이 줄줄이 놓여 있는 곳까지 걸어갔다. 이렇게나 많은 꽃다발과 다양한 화환이 오다니, 올리버 딕슨 이라는 사람은 대단히 사랑받고 존경받고 있었음에 틀림없었다.

버트 티드웰이 화환 하나를 열심히 들여다보고 있었다.

"이걸 보세요." 형사는 시어도시아 일행에게 말을 걸었다. "야 생 포도덩굴(그레이프바인)이 부활의 상징인 백합꽃과 섞여 있군 요. 가슴이 찡한데요."

티드웰은 고개를 약간 숙였다. 그러자 정면으로 그녀를 쳐다보 는 모양이 되었다.

"아니, 브라우닝양 아니십니까? 그리고 코널리씨도."

"안녕하십니까, 형사님." 드레이튼이 쾌활하게 인사했다.

"포드 캔트렐을 연행해서 심문하셨다면서요." 시어도시아가 거두절미하고 불쑥 말했다.

티드웰은 형식적인 미소를 지어보였다.

"친애하는 브라우닝양, 약간 놀라신 모양이군요. 제가 당신의, 소위 '기밀정보'를 추종하고 있다는 사실에 틀림없이 기뻐하시 리라 생각했는데요."

티드웰은 '기밀정보'라는 단어를, 마치 정원에서 악취를 풍기 는 퇴비 이야기라도 하는 듯이 발음했다.

형사가 제 흥에 겨워 거들먹거리는 것을 쳐다보던 시어도시아 는 화환으로 눈을 돌렸다. 문화유산협회가 보낸 세련된 화환이 있네. 그리고 이건……, 어머나!

"한 가지 흥미로운 정보를 알려드리죠." 티드웰의 이야기는 아직 계속되고 있었다. "수사 결과, 포드 캔트렐이 엄청난 양의 총기류를 소유하고 있음을 밝혀냈습니다. 더욱이 그는 최근, 농장을 일종의 수렵용 보호 구역으로 개조하고 있다고 합니다."

그 말을 들은 순간, 시어도시아는 티드웰에게 주의를 돌렸다.

"뭘 사냥하는데요?"

"본인 말로는 돈많은 사냥 애호가들의 시설로 사슴, 칠면조, 메추리, 멧돼지 같은 짐승들을 쏘아죽일 수 있다더군요."

"제 고모인 리비는 그 근처에서 50년 이상 살고 계시지만 그녀가 지금껏 만난 야생동물이라곤 기껏해야 주머니쥐나 호저 정도예요!" 시어도시아는 거기서 말을 잘랐다. "옛날에, 제가 어렸을 적에 악어 시체를 본 적은 있지만, 그런 건 종류에 들어가지 않구요."

"포드 캔트렐이 정직한 놈이라고 말하는 사람은 없습니다."

"빼어나게 머리가 좋다고 말하는 사냥꾼들두요." 시어도시아는 쓴웃음을 지으면서 덧붙였다. 갑자기 큰소리가 나서 대화는 중단되었다.

"이 자식, 여기서 뭘 하는 거야?" 당혹스러운 큰소리가 났다.

시어도시아, 드레이튼, 버트 티드웰, 그밖에 마흔 명쯤의 사람들이 성 빌립보 교회의 잔디밭에서 시작된 말다툼을 보려고 돌아보았다.

"도대체 저 사람은 누구예요?" 이름은 모르지만, 부드러운 백발, 불그스레한 얼굴, 맞춤인 세로줄 무늬 슈트 차림의 화난 남자는 요트 경기에서 보았던 그 사람임을 알아차렸다. 금몰로 장식한, 몸에 꼭 끼는 재킷을 입고 있던 요트 클럽 회장이었다.

"저 사람은 부스 크로울리요." 티드웰이 가르쳐주었다.

"저 사람이 부스 크로울리?"

시어도시아는 아연했다. 부스 크로울리는 그 운명의 일요일에 올리버 딕슨을 초청한 사람이었다. 또한 그 권총을 넘겨준 사람이기도 했다.

게다가 그가 화를 내고 있는 상대를 봐. 식탁보를 빌리러 왔던 요트 클럽의 종업원, 빌리 매놀로야. 어째 기묘한 광경 아냐?

"이봐요, 진정하쇼."

빌리 매놀로가 경고했다. 호리호리한 몸집에 얇고 검은 피부, 부스 크로울리보다 머리 하나는 키가 큰 빌리는 뒤꿈치를 가볍게 든 상태로 서서 살쾡이처럼 흉폭하게 노려보고 있었다.

그래도 부스 크로울리는 공격을 멈추지 않았다.

"네 놈이 여기에 있을 만한 정당한 이유라도 있어?" 하고 고함을 질렀다. "이미 충분히 문제를 일으켰다고 생각지 않아?"

"어이, 당신 머리가 이상한 것 아뇨?" 빌리 매놀로는 경멸하듯이 입을 일그러뜨리며 바보 같은 소리 말라는 듯이 한 손을 휘휘 저어보였다. "진정하쇼. 그렇지 않으면 심장발작을 일으키게 될 테니."

맞아, 하고 시어도시아는 생각했다. 부스 크로울리의 시뻘건 얼굴과 역정을 내는 모습으로 보건대, 당장이라도 심장발작을 일으킬 듯했다. 그녀는 이렇게 불같이 화내는 사람은 처음 보았다. 부스 크로울리는 정말 어처구니없는 추태를 보이고 있었다. 그것도 교회 앞에서.

"크로울리가 화를 내고 있는 사람은 알고 있어?" 드레이튼은 이 사태를 절반쯤은 재미있어 하고 있는 듯했다.

"빌리 매놀로예요."

드레이튼의 눈썹이 높이 치솟았다. "저 남자를 알아?"

"만난 적이 있어요. 요트 클럽에서 일하고, 요트 관리 같은 잡무를 맡고 있는 것 같던데요."

마침내 빌리 매놀로는 성큼성큼 걸어서 사라지고, 뒤에 남은 부스 크로울리는 아무나 가리지 않고 화풀이를 해댔다.

"그러니까, 저 사람이 교향악단과 미술관과 병원에 거액의 기부를 하고 있는 부스 크로울리라 이거지." 드레이튼이 말했다. "그런 사람으로는 보이지 않는 걸."

"쉿, 드레이튼. 이쪽으로 와요." 시어도시아가 주의를 주었다.

부스 크로울리는 과열된 용광로 같았다. 두 팔을 기세좋게 흔들고, 콧구멍을 넓게 벌리고, 공기를 빨아들이려고 입을 크게 벌리고 초록빛 잔디 위를 성큼성큼 가로질러갔다.

"거기 당신……, 티드웰." 부스 크로울리가 고함쳤다. "할 말이 있소이다."

티드웰은 재미있다는 표정으로 말없이 서 있을 뿐이었다.

부스 크로울리가 숨을 헐떡이며 다가왔다.

"지금 그 녀석한테서 눈을 떼지 마시오." 그렇게 말하고, 자신의 뒤에 있는, 아무도 없는 길을 과장되게 기리켰다. "빌리 매놀로. 요트 클럽 종업원이오. 물건이 없어지고 있소이다. 지난 주에 지배인은 녀석을 호되게 야단쳤소. 똑바로 하지 않으면 잘라버리겠다고 말이요. 변변찮은 녀석이요, 무뢰한이지."

시어도시아는 입가가 일그러지려는 것을 애써 참았다. 부스 크로울리는 언제나 이렇게 문법을 무시한 말투를 쓰는 걸까? 특이한 사람이네. 말투도 특이하고.

드레이튼이 시어도시아의 팔을 잡고 티드웰과 부스 크로울리로부터 떼어놓았다. 크로울리는 한풀 꺾이긴 했지만 여전히 투덜거리고 있었다. 티드웰은 건성으로 고개를 끄덕이면서 이야기를 듣고는 있었지만, 그다지 귀를 기울이고 있지는 않았다.

"자, 우리도 슬슬 퇴장하자구." 드레이튼이 작은 소리로 중얼거렸다.

"그러죠." 시어도시아도 동의했다. "하지만, 그 전에······."

그렇게 말하고 아까 보았던 장례식용 화환이 놓인 곳으로 시선을 돌렸다. 아까 그 화환은 어디 있지? 녹색 식물에 보라색 잎만을 곁들인 화환이 있었는데, 그것이 오히려 눈에 띄었던 것이다. 아아, 여기 있다. 보기 드물게 기묘한 장례식장에서 그녀를 끌고 나가려고 드레이튼이 애를 썼지만, 시어도시아는 손을 뻗어서 화환의 잎 일부를 뜯어냈다.

"그런 걸 어디다 쓰려고?"

시어도시아는 잡아뗀 나뭇잎을 손가락으로 만지작거렸다.

"리즈베스 캔트렐이 보내온 화환의 잎이에요."

"맙소사, 설마. 제1용의자의 누나가 화환을 보내왔다고?"

"전 그녀를 도와주겠다고 약속했어요."

드레이튼이 그녀를 물끄러미 보았다. "약속했다?" 그렇게 말하고 머리를 설레설레 내저었다. "정말이지, 당신은 언제나 사람을 놀래키는군."

"이게 뭔지 알겠어요? 이 녹색 식물 말예요."

드레이튼은 양복 안주머니에서 반안경을 꺼내서 코에 걸쳤다.

"머위로군." 잘라 말했다. "틀림없이 머위야."

"장례식 화환으로 쓰기에는 좀 묘하지 않아요? 보기에 하나도 멋지지도 않고." 시어도시아는 생각에 잠겼다. "어쩌면, 리즈베스는 일부러 이걸 골랐을지도 모르겠어요. 일종의 성명서랄까. 아니, 반성명서랄까요."

"그보단 오히려 꽃말 때문에 선택한 것 같은데." 드레이튼이 말했다.

이번엔 시어도시아가 의아한 얼굴을 할 차례였다. "이것의 꽃말이 뭔데요?"

"머위는 공정한 심판을 뜻하지."

"공정한 심판." 시어도시아는 되풀이했다. 리즈베스 캔트렐이 사용한 꽃말에 갑자기 흥미가 솟구쳤다.

"요즘은 꽃말이나 부적 같은 것들에 집착하는 사람이 많아진 것 같던데. 불안한 시대의 증후군 같은 게 아닐까."

"당신 말이 맞아요." 시어도시아는 말했다.

14

"이건 뭐 같아요?"

시어도시아가 물었다. 찻집에서 손님이 사라지는 오후 늦게까지 기다린 끝에, 마침내 문제의 식탁보를 펼칠 수 있었다. 드레이튼이 애마 볼보의 트렁크에서 찾아 꺼내온 덕분에, 원래는 청결한 리넨이었던 천의 한쪽 면에 생겨난 불규칙한 모양의 얼룩을 이렇게 살펴보고 있는 것이었다.

"어머나." 하는 헤일리. "피잖아요. 그거 말고 달리 뭐가 있겠어요?"

"아니, 여길 봐." 시어도시아는 갈색이 도는 회색 얼룩을 손톱으로 가볍게 긁었다. "가루 같은 것 때문에 생긴 흔적 같아. 화약 같은 거."

"그럴 지도 모르겠는걸." 드레이튼이 얼굴을 찌푸리면서 말했다. 그는 빌려온 돋보기로 식탁보를 자세히 들여다보고 있었다. "해초의 일종은 아닐까? 찰스턴 항구로 밀려온 해초 부스러기라든지. 아니면, 어떤 미생물이 말라붙어서 이런 얼룩 무늬를 만들어냈다거나."

"그 말은, 플랑크톤 같다는 말인가요?" 헤일리가 되물었다. 그녀는 시어도시아와 드레이튼에게 장례식에서 생긴 일에 대해 꼬치꼬치 캐묻고, 격노한 부스 크로울리와 경멸적인 빌리 매놀로의 일을 이야기해주자 정신없이 귀담아들었다.

"뭐, 그럴 가능성도 있다 이거지." 드레이튼은 자신의 가설에 별로 자신없는 듯 대답했다.

"오물은 아닐까요?" 헤일리가 반박했다.

시어도시아와 드레이튼도 그녀를 바라보았다.

"있잖아요, 진흙이나 오염물질이라든지, 아니면 기름이라든지……, 그런 오물요."

"혹시 EPA(미국 환경보호국)에서 자기한테 한 자리 주겠다고 해도." 드레이튼이 말했다. "거절하라고 충고하고 싶군."

"알았다구요. 정말이지, 그럼 이게 뭐 같아요? 그 식탁보는 땅에 미끄러져 떨어진 다음, 불쌍한 누군가의 피로 범벅이 되고, 그 뒤에 드레이튼의 차 트렁크 안에서 며칠이나 흔들렸다구요. 뭔가가 붙어 있다 해도 이상할 건 없어요."

"이 식탁보에 붙어 있는 건 모두 야외 파티에서 붙은 것이지, 차의 트렁크와는 관계없어." 드레이튼이 반론했다.

"하지만, 나도 점점 더 흥미가 생기는데. 당신은 진상에 접근해가고 있는 것 같아." 진지한 얼굴로 시어도시아에게 말하고는 주머니에서 손수건을 꺼내 안경을 닦았다. "티드웰 형사에게는 여전히 절대로 아무 말도 하지 않을 생각이야?"

"당연하죠. 그쪽은 나름대로 독자적으로 수사하고 있는 걸요. 지금쯤은 감식 전문가를 총동원해서 올리버 딕슨의 옷을 철저히 조사하고 있을 거예요."

자신의 발언은 이것으로 끝이라는 듯 크게 고개를 끄덕이고는, 곧장 관심을 식탁보에서 야외 파티 사진의 프린트물로 옮겼다. 사진은 이미 탁자에 나란히 놓여 있었다. 그녀는 뭔가 답을 발견할 거라고 믿으며, 한 장 한 장 신중하게 들여다보고 있었다.

헤일리가 그 중 한 장을 집어들었다. "이 사람은 누구예요?"

드레이튼이 엿보았다. "빌리 매놀로야. 오늘 아침에 부스 크로 올리가 화를 냈던 사람이지."

"흐음." 헤일리는 사진을 응시했다. "다부진 느낌이네요. 있잖아요, 맨손으로 싸우는 타입."

"그 사람이 탁자를 준비하고 식탁보를 빌리러 왔었어." 시어도시아가 말했다.

"그럼, 권총이 든 상자에 손을 댔겠네요." 하는 헤일리.

시어도시아는 생각에 잠겼다. "아마도 그럴 거야. 하지만 그밖에도 손댄 사람은 더 있어. 부스 크로울리, 보브 브루스터도 손을 댔어. 실제로 총알을 넣은 건 브루스터라는 사람이라고 티드웰 형사한테 들었어. 그리고 클럽 하우스의 관계자들도 있고."

"올리버 딕슨의 아들인 브록과 퀘이드는 어떨까?" 드레이튼이 물었다.

"설마 아들이 자기 아버지를 죽이려 했을까요?" 하는 헤일리.

"모르겠어." 시어도시아가 천천히 말했다.

분명히 브록과 퀘이드는 유력한 용의자라고 생각할 수 없었다. 적어도 혐의의 수준은 도 이하였다. 하지만, 빌리 매놀로는 용의자 후보 가운데 하나였다. 뭐라 해도 불가사의하게 폭발한 권총이 든 상자에 손을 대는 장면이 들통났으니까.

그가 권총에 손댔을 가능성은 있을까? 분명히 빌리는 쉽게 권총에 접근할 수 있었다. 클럽 하우스에서 일하고 있고, 요트도 관리하고 있으니까. 올리버 딕슨을 원망할 이유가 뭔가 있을 지도 몰라. 물론, 그렇게 되면 커다란 의문이 생긴다. 왜 빌리 매놀로는 올리버 딕슨의 장례식에 나타났을까? 남의 불행을 고소해 하기 위해서? 아니면 단순히 애도하기 위해서?

시어도시아는 두 손을 뻗어 프린트물을 전부 그러모아 트럼프처럼 한 묶음으로 깔끔하게 정리했다.

한 가지는 분명했다. 이 식탁보를 분석해 봐야 한다는 것.

"시어도시아." 드레이튼이 경고하듯이 말했다. "이 이상 일이 커질 것 같으면, 당신이 위험한 짓을 하게 내버려둘 수 없어. 사람이 죽었다구. 우리들뿐만 아니라 경찰도 사고라고 믿고 있는 사건이, 교묘히 꾸며진 범죄일지도 모르잖아."

"티모시 네빌과 다시 한 번 이야기를 하는 것이 좋을 것 같아요." 시어도시아가 말했다.

"그는 내가 아는 어느 누구보다 골동품 총에 대해 잘 알지." 드레이튼도 동의했다.

아주 흥미롭게도, 포드 캔트렐도 역시 잘 알아요, 하고 시어도시아는 마음 속으로 생각했다.

"잠깐, 그걸 이리 줘요!" 헤일리가 갑자기 탁자 위에 돌돌 말려 있던 식탁보를 채갔다. "거기 프린트물을 뒤집어 엎어요!" 그렇게 지시한 건 창밖에 낯익은 얼굴이 보였기 때문이었다. "들레인이 와요!" 헤일리가 그렇게 경고하고는 허둥지둥 주방 안쪽으로 사라졌다.

시어도시아가 재빨리 프린트물을 뒤집어 엎음과 동시에 들레인 디시가 인디고 찻집의 문을 밀고 들어왔다.

"시어도시아, 드레이튼, 두 사람 모두 아직 있어서 다행이에요. 아주 멋진 뉴스가 있어요." 그녀는 단숨에 말을 쏟아냈다.

"무슨 일이 있었는데요, 들레인?" 시어도시아는 격렬하게 고

161

동치는 심장을 진정시키려 한 손으로 가슴을 눌렀다.

"알리시아 애벗이 키우는 실 포인트 샴 고양이*가 몇 주 전에 새끼를 낳았대요. 그 중 한 마리를 나한테 준다지 뭐예요!"

"잘됐네요, 들레인." 귀여워하던 삼색 털의 늙은 고양이 캘빈이 1년여 전에 죽었을 때, 들레인은 비탄에 잠겼다. 캘빈의 죽음을 털고 일어서기까지는 꽤나 오래 걸렸다.

"그에게는 뭐라고 이름을 붙일 건데요? 아니, 그녀인가요?" 헤일리가 빈 손으로 안쪽에서 나타나면서 물었다.

"쬐끄만 수컷 고양이야." 들레인이 미소지었다. "아직 이름은 정하지 않았어. 캘빈 2세는 어떨까?"

"기억하기 쉬워서 좋네요." 하는 헤일리.

"아니면, 캘빈 2호라든지." 드레이튼은 그렇게 말하고는 경고하듯이 헤일리를 한 번 힐끗 보고는 프린트 더미를 끌어안고 안쪽의 시어도시아의 사무실로 들어갔다.

"그냥 '2호' 라고 부를까? 아아, 어려워. 저기, 시어도시아, 당신은 광고업계에 있었고, 제품명도 많이 생각했었잖아요. 지금도 당신 가게의 차에 정말 멋진 이름을 붙이고 있구요." 들레인은 찻집의 안쪽까지 가서, 쭉 늘어선 은빛 차깡통을 주시했다. 그

---

* 크림색에 암갈색 반점이 있는 샴 고양이.

러더니 라벨에 씌어진 이름을 읽어내려가기 시작했다. "쿠퍼 리버 크랜베리, 티 타임즈, 레몬 제스트, 블랙 프로스트……."

뭐야, 용건은 그것뿐이었어, 하고 시어도시아는 생각했다. 고양이 이름짓기.

"생각할 시간을 줘요." 시어도시아가 말했다. "검토해볼게요. 드레이튼도 함께요. 그도 이런 일을 아주 잘하거든요." 그러자, 헤일리가 웃음을 참으려는 듯이 손으로 입을 막는 것이 보였다.

그러나 들레인은 좀처럼 돌아가려 하지 않았다. 언제까지나 뭉기적거리고 있었으므로, 헤일리는 하는 수 없이 홍차와 쇼트브레드 쿠키라도 드시겠냐고 물었다.

"이렇게 오랫동안 가게를 비워도 되다니 좋겠어요." 헤일리가 말했다.

"어머, 재닌이 가게를 봐주고 있어. 그리고 오늘은 손님도 별로 없구. 태풍이 오는 게 아닐까? 오전에는 그렇게 화창하더니 점점 구름이 끼고 있잖아." 그녀는 코에 주름을 잡았다. "비가 안 오면 좋겠는데. 머리카락이 곱슬곱슬해져 버리거든."

"저두요." 헤일리가 그렇게 말하고 매끈하고 곧게 뻗은 갈색 머리카락을 쓰다듬었다.

"시오, 오전에 장례식에 갔었어요?"

"예."

"그 무서운 캔트렐이라는 사람에 대해 뭔가 들은 거 없어요?"

"자기 농장을 수렵용 보호 구역으로 만든다는 말밖에요."

"수렵용 보호 구역? 너무 무서워요. 무방비 상태의 불쌍한 동물을 죽이다니." 들레인은 몸서리를 쳤다. "야만적이야. 듣기만 해도 소름이 끼쳐요."

시어도시아는 동정하듯 미소지었지만, 많은 남부 사람들이 산탄총을 벗삼아 자란다는 사실도 알고 있었다. 해로운 새나 동물을 쏘아 죽이는 건 남부에서는 일종의 통과의례였다. 그녀 자신도 쏘아본 적이 있었다. 지금은 더 이상 사냥을 하고 싶지는 않지만, 그렇다고 사냥하는 사람을 비난할 생각도 없있다.

"게다가," 들레인은 여전히 포드 캔트렐의 새로운 사업에 분노하고 있었다.

"애시당초 모순된 거 아녜요? 수렵과 보호 구역이란 말은."

"교육적인 텔레비전과 같죠." 하고 헤일리가 끼어들었다. "그런 게 있을 리가 없는데 말예요."

"또는, 아미 인텔리전스(육군정보부)라든지." 들레인은 킥킥웃으면서 덧붙였다. "어머나, 여기서 계속 수다를 떨고 싶지만 슬슬 가게로 돌아가야겠어요."

"휴우," 들레인이 사라지자 헤일리가 말했다. "사람 참 힘들게 하는 사람이에요."

15

비는 커다란 빗방울이 되어 쏟아지고, 지붕을 두들기고, 차도며 인도를 작은 둑처럼 만들어놓았다. 관광객들이 상점이나 카페에 피신해 있는 탓에 시장, 골동품 거리, 역사적 명소 등을 오가는 알록달록한 마차들은 방치되어 있었다.

시어도시아는 습기로 흐려진 차 안에서 자신의 찻집 전화번호를 누르고 있었다. 두 번째 신호음에 드레이튼이 나왔다.

"인디고 찻집의 드레이튼입니다."

"드레이튼? 저예요, 시어도시아. 가게는 어때요?"

전화를 해서 가게 상황을 확인하는 게 좋으리라 생각했다. 그래서, 억수같이 쏟아지는 빗속에서 한 손으로 운전대를 잡고 휴대전화를 귀에 대고 있었다. 쉽지 않은 일이었다. 차의 성에 제거 장치가 제대로 작동하지 않아 앞유리창은 절망적으로 뿌얘졌고, 엎친 데 덮친 격으로 길은 엄청나게 막혔다.

"붐비고 있어." 드레이튼이 대답했다. "태풍이 지나가길 기다리려는 손님들로 가득 차 있지만, 손이 부족할 정도는 아니야. 지금 어디야? 아니 그보다, 돌아올 수 있는지 물어봐야 하나?"

그러나 시어도시아는 생각난 것이 있었다. "드레이튼, 헤일리가 말한 오물들 기억해요?" 흥분해서 물어보았다.

"식탁보 말야? 아아, 역시나 염려했던 대로군. 볼일이 좀 있다던 건 그거였어?" 드레이튼의 목소리에는 가시가 돋고, 탐탁지 않다는 듯 한숨을 쉬었다. "그 기분나쁜 물건을 어떻게 했는지 구체적으로 가르쳐주지 않겠어?"

"모로 교수 기억나요?"

"모로…… 모로라……. 찰스턴 대학의 식물학 교수?"

"그래요, 그 분."

"내 기억에 따르면, 수업을 받던 시절의 당신은 그 교수를 아주 높이 평가했었지. 차를 공부하기 시작하고 얼마 안되었을 때의 일이지, 아마."

"그 교수님이 식탁보를 분석해 주기로 하셨어요." 시어도시아의 목소리에는 의기양양한 듯한 울림이 있었다.

"불쌍한 모로 교수는 어떻게 당한 거야? 설마 식물학 연구실을 감식반으로 바꾸라고 몰아붙인 건 아니겠지?"

"그럴 리가 있나요. 하지만, 교수님이 계신 곳은 감식반처럼 전자현미경도 있고, 극소량의 금속이나 토양 샘플을 분석할 수 있는 장치도 있어요. 식탁보에 묻어 있는 것이 동물성인지 식물성인지, 아니면 광물성인지 알고 싶다고 했을 뿐이에요."

"그리고 그 가련한, 남을 의심할 줄 모르는 모로 교수는 승낙해주었고."

"그래요."

"그 덕분에 교수 자리에서 쫓겨나지 않길 기원할게."

"그건 너무 과장한 거 아녜요?"

"나의 사랑스런 시어도시아, 이런저런 이유를 붙여서 살인사건으로 꾸며내는 것이 훨씬 더 과장한 거라고 생각하는데."

"드레이튼, 당신에게 전화를 하면 분명히 기운이 날 거라고 생각했었어요. 어머나!"

"시어도시아, 부디 추돌사고를 냈다는 말은 말아줘." 드레이튼이 불안한 듯이 소리쳤다.

"잠깐요." 한참 무음 상태가 이어진 끝에 시어도시아의 목소리가 들려왔다. "조지 스트리트와 킹 스트리트의 교차로 알아요?"

"아, 물론이지."

"지금 마침 로드 골동품 가게 앞을 지나쳤어요. 갑자기 찾아가서 조반니 로드를 놀래켜 줄래요. 염탐을 위해서요."

"그것이 끝나면 돌아올 거지?"

"예에……, 아뇨……, 모르겠어요."

"아무튼, 조반니를 만나면, 내 친구의 감정 결과 그 찻주전자는 진품으로 판명되었다고 전해줘. 틀림없이 에지필드 것이고 서기 800년에서 1200년대 사이에 만들어진 것 같다고 하더군."

"알았어요, 드레이튼. 그럼."

시어도시아는 그 블록을 한 바퀴 돌고는, 주행차선을 벗어나 빈 주차공간으로 머리부터 돌진했다. 잠시 들러서 조반니 로드를 찾아가 보기로 한 건 어디까지나 즉흥적인 착상이었다. 다행히도 빗줄기가 약간 잦아들어서 차에서 내려 골동품 가게까지 내달릴 마음이 생겼다.

로드 골동품 가게는 두 블록의 구획에 북적이는 서른 대여섯 개의 골동품 가게 가운데 하나였다. 이탈리아 풍의 붉은 벽돌로 지은 3층짜리 건물 1층에 자리잡고 있었고, 정면의 커다란 진열창에는 17세기와 18세기의 영국 가구와 마욜리카 도자기*, 백랍 제품, 골동품 시계 등이 빽빽하게 늘어서 있었다. 그 진열창에 로드 골동품 가게라는 상호가 금빛 필기체로 큼지막하게 양각으로 씌어 있었다.

---

* 15세기경에 이탈리아에서 발달한 화려한 장식용 도자기. 주석 유약을 입혔으며, 보통 흰 바탕에 여러 가지 그림 물감으로 무늬를 그린 것이 특징이다.

입구의 문 위에 달린 종이 명랑한 소리를 내면서 울리자 조반니 로드는 기대를 담아 고개를 돌렸다. 그는 벌써 30여 분이나 웨스트 애슐리에서 온 부인에게 놋쇠 쌍안경의 장점을 설명하고 있지만, 그녀는 전혀 살 기미를 보이지 않고 있었다. 주식 중개인이라는 남편에게 줄 '깜짝' 결혼기념 선물을 찾으러 왔다는 그 여성은 골동품 시계에서 조각된 나무상자까지 차례차례 관심 대상을 바꾼 끝에 놋쇠 쌍안경에 이른 것이었다.

요즘은 매출이 저조했다. 하지만, 서머빌의 창고 세일에서 85 달러에 사온 이 놋쇠 쌍안경에는 450달러라는 가격표를 붙였으므로 팔리기만 하면 꽤 짭짤한 돈벌이가 될 것이었다.

조반니는 시어도시아를 알아보고는 단정한 얼굴에 미소를 지었다.

"브라우닝양. 지금 곧 가겠습니다."

조반니는 웨스트 애슐리에서 온 손님에게서 돌아섰다.

"다른 물건들을 좀 더 둘러보시는 게 좋겠군요." 그가 그렇게 말하고 쌍안경에 손을 뻗자, 여성은 나중에 온 손님 – 자신과 같은 것에 흥미를 보일 지도 모를 손님 – 을 의식하고는 갑자기 결단을 내렸다.

"이걸로 할래요." 손님은 딱 잘라서 말했다. "이게 딱 좋을 것 같아요."

조반니는 고개를 끄덕였다. "눈이 높으시군요, 마담. 남편분도 분명 기뻐하실 겁니다."

조반니는 손님한테서 신용카드를 받아들고 판독장치를 통과시켰다. 타이밍 좋게 시어도시아 브라우닝이 가게에 들어온 덕분에 살았다. 가게 주인을 독점할 수 없다는 걸 깨달은 순간 손님의 구매욕에 불이 댕겨지는 건 흔한 일이었다.

조반니가 손님 응대를 마치는 동안 시어도시아는 가게 안을 둘러보았다. 콜포트 자기*의 조촐한 수집품, 빈티지 손목시계를 놓은 트레이 앞에서 발을 멈추고 보았다. 정말 멋진 가게야. 하지만 물량이 좀 빈약한 것 같아. 경영이 힘든 걸까? 아니면 그저, 가구, 은제품, 깔개, 촛대, 자기 같은 흔한 물건들을 대충 모아놓기보다는, 가짓수는 적더라도 멋진 물건만을 취급하겠다는 방침일까? 아무튼, 찰스턴처럼 골동품 가게가 많은 거리에서는 이웃과 경쟁하는 것만으로도 무척 힘들 것임에 틀림없었다.

"또 뵙는군요."

조반니 로드는 손님을 문까지 배웅하고는 시어도시아에게 환한 미소를 보냈다.

---

* 1795년 존 로즈가 설립한 영국 슈롭셔 지방에 위치한 공장에서 생산해낸 자기. 도자기 표면을 풍부한 꽃모양으로 장식한 것이 특징이다.

"지나가는 길에 가게 간판이 보여서요." 시어도시아는 핑계를 댔다. "잠시 들러서 지난 번에 귀에 못이 박히게 들었던 그림을 보여달라고 할까 해서요."

"예에."

시어도시아는 상대에게 미소를 되돌리면서, 갑자기 막간 희극에서 연기하는 배우 같은 느낌이 든 건 왜일까 의아해했다.

조반니 로드가 집게 손가락을 까딱이며 불렀다.

"안쪽으로 오시죠. 제 사무실로요."

시어도시아는 순순히 가게 안쪽까지 따라가서, 거기서 그가 문의 자물쇠를 푸는 것을 기다려서는 아담한 나무벽의 사무실로 들어갔다.

"와아!" 그 말밖에 나오지 않았다.

사무실은 비교적 좁았다. 길이 약 6미터, 폭은 약 4.5미터 정도밖에 되지 않았지만 벽 한쪽 면을 현란한 유화가 가득 메우고 있었다. 초상화, 풍경화, 바다를 그린 그림, 그리고 정물화. 환상적이고 우아한 그림이 있는가 하면, 아주 사실적인 그림도 있었다. 아무튼 모든 그림이 대단히 훌륭했다.

"훌륭한 수집품이네요. 왜 가게에 전시하지 않나요?"

"가끔은 전시하죠." 그는 무심한 척 어깨를 으쓱하고는 손을 뻗어 약간 비뚤어져 있는 작은 풍경화를 똑바로 걸었다.

"하지만, 대개는 여기 놓아두고 혼자서 즐깁니다. 게다가, 최고의 그림은 특별한 손님을 위해서 놓아두고 싶죠. 이 그림은……." 조반니는 작지만 한층 멋진 초상화에 팔을 뻗었다. "이 그림은 당신을 닮았습니다."

시어도시아는 조반니의 시선을 느끼면서 그 그림을 보았다. 부풀어오른 스커트에 코르셋으로 졸라맨 드레스 차림의 여성이 역마차에 비스듬히 누워 있는 그림이었다. 남북전쟁 이전을 떠오르게 하는 화풍으로, 절제된 색조의 분홍과 보라색을 주로 썼고 피부는 설화석고처럼 새하얗다.

"아름답군요." 시어도시아가 말했다. 그림 자체는 아주 아름다웠지만, 이 세상의 것이라고 여겨지지 않는 묘한 불안을 불러일으키는 요소가 느껴졌다.

"어제 장례식에 와주신 것에 감사드립니다." 조반니가 갑자기 화제를 바꿨다. "장례식 도중에 알아봤지만, 장례식이 끝나고는 사람이 많아서 미처 인사를 드리지 못했죠."

"도는 좀 어때요?"

"생각보다 건강합니다. 친구와 가족이 도와주고 있고, 도 자신도 당찬 아가씨니까요. 경찰이 너무나 무능해서 할 일을 하고 있지 않은 탓에 스트레스가 꽤 쌓여 있는 것 같긴 하지만요. 정말이지, 경찰은 아무리 수사를 해도 진전이 없더군요."

"뭔가 마음에 짚이는 거라도 있나요?"

조반니가 한 쪽 눈썹을 치켜올렸다.

"녀석들은 포드 캔트렐을 조사하기 위해 연행했습니다."

"요컨대, 그가 권총을 손봤다는 건가요?"

"그렇고말고요. 그건 절대 사고가 아닐 겁니다."

"그밖에 손을 볼 만한 사람은 없을까요?"

조반니는 그런 건 생각도 안해 봤다는 듯이 얼굴을 찌푸렸다.

"올리버 딕슨에게 해를 입히려는 사람은 달리 생각이 안 나는데요."

"올리버 딕슨은 새로운 회사를 출범시켰죠. 그것을 방해하려는 사람이 있을지도 모르죠."

"말씀하신 뜻은 알겠습니다. 올리버는 정말로 머리가 좋고 재능이 풍부한 남자였죠. 그가 그레이프바인 사에서 도입할 예정이었던 아이디어는, PDA 사용법을 근본부터 바꿔놓을 만한 것이었습니다." 조반니는 거기서 말을 잘랐다. "적어도 그렇다고 들었습니다. 공교롭게도 저 자신은 꽤나 로 테크여서요. 기껏 해야 팩스를 쓰는 수준이죠." 하고 유감스러운 듯이 덧붙였다.

"하지만, 지금 이야기로는, 여러 가지 동기를 생각할 수 있을 것 같은데요. 사업상의 경쟁이 생각지도 못했던 행위의 빌미가 되는 건 잘 알려져 있잖아요. 사업상의 라이벌, 열받게 하는 납품업자, 변덕스러운 투자자……. 그 중의 누군가가 올리버 딕슨을 격렬하게 미워하고 있었대도 이상할 건 없잖아요?"

"글쎄요. 알고 계실지 모르겠지만, 부스 크로울리가 그레이프바인 사의 주요 투자자인데, 그는 업계에서 흠잡을 데라곤 없는 평판을 얻고 있습니다."

"예에, 그렇겠죠." 그렇게 말하면서 시어도시아는 조반니도 어제 부스 크로울리가 격분하던 광경을 목격했을까, 하고 생각했다. "그렇다고 해서, 올리버 딕슨을 개인적으로 미워하고 있던 사람이 없다고는 할 수 없어요."

조반니의 얼굴이 어두워졌다. "분명히 당신이 말한 대로예요."

"어제의 소동은 대단했죠."

"예, 뭐라구요?" 조반니의 시선은 시어도시아를 무척 닮았다고 아까 말했던 그림으로 돌아가 있었다.

"장례식에서 생긴 일 말예요. 부스 크로울리와 빌리 매놀로라는 남자가 추태를 부렸었죠. 그에 대해서는 알고 계세요? 아, 빌리 말예요."

"아뇨, 잘은 모릅니다. 뭐, 소문을 듣는 정도죠. 그 남자는 아마도, 요트 클럽에서 잡일을 하고 있지 않았습니까?"

"그가 올리버 딕슨을 미워하고 있었다고는 생각지 않나요?"

"미워할 만한 이유가 떠오르지 않는데요." 조반니는 사람을 깔보는 듯한 말투가 되었다. "그러니까, 그 남자는 단순한 고용인이잖아요. 애당초 사회적 지위가 너무 다르죠."

바로 그렇기 때문에, 빌리 매놀로가 증오를 품고 있었다고 해도 이상하지 않지 않을까? 시어도시아는 마음 속으로 생각했다.

조반니는 크게 숨을 들이마셨다 내쉬고는, 열정과 미소를 다시 끌어모으는 데 집중하려 했다. "이 그림을 따로 챙겨둘까요?" 그가 밝게 물었다.

"아뇨, 그럴 필요는 없을 것 같아요." 시어도시아가 대답했다.

16

"일기예보 채널을 보니까 태풍이 접근중이라면서요."

조리 데이비스가 수화기 너머에서 말했다.

"그래요." 시어도시아가 대답했다. 뉴욕으로 떠난 지 닷새만에 마침내 조리는 전화를 걸어왔다. "하루종일 비가 오고 있고, 갈수록 세력도 강해지고 있는 것 같아요. 아무튼 중부 대서양 연안은 틀림없이 큰일이 날 거에요. 아까 드레이튼과 이야기했는데,

꽃이 몽땅 바람에 날아가서 못쓰게 되었다고 무척 걱정하더라구요. 왜냐하면, 그렇게 되면 다음 주에 열리는 가든 페스티벌이 수포로 돌아가게 될 테니까요."

시어도시아는 찻집의 2층 아파트에서 느긋하게 쉬고 있었다. 오늘은 금요일 밤인데, 너무 큰 비가 와서 어딘가 외출하고 싶지도 않았다.

"요트가 걱정입니다. 이틀 전에 요트 친구인 엘든 쿡이 아일 오브 팜즈까지 가서 요트를 갖고와서 지금은 클럽에 계류되어 있어요. 하지만, 지금보다 태풍이 심해진다면……."

"내가 할 수 있는 일이 있나요?"

"내 사무실에 들러서 여벌 열쇠를 갖고와 줄래요? 엘든은 요트를 잠갔을 테니까, 열쇠를 클럽에 갖고 가서 빌리 매놀로에게 넘겨주면 좋겠는데요."

"빌리 매놀로?"

"그래요. 요트 클럽의 종업원이죠. 잡일을 맡아보고 있어요."

"그 사람이라면 알고 있어요. 어제 아침 올리버 딕슨의 장례식에서 만난, 아니, 정확히 말하면 만난 건 아니고 봤거든요."

"아, 그래요? 어제가 장례식이었던 걸 까맣게 잊고 있었군요. 어땠죠?"

"슬펐어요. 하지만 좋은 의식이었어요. 친구들이 여러 명 연단

176

에 올라가서 좋은 이야기를 하더군요."

"잘됐군요. 올리버는 마땅히 그런 대접을 받아야 해요."

"그래서, 열쇠를 빌리가 있는 곳에 갖고 가서 어떻게 하면 되는데요?" 시어도시아는 하던 이야기로 돌아갔다.

"요트를 고정시키고 빌지 펌프*를 가동시켜 줄래요? 돛이 제대로 격납되어 있는지도 확인하는 것이 좋겠군요. 기본적인 허리케인 대책이죠."

"그런 일을 맡겨도 될 만큼 그 사람을 믿어도 되나요?"

"아, 믿고 있죠. 그것이 그 사람의 일이니까." 조리는 거기서 말을 끊었다. "뭔가 문제가 있나요, 시오? 내가 모르는 뭔가가?"

"아뇨, 없어요. 걱정 말아요." 시어도시아가 말했다. "그 일은 확실히 처리해둘게요. 그런데, 그쪽은 어때요? 문제의 진행 상황은요?"

조리가 한숨을 쉬었다. "진도가 잘 안 나가네요."

시어도시아는 전화를 끊고 주방 창문을 통해 바깥을 내다보았다. 비가 격렬하게 지붕을 두드리고 요란한 소리를 내면서 홈통을 흘러내려갔다. 너무나 억수같은 비에, 둥근 돌이 깔린 도로 건

---

* 배 밑에 괸 물을 퍼올리는 펌프.

너편에 있는, 헤일리가 살고 있는 작은 정원이 딸린 아파트조차도 거의 보이지 않았다.

몸이 부르르 떨려서 셔닐* 스웨터의 맨 윗단추를 채웠다. 이 시기의 찰스턴은 대개 따뜻한 날이 계속되기 때문에, 예년 같으면 사람들은 여름날의 찌는 듯한 더위와 습기가 닥쳐오기 전의 화창한 봄날을 만끽할 참이었다. 그러나 올해는 전혀 그렇지 않았다. 날씨는 변덕스러웠고, 대서양에서 불어오는 차가운 해풍이 살을 에는 듯했다.

난로 위에서 찻주전자가 날카롭게 슈슷- 하는 소리를 내기 시작하자 시어도시아는 서둘러 안쪽 버너에서 주전자를 내렸다. 차숟가락 하나만큼의 다질링 찻잎에 끓는 물을 붓고 일인용 작은 주전자에서 3분 동안 우렸다. 참 재미있기도 하지. 시어도시아는 생각했다. 차의 가장 큰 적은 공기, 빛, 더위, 그리고 습기인데. 그리고 찰스턴의 기후는 그 모든 것을 듬뿍 갖추고 있는 일이 종종 있는데 말야.

시어도시아는 거실로 돌아와 카우치 위에서 손발을 뻗었다. 완전히 잠들었던 얼 그레이가 약간 머리를 들고 졸린 눈을 그녀에게 향하더니 이내 곧바로 잠에 빠져들었다.

---

* 빌로드처럼 보풀을 세워 모충같이 보이는 장식용 실. 또는 그것으로 짠 천.

시어도시아는 차를 홀짝거리면서 불과 며칠 전에 도움을 청해 온 리즈베스 캔트렐을 생각했다.

왜 리즈베스에게 포드 캔트렐의 혐의를 벗겨주겠다고 약속해 버렸는지, 지금 생각해도 알 수가 없었다. 애당초 포드에게 맨 먼저 의심을 품은 것은 바로 자신이 아니었던가.

그녀는 그에 대한 답은 리즈베스와 그녀의 어머니와의 관계에 있다고 생각했다. 달콤쌉쌀한 기억의 홍수는 기묘하고 약간 마음이 붕 뜨는 경험이었다.

그리고, 또한 리즈베스에게 은혜를 입었기 때문이었다. 남부에는 약간 특이한 관습이 있는데, 은혜를 입은 상대가 도움을 청하면 손을 빌려줘야만 했다. 질문은 필요없었다.

그러나 리즈베스와의 약속을 지키지 못하면 어떡하지?

조사 결과, 포드 캔트렐이 그 낡은 권총에 손을 본 범인이라는 걸 알게 되면 어떡하지? 무엇보다도, 포드는 엄청난 양의 총을 수집하고 있었다. 그래서 골동품 총에 관한 지식도 갖고 있었다. 게다가 최근에 자신의 농장을 수렵용 보호 구역으로 바꾼 참이다. 이 일로부터 어떤 결론이 나올지는 모르지만, 법정으로 갔을 때 좋지 않은 상상을 불러일으킬 우려가 있었다.

하지만, 리즈베스 캔트렐은 전적으로 동생이 무죄라고 믿고 있는 듯했다. 그리고, 상징이라든지 예감 따위를 믿고 있었다. 예를 들면 머위 화환 같은 것. 그 식물은 뭘 상징했더라? 아아, 그래, 공정한 심판.

공정한 심판이란 구체적으로 무슨 뜻일까? 동생인 포드 캔트렐에게 공정한 심판이라는 뜻일까? 아니면, 올리버 딕슨에게 공정한 심판이 내려졌다고 말하고 싶은 걸까?

시어도시아는 차가 들어 있는 본 차이나 잔에 눈길을 주었다. 찻집을 열기 훨씬 전부터 세트가 아닌 커피잔, 찻잔, 그리고 드미터스* 잔을 모으고 있었다. 디너 파티의 테이블 세팅을 하다가 세트가 아닌 식기류, 예를 들면 리모주** 접시에 리리크의 잔과 받침접시를 배합하는 즐거움을 발견했던 것이다.

올리버 딕슨을 둘러싼 사람들에 관해 지금까지 모은 정보는 세트가 아닌 식기류와 아주 비슷했다. 하지만, 손님들한테 칭찬을 듣던 테이블 세팅과는 달리 이 조각들은 어떻게 짜맞춰도 어울리지가 않았다.

시어도시아는 일어나서 기지개를 켜며 추위를 떨쳐버리려 했다. 아까부터 쭉 난방 스위치를 켤까 말까 망설이고 있었다. 4월인데 난방을 켜다니 말도 안 된다고 생각했기 때문이지만, 아파

---

* 식후의 블랙 커피용 작은 커피잔. 또는 그것으로 마시는 커피.
** 18세기부터 프랑스 리모주에서 생산한 식기용 자기.

트는 시간이 갈수록 싸늘해져가는 것 같았다.

결심을 누그러뜨리고 방 안쪽으로 가서 서모스탯(자동 온도 조절 장치)의 레버를 움직였다. 곧바로 부웅— 하는 공전음이 울리고, 이내 따뜻한 공기가 조금씩 흘러나왔다.

자, 난 뭘 놓치고 있는 걸까, 하고 자문했다. 선 채로, 창밖에 흘러떨어지는 빗방울에 눈길을 주었다. 어쩐지 눈물 같았다. 도벨베데레가 죽은 남편인 올리버 딕슨을 생각하며 흘리는 눈물일지도.

올리버 딕슨은 단순한 피해자가 아니고, 사건 전체의 열쇠를 쥔 중요인물이었다. 누군가 올리버가 없어지길 바라는 이유만 알아낼 수 있다면 그것은 동기와 직접 연결될 터였다.

그리고 동기를 알면 대개의 경우 범인도 발견되는 법이다.

시어도시아는 컴퓨터 앞에 앉았다. 올리버 딕슨의 새 회사인 그레이프바인 사에 관한 재무 및 개업 당시의 정보는 이미 살펴보았지만 특별히 눈에 띄는 이상한 점은 없었다. 사전 시장조사와 개발에 거액의 돈을 쏟아붓고 있었지만, 그건 당연한 일이었다. 게다가 그레이프바인 사는 신생 하이테크 기업이므로 경비지출 속도, 즉 최초의 몇 달 동안에 지출한 자금 비율은 높았지만, 그것도 어디까지나 생각대로였다.

언론은 그레이프바인 사를 어떻게 보도하고 있었을까? 헤일리가 「찰스턴 포스트 앤드 쿠리어」 지의 비즈니스 면에 실린 기사를 인용했지만, 묘하게 홍보 느낌이 나는 문투로 추측컨대, 회사가 준비한 보도자료를 재편집한 것일 뿐이리라. 그런 것들은 대개 그렇다. 시어도시아 자신도 오랫동안 보도자료를 써보았고, 그것이 그대로 신문이나 업계지의 기사가 되곤 했다.

하지만, 엄격한 비즈니스 애널리스트는 그레이프바인 사를 어떻게 평가하고 있을까? 시장 조사 회사인 포레스터 리서치의 테크놀로지 전문가나 아서 앤더슨 회계사무소의 비즈니스 프로들은? 또는 인터넷상의 비평가의 의견은 어떨까?

그런 조사쯤이야 식은 죽 먹기지. 시어도시아는 넷스케이프를 클릭해서 키워드로 '그레이프바인'을 입력했다.

록밴드부터 나파 밸리의 레스토랑까지, 4만 7천 건이 검색되었다. 어머, 검색 조건을 좀 축소해야겠네.

이번엔 키워드에 PDA라는 단어를 덧붙여 보았다. 결과는 63건. 아까보다는 훨씬 나았다.

새로운 검색 결과를 유심히 살피면서 회사의 프로필, 애널리스트의 보고서 등, 그레이프바인 사에 관한 제3자의 의견을 알 수 있을 만한 것부터 찾아갔다.

「테크놀로지 항해」의 기사를 클릭했다. 전자상거래상의 신제품이나 경향을 알려주고 각종 신생 하이테크 기업에 관한 최고

수준의 분석을 제공하는 신뢰도 높은 잡지였다. 실제로 시어도
시아도 반도체 제조회사인 아반티라는 회사의 일을 할 때 「테크
놀로지 항해」에 광고를 싣고 편집자와 만난 적도 있었다.

「테크놀로지 항해」 기사는 '급물살을 탄 PDA' 라는 제목을 달
고 있었다. 첫머리에는 PDA 시장에 관한 전반적인 이야기가 상
세히 씌어 있었다. 판매는 폭발적이어서 매출은 30억 달러 이상,
내년에는 60억 달러에 이를 것으로 전망하고 있었다. 헤일리가
말했듯이 PDA는 주머니에 넣어다닐 수 있고 일정, 주소, 전화번
호, 해야 할 일 목록, 간단한 메모 등을 확실하게 관리해주는 포
켓 사이즈의 휴대기기로 선전중이었다.

기사에는 PDA 제조 메이커, PDA 전용 소프트와 집적회로와
내부장치 메이커, PDA의 무선 서비스나 콘텐츠 제공회사 명단
도 딸려 있었다.

기사에 따르면, 그레이프바인 사는 플래시 메모리 카드 회사
로, 팜 운영 체계*를 사용하는 PDA에 데이터를 저장하기 위한,
32메가바이트 및 64메가바이트의 SD카드를 생산하고 있다는
것이다.

와아, 하고 시어도시아는 생각했다. 나도 컴퓨터를 쓰고 있고,

---

* 개인 휴대 정보 단말기(PDA)로 유명한 팜 사에서 개발한 휴대전화용 운영 체계.

웹사이트도 구축하고 있고, 게다가 온라인 주식 거래도 하고 있으니까 약간은 하이테크형 인간이라고 자부하고 있었는데, 이건 좀 복잡한 이야긴데!

기사는 덤으로 카시오, IBM, 휴렛 팩커드, 로열, 컴팩, 핸드스프링 등의 PDA 제조사 이름을 제시하고, 마이크로소프트 사에 의한 경쟁적인 운영 체계인 포켓 피시에 대해서도 짧게 설명하고 있었다.

시어도시아는 손가락 두 개를 이마에 가져가서, 너무나 하이테크적인 이야기 때문에 아파오기 시작한 머리를 살짝 식혔다. 더 늦기 전에 그만두는 게 낫지 않을까?

남은 기사는 슬쩍 훑어보기만 할 셈이었지만, 다시금 찬찬히 읽고 말았다. '편집자의 선택' 꼭지에서 다양한 PDA에 관한 촌평을 읽는 동안에, 무선으로 메일을 주고받을 수 있는 「블랙베리」라는 휴대단말기를 나는 왜 사용하지 않나, 의아한 생각이 들었다. 그러나, 다음 순간엔 손으로 쓴 글씨나 음성 인식 기능을 갖춘 에릭슨 사의 제품이 더 좋아보였다. 결국 시어도시아는 소형 접이식 키보드를 갖춘 「다빈치」가 지금으로서는 가장 멋지다는 결론에 이르렀다.

이런 소형 컴퓨터가 있으면 편리할까? 아마도 그럴 것이다. 고기능 PDA가 있으면, 여러 가지를 관리할 수 있을 것 같다. 차모임 아이디어, 상품 목록, 그리고 – 여기서 문득 쓴웃음을 지었다 – 살인사건의 용의자 명단도. 시어도시아는 도리질을 했다. 슬슬 일단락지어야만 한다. 너무 빠져드는 건 좋지 않아.

절대로 좋지 않아.

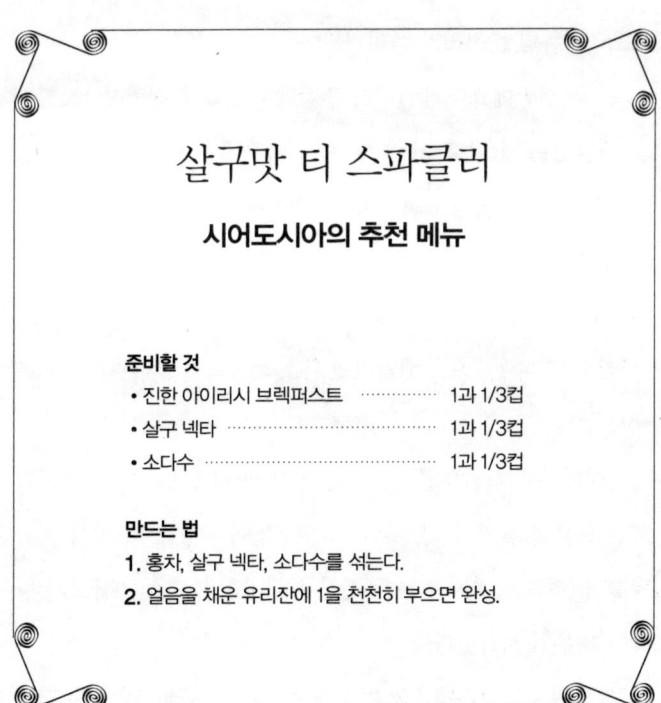

살구맛 티 스파클러

시어도시아의 추천 메뉴

준비할 것
- 진한 아이리시 브렉퍼스트 ·············· 1과 1/3컵
- 살구 넥타 ······························ 1과 1/3컵
- 소다수 ································· 1과 1/3컵

만드는 법
1. 홍차, 살구 넥타, 소다수를 섞는다.
2. 얼음을 채운 유리잔에 1을 천천히 부으면 완성.

17

"헤일리, 티 캔들은 어디에 있지?"

드레이튼의 큰소리가 울려퍼졌다.

"맨 위 선반에요." 헤일리가 주방에서 소리를 질렀다.

"색깔있는 거 말고, 내가 찾는 건 백자에 쪽빛 무늬가 새겨진 작은 그릇에 든 밀랍 캔들이야." 드레이튼은 카운터 반대쪽에 서서 얼굴을 찌푸리고 바닥에서 천장까지 닿는 거대한 선반을 바라보고 있었다.

"선반 맨 아랫단요." 헤일리의 목소리가 다시 날아왔다. "왼쪽에요."

드레이튼은 투덜투덜 혼잣말을 하면서 허리를 구부리고 목적했던 캔들을 찾기 위해, 파란 색 두루말이 티슈와 작고 파란 쇼핑백, 그리고 골판지로 만든 선물용 상자를 맹렬한 기세로 선반에서 치우기 시작했다.

"그만둬요." 정리정돈의 여왕인 헤일리가 드레이튼의 등 뒤에 나타나 날카로운 목소리로 주의를 주었다. "그렇게 하면 모든 게 엉망진창이 되어 버리잖아요."

그리고는 무릎을 구부리고 약간 누그러진 목소리로 말했다. "제가 찾을게요."

왼쪽 끝 선반의 문을 열고 드레이튼이 찾고 있던 캔들을 꺼냈다. "봐요." 그렇게 말하고, 내밀어진 그의 손에 상자를 두 개 올려주었다. "캔들이에요. 맨 왼쪽 선반에 들어 있죠."

"미안." 드레이튼은 겸연쩍은 듯했다. "오늘 나는 꽤 흥분하고 있는 것 같아."

"맞아요." 헤일리는 부루퉁해져서는, 끄집어냈던 것들을 모두 선반으로 되돌려 놓았다. "미스터리 차모임이 주례 행사가 아니어서 다행이에요. 그렇게 되면 난 노이로제에 걸리고 말 걸요. 아니, 우리 모두가 노이로제에 걸리고 말 거예요."

"누가 노이로제에 걸린다고?" 입구에서 들어온 시어도시아가 물었다.

"드레이튼이요." 헤일리가 놀리면서 말했다. "몽땅 비밀로 하려고 이상하게 의지를 불태우고 있으니까, 준비도 거의 전부 혼자서 하게 되었거든요. 뭐, 고맙게도 메뉴 중 일부는 제가 만들게 되긴 했지만요." 그렇게 말하고 헤일리는 짓궂게 웃었다.

"예를 들어서 어떤 걸?" 시어도시아가 물었다. "나한테도, 자

187

기랑 똑같이, 아무 것도 안 가르쳐주더라구." 그녀는 스프링 코트를 벗어 빗방울을 털었다.

"음, 그러니까, 카넬레 드 보르도, 크로케 오 피뇽, 그리고 푸가스*요. 사실은 그냥 페이스트리, 쿠키, 빵 이름이지만, 프랑스어로 말하면 세련되게 들리잖아요. 하긴, 프랑스어로 말하면 뭐든지 세련되게 들리지만요. 좋은 예가 바로 이거예요, 부댕** 누아르."

"그게 뭐야?" 시어도시아가 물었다.

"블러드 소시지예요."

드레이튼이 눈을 동그랗게 떴다. "그건 나의 차모임에는 좀 엽기적인데." 그렇게 말하고는 언제나 몇 분이 늦는 골동품 피아제 손목시계에 눈길을 떨구었다. "헤일리, 이제 곧 9시야. 문을 열어줘."

"벌써 시어도시아가 열었어요." 헤일리가 말을 되돌리며 시어도시아에게 묻는 듯한 표정을 향했다. "열었죠?" 하고 작은 소리로 물었다.

시어도시아는 재빨리 고개를 끄덕였다.

---

* 프랑스 가정에서 허브 종류를 넣어 구워먹는 빵. 설탕이 들어 있지 않아 맛이 담백하다.
** 동물 내장에 돼지피, 양파 등을 넣어 만든 프랑스 소시지.

"들었어, 헤일리." 하는 드레이튼.

"오늘은 손님이 몇 명이나 올 지 모르겠네요." 시어도시아는 말했다. "아직 밖에는 억수같이 비가 오고 있잖아요."

"뭐, 역사지구를 걸어서 돌아보려고 외출하는 용감한 사람들이 몇 명은 있겠지. 우리 가게를 발견할 무렵엔 분명히 배에서 꼬르륵 소리가 날 거고."

"게다가 몸이 차가워져 있을지도 모르구요." 헤일리가 약간 몸을 떨면서 덧붙였다.

"그렇지." 드레이튼이 동의했다. "그러므로, 자기는 냉큼 안으로 들어가 과자를 구워주시길."

"여길 안 도와줘도 되요? 테이블 세팅이라든지……."

"내가 테이블을 세팅하고 차를 끓일 테니, 자기는 아무튼 과자 만드는 데 전념해줘."

"예, 알아모시겠습니다." 헤일리는 기쁜 듯이 승낙했다.

금전등록기 앞에 서서 차깡통을 어떻게 진열할지 골머리를 앓던 시어도시아는, 세 사람의 개성의 충돌과 농담을 자신이 얼마나 즐기고 있는지를 다시 한 번 깨달았다. 제3자의 눈에는 말싸움으로 비칠지도 모르지만, 이것은 평범한 가족에게서나 볼 수 있는 구속력없는 친밀감임을 알고 있었다. 분명히 우리는 서로를 놀리거나 골탕먹이려는 듯한 말을 하기도 하지만, 누군가가 수세에 몰리거나 분개하는 것을 보는 순간, 모두 하나가 되어 그 사람을 감싸주잖아.

출입문이 기세좋게 열리고 축축하고 싸늘한 공기가 한꺼번에 들어왔다. 두드러진 특징이 없는 회색 레인 코트 차림의 뚱뚱한 남자가 우산을 접자 세 사람은 눈을 맞추었다.

"티드웰 형사님." 시어도시아는 서둘러 문을 닫고 탁자로 안내했다. "오늘은 꽤나 일찍 일어나셨네요. 게다가 토요일인데요."

"차 드시겠습니까?" 드레이튼이 갓 끓인 칸드리 차농장산 아삼이 든 주전자를 손에 들고 티드웰에게 다가갔다.

티드웰은 의자에 몸을 묻은 채 고개를 끄덕였다. "고맙습니다. 마시죠."

드레이튼은 찻잔 가득 차를 따르고는 생각에 잠기듯이 턱을 쓰다듬었다.

"좀 주제넘은 말일지 모르겠지만, 티드웰 형사님, 데본셔 스플릿을 드시고 싶다는 얼굴을 하고 계신 것 같은데요."

티드웰의 구슬 같은 눈이 기대감으로 반짝 빛났다. "부디 가르쳐주시죠. 데본셔 스플릿이란 건 대체 뭡니까?"

"영국의 전통적인 작고 달콤한 번*인데, 우리 가게에서는 딸기

---

* 건포도가 들어 있거나 햄버거용으로 쓰이는 둥근 빵.

잼과 함께 드리고 있죠. 말할 필요도 없지만, 여기가 영국의 호수 지방이라면 클로티드 크림도 곁들여 드릴 텐데요."

"그렇다면 영국의 호수 지방인 척 해보죠." 티드웰이 제안했다. "이렇게 비도 내리고 있으니까요."

시어도시아는 티드웰의 건너편 자리에 살짝 걸터앉아 상대방을 주의깊게 관찰했다. 형사가 뭔가 정보를 갖고 온 것은 분명했다. 알아낸 것을 전부 말해줄까? 물론, 그럴 리 없다. 그의 방식은 그렇지 않다. 훨씬 불쾌한 방식을 좋아하는 사람이니까.

그러나, 오늘의 티드웰에게는 허를 찔렸다. 왜냐하면 페이스트리와 잼 등이 나오자 몹시 수다쟁이가 되었기 때문이다.

"탄도 테스트는 거의 끝났습니다. 유감스럽게도 이렇다 할 사실은 나오지 않았습니다." 티드웰은 데본셔 스플릿을 반으로 잘라서 기대를 담은 눈길로 바라보았다. "처음에 우린 권총에 들어 있던 총알이 덤덤탄이 아닐까 생각했었죠."

"덤덤탄이 뭔데요?" 시어도시아가 물었다. 단어는 예전에 들은 적이 있었지만, 덤덤탄이 실제로는 어떤 것인지, 전혀 짐작이 가지 않았다.

"인도에서 맨 처음에 만들어진, 작지만 아주 위력있는 특수 총탄입니다." 티드웰은 페이스트리에 클로티드 크림을 듬뿍 바르면서 말했다. "간단히 말하면, 덤덤탄은 변형되는 총알입니다.

충돌하면 끝부분이 납작해지도록 만들어져 있습니다."

"그럼, 그 특수한 총알이 올리버 딕슨의 머리에 맞았다고 생각하고 있는 거군요?"

"아뇨, 그렇지 않습니다. 실제로 그런 일이 일어났다면, 총구가 올리버 딕슨을 향해 있어야 합니다. 지금까지 모은 정보나 상당히 신뢰할 수 있는 목격자 증언으로 보면 올리버 딕슨은 총을 어깨 높이에서 들고 총구를 하늘로 향하고 있었습니다. 덤덤탄이 폭발해서 치명상을 입었을 가능성도 있지만, 그러려면 폭발을 일으킬 뭔가가 필요합니다."

"그리고 감식 결과 아무 것도 나오지 않았구요." 하고 시어도시아가 말했다.

티드웰은 차를 입에 머금고는 희미한 소리를 내면서 찻잔을 내려놓았다.

"경찰의 분석은 아직 끝나지 않았음을 말씀드려두죠."

"올리버 딕슨의 재킷은요?" 시어도시아는 물었다. "그것도 감식에서 조사했을 텐데요."

티드웰은 한숨을 쉬었다. "혈흔이 점점이 묻어 있었습니다. B형입니다. 약간 드문 혈액형으로, 아마도 인구의 10퍼센트 정도일 겁니다. 그래도 올리버 딕슨의 피라는 건 거의 확실하지만요. 그것에 대해서는 진료기록에 비추어 조사했습니다. 재킷 소매와

앞부분에 양분 농도가 높고, NP 비율이 낮은 찰스턴 항구에서 나온 오물이 묻어 있었습니다. 그리고 소량의 흙도 있었구요. 아마도 해안에서 묻어온 거겠죠."

모로 교수의 식물학 연구실에 맡겨두고 있는 피가 산산이 튀고, 진흙으로 더럽혀진 리넨 식탁보가 시어도시아의 머릿속에 떠올랐다. "그럴까요." 겁먹은 목소리가 나오지 않도록 조심하면서 대답했다. 자신이 하고 있는 일이 티드웰에게 알려지면 골치 아파질 것이고, 식탁보는 경찰에 압수되어 버릴 것이 거의 확실했다.

두 사람이 입을 다물고 있는 순간, 앞쪽의 문이 열리고 그야말로 관광객 풍의 남녀 두 팀이 들어왔다.

"커피와 머핀 같은 거 있습니까?" 남자 중 한 명이 물었다. 노란 레인 코트를 입고 있는, 중서부 풍의 밋밋한 말투를 쓰는 남자였다.

시어도시아는 즉시 일어났다. "차와 블랙베리 스콘은 어떠세요? 아니면 레몬 타르트는요?"

"차라⋯⋯." 남자는 생각에 잠겼다. 일행을 돌아보자 모두들 그것도 괜찮다고 말하듯이 고개를 끄덕이고는 젖은 겉옷을 벗고 의자에 걸터앉았다. "뭐, 좋지. 뜨겁고 진하기만 하다면야."

시어도시아와 드레이튼이 재빨리 손님의 시중을 드는 동안 티드웰은 앉아서 만족스럽다는 듯이 차를 마시고 페이스트리를 먹고 있었다.

우연히 인디고 찻집에 들어온 많은 관광객들과 마찬가지로, 이들 일행 역시 새로운 경험을 온몸으로 만끽하려는 모습이었다.

시어도시아는 시어도시아대로, 차는 물을 제외하고는 전세계에서 가장 많이 마시고 있는 음료이자, 5천년 가까운 역사가 있음을 새삼스럽게 떠올리고 있었다. 홀짝홀짝 마시거나, 천천히 음미하며 마시거나, 아니면 서둘러 단숨에 들이키면서, 세상 사람들은 1년에 7천 억 잔 이상의 차를 소비하고 있는 것이다.

"티드웰 형사님." 시어도시아는 삐걱거리는 나무의자 등에 두 손을 얹고 형사 쪽으로 몸을 기울였다. "그저께 올리버 딕슨의 장례식에서 소동을 일으킨 사람을 기억하고 계세요?"

"부스 크로올리 말입니까?"

"아뇨, 빌리 매놀로요." 이 사람이 말하는 것에 일일이 당황해서는 안 돼, 하고 자신에게 들려주었다. 이 사람이 심술쟁이인 건, 그런 자신을 즐기고 있기 때문인 것에 지나지 않아.

"빌리 매놀로가 요트 클럽에서 일하는 건 알고 계시죠. 그에게는 권총을 만질 기회가 있었어요."

"그렇고말고요. 그런 정도가 아니라, 자단 상자에서 그 남자의 지문이 발견되었습니다."

"그걸 어떻게 해석하시나요?"

티드웰은 어깨를 으쓱했다. "그밖에도 지문은 여섯 개쯤 발견되었습니다."

"포드 캔트렐의 지문도요?"

"만약 포드 캔트렐이 정말로 그 권총을 손봤다면, 일부러 거기에 지문을 남길 정도로 멍청하다고 진심으로 생각하시는 겁니까?" 티드웰은 은스푼을 손에 들더니 각설탕을 하나 더 떠서 찻잔 속에 떨어뜨렸다.

시어도시아는 티드웰을 노려보았다. 이 사람은 정말이지, 질문을 비껴가는 타고난 재주가 있다니까. 게다가 질문에 질문으로 대답하면서 얼버무리고 말야.

"어쩐지, 당신은 빌리 매놀로를 용의자로 승격시킨 것 같군요." 티드웰이 말했다.

"빌리가 용의자라는 발상에는 그만한 근거가 있어요."

티드웰이 커다란 머리를 천천히 흔들었다.

"그건 없습니다. 절대 없어요. 분명히 빌리 매놀로는 문제아 같습니다. 그건 인정하죠. 게다가 과거에는 좀도둑질이나 부정한 거래와 관련된 적도 있구요. 하지만, 빌리가 계획적인 살인을 저지를 수 있을까요? 2백 명이나 되는 사람들이 보고 있는 앞에서? 전 그런 머리가 있는 사람으로는 보이지 않던데요."

이 다음에 형사가 무엇을 말할지를 깨닫고 시어도시아는 몸이 굳어졌다. 티드웰에게 그 선에서 쫓게 한 건 자신이었고, 지금은 그것을 뼈저리게 후회했다. 엎친 데 덮친 격으로, 포드 캔트렐의 혐의가 벗겨질 가망이 없어진다면, 자신이 리즈베스 캔트렐에게 했던 약속도 한낱 헛된 것이 되고 마는 것이었다.

"한편, 포드 캔트렐에게는 증오라는 동기가 있습니다." 티드웰의 설명은 계속되었다. "탄약 만드는 법도 알고 있습니다."

시어도시아의 눈이 커져가는 것을 보고 형사는 표현을 바꿨다.

"포드 캔트렐은 직접 만든 탄약통에 화약을 넣는 것이 취미죠. 낡은 권총을 폭발시킬 방법을 알고 있는 사람이 있다면, 포드 캔트렐만큼 해박한 지식을 갖고 있어야만 하죠. 언젠가는 체포하게 되리라 확신합니다."

18

제비갈매기 한 마리가 세찬 상승기류를 타고올라 요트 클럽의 머언 상공에서 휘익, 방향을 틀었다. 그 바로 아래에는 J-24, 콜럼비아, 산 호세 25라는 요트가 미쳐날뛰는 바다에서 세로로 흔들릴 때마다 삐걱거리면서 은빛 나무 말뚝에 부딪치거나, 요동치는 바다에 내동댕이쳐졌다가 다시 계류소로 잡아당겨지고 있었다. 휘몰아치는 바람소리를 빼면 들려오는 소리라곤 어딘가에서 들려오는 빌지 펌프의 모터가 돌아가는 소리뿐이었다.

아무도 없어. 시어도시아는 트렌치 코트를 단단히 여미고 선창에 발을 내딛었다. 몇 군데쯤, 비바람에 시달려 판과 판 사이가 5, 6센티미터쯤 틈이 벌어져 있어서 발 밑을 꽤 조심해서 걸어야 했다. 역시나 완전히 비에 젖은 긴 선창에는 인기척이라곤 없었고, 바다는 차갑고 무자비해 보였다. 한 발짝이라도 잘못 내딛었다간 큰일날 터였다.

먼저 클럽 하우스로 들어가는 문을 확인해보니 문이 잠겨 있었다. 문을 세게 두드리고 초인종을 눌렀지만 아무도 나오지 않았다. 아무도 없을 지 몰라. 빌리 매놀로는 토요일이 휴일이거나, 날씨가 안 좋으니 출근하지 않았거나, 아니면 느지막이 얼굴을 내밀 생각일지도 몰랐다.

시어도시아는 빌지 펌프의 시끄러운 소리가 들려오는 선착장 끄트머리에 계류중인 요트 그늘에 누군가 있을지도 모른다는 덧없는 희망에 매달렸다. 빌리 매놀로가 물이 찬 요트에서 펌프로 퍼내고 있는 소리일 수도 있었다. 분명히 할퀴는 듯한 강풍을 피해 선창에서 일을 하고 있을 것이다.

선착장 끝으로 향하는 도중에 찰스턴 항구 쪽을 바라보았다. 회색 안개 너머로 보이는 것은 단 두 척의 배. 한 척은 일반 어선인 듯했다. 다른 한 척은 연안경비정 같은데, 애슐리 강 하구에 있는 배터리 공원 근처의 연안 경비 기지에서 출발한 것이리라. 1주일 전과는 너무나 달랐다. 그때는 항구에 무수한 요트가 점점이 떠 있었고, 봄의 향기가 느껴졌었는데.

"누구 안 계세요?"

선착장 끝까지 와보니 빌지 펌프가 풀회전으로 길이 25피트의 산타나 호에서 거품이 이는 녹색 물을 일정한 속도로 항구에 토해내고 있었다. 계류되어 있는 요트와 나란히 있는 작은 선착장으로 내려가 보았다. 이쪽 선착장은 주선착장과 달리 깊이 박은 말뚝에 닻을 내리고 있지 않았다. 대신에 불룩한 통의 꼭대기에서 떠 있을 뿐이었다. 대서양에서 풍속 10노트에 이르는 강풍이 휘몰아치는 가운데 소형 보조 선착장은 무서우리만큼 흔들리고 있었다.

"빌리?" 몸 안에서 점점 커져오는 공포와 싸우면서 큰소리로 불러보았다.

침착하자구. 자신에게 그렇게 말하면서 두 팔을 옆으로 벌려 균형을 잡고, 신중한 발걸음으로 안전한 주선착장을 향해 슬슬 돌아갔다. 선착장은 지금까지 몇 번이나 오갔잖아. 새삼스럽게 벌벌 떨 이유는 없어.

조리 데이비스의 요트는 클럽 하우스 쪽으로 절반 이상 돌아온 112번 부스에 계류되어 있었다. 시어도시아는 루비콘 호 – 조리 데이비스는 이 J-24급 요트를 몰아서 찰스턴 항구를 돌아다니거나 내륙수로를 왕복하곤 했다 – 까지 걸어가서, 선체를 잡고 기어올라갔다. 조종석에 서자 선체가 규칙적으로 흔들리는 것이 느껴졌고, 머리 위에서는 마룻줄*이 돛대에 부딪치는 소리가 났다. 몸을 앞으로 내밀고 해치의 열쇠구멍에 열쇠를 꽂아서 돌렸다. 핸들을 잡고 몸으로 버티면서 잡아당겨 열었다.

시어도시아는 보트 안을 들여다보았다. 조리가 말한 대로였다. 루비콘 호는 상당히 물에 잠겨 있었다. 녹색 바닷물이 적어도 6센티미터 정도는 들어차서 출렁거리고 있었다.

빌지 펌프를 찾아보았다. 비록 찾아내긴 했지만, 그것을 어떻게 작동시켜야 하는 지 알 수가 없었다.

무리야. 그녀는 포기하고 혼잣말을 했다. 섣불리 손을 대지 않는 게 나았다. 조리가 말한 대로 하는 것이 가장 좋을 것이다. 빌리 매놀로를 찾아내서 그에게 해달라고 하자.

---

* 돛, 깃발 등을 올리고 내릴 때 사용하는 줄.

시어도시아는 갑판에 웅크린 채로, 어딘가에 있는지 모르는 빌리 매놀로와 연락을 취할 수 있는 실마리가 없을까 찾아보았다.

작은 수납상자 하나를 열자 투명한 비닐로 된 작은 주머니 안에 요트의 사용 안내서와 해도 뭉치가 들어 있는 것이 보였다. 어쩐지 느낌이 이상해서 작은 주머니를 열어 안에 든 서류를 살펴보았다.

사용 안내서의 뒷면에 이름 몇 개가 손글씨로 씌어 있었다. 위에서 네 번째에 빌리 M.이 있었다. 전화번호 이외에 주소도 씌어 있었다 – 콘캐넌 스트리트 115번지.

이건 빌리 매놀로일까?

이 요트 클럽의 빌리 매놀로?

틀림없이 그럴 거야 .

19

쿠퍼 강 연안을 상류를 향해 거슬러 올라가면, 지금은 사용하고 있지 않은 찰스턴 해군기지가 있었다. 지금으로부터 10년 전에 폐기된 이 시설은 엄밀히 말하면 노스 찰스턴이라는 독립된 도시, 즉 사우스 캐롤라이나 주 제3의 도시였다.

수병도 장교도 사라진 지금, 도시 경제는 완전히 바뀌었고 부동산은 적당한 가격이 되고 도시계획 설정도 완만해졌다.

시어도시아는 아드모어 스트리트를 천천히 지나가면서 콘캐넌 스트리트를 찾아 도로 표지판을 하나하나 살펴보았다. 이곳은 찰스턴의 옛 시가지였지만, 관광진흥협회가 발행하는 화려한 컬러 인쇄 전단지에는 절대로 소개되어 있지 않았다. 낡고 쓰러질 듯한 작은 목조 주택들은 대부분 하루빨리 페인트를 다시 칠해야 할 것 같았다. 정원은 좁았고, 손질이 잘된 잔디밭은커녕 맨땅이 그대로 드러난 지면도 많았다. 손질이 되어 있는 집은 대개 주위를 철제 울타리로 둘러싸고 있었다.

타이어 재활용 공장을 지나자 콘캐넌 스트리트가 나왔다. 운을 하늘에 맡기고 우회전해서 각 집의 번짓수를 찾아갔다.

직감은 맞아떨어졌다. 215번지, 211번지. 콘캐넌 스트리트 115번지인 빌리의 집은 다음 블록에 있었다.

휑한 잡초투성이 빈터 옆에 있는 빌리 매놀로의 단층집은 예전에는 하얗게 칠해져 있던 페인트가 오랜 세월 비바람과 높은 습도에 시달려서 완전히 벗겨져 있고, 고색창연해진 목재에는 푸른 이끼가 끼어 있었다. 성큼성큼 통로를 걸어가다보니 페인트

칠이 벗겨진 것만 빼고는 모든 것이 멀쩡하고 손질도 잘 되어 있다는 것을 알 수 있었다.

까만 연철제 손잡이를 잡고, 시멘트를 바른 한 단짜리 현관에 올라가 초인종을 눌렀다.

대답 없음.

다시 한 번 초인종을 눌렀다. 이번에는 조금 더 길게 누르고 기다렸다. 그래도 아무도 나오지 않았다. 난처해진 시어도시아는 잠시 그대로 서서 웃자란 충충나무 생울타리로, 그리고 집 주위에 빙 둘러 깔린 벽돌길로 시선을 옮겼다.

뭐 어때? 시어도시아는 마음을 정하고 젖은 잔디밭을 가로질러 집의 뒤쪽으로 돌아가보았다.

길을 잘못 들어 별세계에 들어간 느낌이 들었다.

아름답게 세공된 연철제 울타리나 격자 따위가 눈 앞에서 춤추고 있었다. 우아한 소용돌이 문양, 옥수수를 모티브로 한 기묘한 문양, 각 격자를 장식하고 있는 얽힌 담쟁이 무늬. 완성된 연철 제품이 나무 선반이나 집 뒤쪽에 세워져 있었다. 용접기 램프로 갓 형상이 만들어진 조각들은 다음 공정을 기다리며 작은 뒷정원 여기저기에 산더미처럼 쌓여 있었다.

집보다 한층 더 크게 무너지기 시작한 창고 안쪽에서 용접기 램프의 불꽃이 튀었다.

빌리 매놀로가 용접용 헬멧을 올리고 화가 난 듯이 시어도시아를 노려보았다. 용접기에서 창백한 불꽃이 활활 타올랐다.

"무슨 볼일이라도?" 그 목소리는 올리버 딕슨의 장례식에서와 마찬가지로 날카로운 적의를 품고 있었다.

여전히 기쁜 놀라움에 취해 있던 시어도시아의 눈길은 빌리를 지나쳐 뒤쪽에 있는 아름답게 가공된 여러 가지 철공예품에 꽂혔다. 대부분은 아무렇게나 쌓여 있었지만, 작은 것은 천장에 매달려 있기도 했다.

"멋진데요."

빌리 매놀로는 어깨를 으쓱하고 산소 아세틸렌 용접기의 스위치를 껐다.

"그런가." 하고 혼잣말을 했을 뿐이었다.

"이걸 모두 당신이 만들었나요?"

빌리는 그렇다고 말하듯이 고개를 끄덕였다. 머리 위에서 용접용 헬멧이 거대한 콘도르의 부리처럼 흔들렸다.

"멋진 작품인데요. 복원 일을 많이 하세요?"

찰스턴의 집들, 특히 역사지구와 그 근교의 주택들은 언제나 증축 또는 수리가 필요하다는 것을 시어도시아는 알고 있었다.

"질문은 자기소개를 하고나서 해주지 않겠소?"

"미안해요." 시어도시아는 살짝 얼굴을 붉혔다. "시어도시아

브라우닝이에요. 일요일에 야외 파티에서 만났었죠? 저한테 식탁보를 빌리러 왔었잖아요." 그렇게 말하며 손을 내밀려고 다가서다가 아무렇게나 쌓여 있던 금속 막대에 걸려서 하마터면 앞으로 넘어질 뻔했다.

"조심해주쇼. 누군지도 모르는 멍청한 여자가 눈 앞에서 꽈당하는 건 사양하고 싶으니까." 그렇게 말하고는 그녀를 노려보았다. 그리고 갑자기 물었다. "여긴 왜 온 거요? 여기는 사진이 없어요. 포플 힐한테 가보쇼."

"포플 힐?" 시어도시아는 포플 힐이 뭔지, 심지어 빌리가 무슨 말을 하고 있는 건지조차 알 수가 없었다.

"디자인을 하는 놈들이오." 빌리는 머리가 둔한 아이라도 상대하고 있는 듯이 참을성있게 설명했다. "이야기는 그 놈들하고 하슈. 그러면 녀석들이 크기나 디자인을 결정하니까. 난 그저 시키는 대로 만들기만 하거든."

빌리 매놀로는 시어도시아가 귀찮은 하루살이라도 되는 양 손사래를 쳤다. 그리고는 몸을 앞으로 구부리고는 풀무 위에 놓여 있던 가죽장갑에 더러워진 손을 끼웠다. 공기가 한꺼번에 내뿜어지는 소리가 들리나 싶더니 이내 용접기 불꽃이 다시금 올라왔다.

"그래요." 시어도시아는 눈을 돌리면서 포플 힐 디자인이 누구인지 물어보고 다닐 것, 하고 마음 속으로 메모했다. "사실은, 지금 요트 클럽에 들렀다 왔어요. 계류 부스 112번의 조리 데이비스한테서 이걸 당신한테 전해주라는 부탁을 받았거든요." 가방에 손을 넣어 열쇠를 집어서는 그것을 빌리에게 흔들어보였다. "루비콘 호의 열쇠예요."

빌리 매놀로는 한숨을 쉬고 다시 용접기 스위치를 껐다.

"빌지 펌프를 가동시켜 줬으면 한대요." 이번에는 목소리에 약간의 무게를 실으면서 말했다. "그는 지금 일 때문에 마을을 멀리 떠나 있는데, 혹시 요트가 물에 잠기지 않을까 걱정하고 있어요. 아니, 이미 벌써 물에 잠기기 시작하고 있어요. 아까 보고 왔거든요."

빌리 매놀로가 용접용 헬멧을 벗고 성큼성큼 다가왔다. 시어도시아가 뻗은 손에서 열쇠 뭉치를 난폭하게 빼앗아들고는 무표정하게 그녀를 응시했다.

"부탁해요."

약간 지나치게 열띤 말투가 되었다.

뒷정원 여기저기를 둘러보면서 실감했다. 빌리 매놀로는 철공예의 달인이며, 찰스턴의 많은 호화 저택을 장식하고 있는 문과 격자, 발코니 난간 몇 개는 그의 손이 빚어낸 것임에 틀림없음을.

그와 동시에, 빌리 매놀로는 금속이라든지 응력점 따위에 정통

할 터이므로 낡은 권총을 손보는 것도 당연히 가능하리라는 사실도 깨달았다. 분명, 문제의 권총이 들어 있던 자단 상자에서 그의 지문이 발견되었다고 들었다.

"저기요." 빌리의 무례한 태도에 대한 인내심의 한계와 약간의 두려움 사이에서 시어도시아가 말했다. "최소한의 예의쯤은 지켰으면 좋겠는데요."

그는 고개를 약간 갸웃하며 기분나쁜 듯이 힐끗 쳐다보았다.

"왜 그래야 하는데?"

시어도시아는 버럭 화가 났다.

"티인과의 커뮤니케이션 능력을 키우는 것에 대해 진지하게 생각하는 게 좋을 걸요. 왜냐하면, 혹시라도 찰스턴 경찰에게 심문당할 일이 생겼을 때, 게다가 그럴 가능성이 없지도 않구요, 지금 나한테 보인 것과 같은 무뚝뚝한 태도는 당신에게 유리하게 작용하지는 않을 테니까요."

빌리 매놀로가 경멸하듯이 코웃음을 쳤다. "경찰? 녀석들은 아무 것도 몰라." 하고 내뱉었다.

"경찰도, 이틀 전에 당신과 부스 크로울리가 사람들 앞에서 큰 소란을 피운 걸 알고 있어요."

"숨겨야 할 것이 잔뜩 있는 건 부스 크로울리요." 하고 빌리는 퉁명스럽게 말했다.

"내가 들은 이야기로는, 빌리, 당신도 숨겨야 할 것이 있는 것 같던데요."

시어도시아도 되받아쳤다. 그냥 낚싯줄을 던져보았을 뿐인데, 그 말에는 상상 이상의 위력이 있는 것 같았다.

시어도시아의 빈정거림에 버럭 화가 났는지 빌리 매놀로는 구부러진 철봉을 하나 집어들더니 위협적인 눈으로 그녀를 쏘아보았다.

"아가씨, 당장 꺼지시지. 찰스턴 항구에 엎어져서 둥둥 떠오르고 싶지 않으면 말야."

20

몇 십 개나 되는 작고 하얀 초의 불꽃이 탁자, 카운터 위, 선반, 가게 구석구석에서 흔들리고 있었다. 차분한 빛깔의 페이즐리 무늬 식탁보가 나무 탁자에 사뿐히 깔리고, 천장에 매달린 놋쇠 샹들리에는 신비스러운 분위기를 자아내기 위해서 조도가 낮춰져 있었다.

"신들린 부두교 무녀가 한 판 벌일 것 같은 분위기네요." 헤일리가 한 마디로 잘라말했다.

"뭐라구?" 평소에는 침착하던 드레이튼의 목소리가 날카롭게 울려퍼졌다. "신비로운 분위기로 보여야 해. 격조높고 드라마틱한 밤과 차의 왕국에서의 새로운 체험이 어우러지는 분위기를 만들어내려고 노력하고 있다구."

"당신의 노력은 보답을 받을 거예요. 아주 분위기가 나는데요." 시어도시아가 드레이튼을 달랬다. 그리고는 "헤일리, 드레이튼에게 너무 심술궂은 말은 말아줘, 응? 열심히 머리를 짜내고 있잖아." 하고 젊은 종업원을 나무랐다.

평소라면 헤일리 특유의 신랄한 위트를 아주 좋아하고 가볍게 흘려들을 드레이튼이지만 오늘 밤에는 평소와 달리 신경이 곤두서 있었다.

헤일리는 드레이튼에게 다가앉아 기운을 북돋으려는 듯이 어깨를 가볍게 두드렸다.

"아까 한 말은 농담이에요. 멋져요."

"드라마틱하고 연극 무대 같은 분위기가 나는 것 같아?" 드레이튼은 걱정스러운 듯이 시어도시아의 얼굴을 힐끔 보았다.

"그렇구말구요. 손님들도 분명히 아주 기뻐할 거예요." 시어도시아는 잘라 말했다.

드레이튼이 골동품 가게를 하는 친구에게 빌려온 바로타인 찻 주전자 몇 개를 바라보았다. 녹색과 갈색 유약이 칠해진 작고 아기자기한 찻주전자는 조개껍데기, 휘감긴 넝쿨, 그리고 달팽이 모양으로 장식되어 미스터리한 연출에 한몫하고 있었다.

탁자 한가운데의 장식품도 훌륭했다. 이것 역시 드레이튼이 고심 끝에 선택한 골동품으로, 빌려오기 위해 이리 뛰고 저리 뛰었던 것이었다. 무성하게 핀 보랏빛 수국 건너편에서 얼굴을 내밀고 있는 골동품 도자기 개구리, 자두꽃에 둘러싸인 청동으로 만들어진 숲의 요정상, 그리고 조화롭게 배치된 갈대와 풀 한가운데에 앉아 있는 비취 부처상…….

"우리 가게에 우아함과 미스터리한 분위기를 훌륭하게 불어넣었어요." 시어도시아는 극찬했다. "나도 참가자의 한 사람으로서 오늘밤 무슨 일이 일어날 지 너무나 기대가 되요!"

사실 시어도시아도 이벤트 내용을 정확히는 몰랐지만 드레이튼을 전적으로 신뢰하고 있기도 했고, 메뉴든 행사 프로그램이든, 그라면 당당하고 차분하게 해낼 것임을 알고 있었다. 게다가 오늘 오후 그녀가 요트 클럽에서 비에 흠뻑 젖어 있을 때에도, 그리고 빌리 매놀로에게 푸대접을 받고 있던 중에도 예약 전화가 네 통이나 걸려왔다. 덕분에 몇 개의 탁자에 의자 수를 늘려야만 했다.

시어도시아가 은제 포크류와 리넨 냅킨을 놓아가는 옆에서 헤일리가 각각의 자리에 작은 금빛 그물 주머니를 한 개씩 놓았다.

"그건 뭐야?" 시어도시아가 물었다.

"선물이에요. 드레이튼에게 부탁을 받아서 제가 압축해서 네모나게 굳힌 차를 금색 종이에 싸서 주둥이를 리본으로 묶었죠."

"드레이튼은 정말이지, 너무 최선을 다한다니깐." 세세한 부분까지 철저한 드레이튼의 배려가 기뻤다.

"그뿐만이 아니에요." 헤일리가 목소리를 낮췄다. 주위를 힐끔 둘러보고 드레이튼이 안쪽에 있는 것을 확인했다. "찰스턴 소극단의 배우 다섯 명도 불렀대요. 그들은 단막극을 공연하고 차와 과자를 나눠주는 일을 도와준대요. 물론, 그런 도중에 실마리도 남겨 놓구요. 차모임 중간에 한 사람이 수수께끼의 불운한 사고를 당하는데, 그 잔혹한 범죄를 손님이 추리하는 거예요!"

"추리 보드 게임처럼?"

"뭐, 그런 식이겠죠."

드레이튼이 찻잔을 산더미처럼 쌓아올린 쟁반을 손에 들고 안쪽 방에서 나타나 "들어봐." 하고는 손가락 하나를 세워서 천장을 가리켰다.

시어도시아와 헤일리는 손을 멈추고 지붕을 두드리는 부드러운 소리에 귀를 기울였다.

"다시 비가 오는군." 드레이튼이 말했다. "분위기 만점 아냐? 그렇게 생각지 않아?"

"까마귀는 말했지…… 영영 없으리."* 헤일리가 큭큭 웃었다.

드레이튼이 주최하는 미스터리 차모임은 중반을 넘어가고 있었고, 카운터 안쪽의 나무 스툴**에 오도카니 앉은 시어도시아는 눈앞에서 펼쳐지는 일에 완전히 매혹되어 있었다. 헤일리의 말대로 찰스턴 소극단의 배우 다섯 명 – 모두가 아마추어로 드레이튼의 친구였다 – 이 등장했다. 그들은 첫 번째 요리인 뜨겁고 신 맛이 나는 녹차 스프를 내오고는 곧바로 템포가 빠른 막간극 풍의 연극을 시작했다. 살인이 일어난다는 것을 제외하고는 거의 희극 비슷한 작품으로, 모두들 배를 잡고 웃어댔다.

관객들은 초반부터 연극에 빠져들었다. 웃어야 할 데에서는 마음껏 웃고, 공연 중간중간에 작은 양초의 불이 쓰윽 꺼지면 감탄인지 공포인지 알 수 없는 소리를 질렀다. 드레이튼이 갑자기 머리 위의 조명 스위치를 끄고 '살인사건'이 일어났을 때에는 모두들 숨을 죽였다.

---

* 에드거 앨런 포의 대표시 「갈가마귀」에서 후렴구처럼 되풀이되는 문구.
** 등받이와 팔걸이가 없는 서양식의 작은 의자.

기쁘게도, 들레인 디시가 친구인 브룩 카터 크로킷을 데리고 와 있었다. 브룩은 이 근처에서 고급 에스테이트 주얼리[*]만을 취급하는 보석점 「하츠 디자이어」를 운영하고 있었다. 딤플양은 동생인 스탠리와 함께 와 있었다. 땅딸막하고 포동포동한 스탠리는 당구공처럼 매끈매끈한 머리를 빼면 딤플양과 붕어빵이었다. 그밖에도 단골손님이나 역사지구의 친구가 여러 명 모여 있었다. 모두 합쳐 스물 다섯 명이 반짝이는 촛불 조명 속에서 미스터리 차모임을 즐기고 있었다.

뜻밖의 손님도 두 명 있었다. 리즈베스 캔트렐과 그녀의 고모 밀리센트였다.

그 날로부터 며칠 지나지도 않았는데 다시 리즈베스 캔트렐을 만나리라고는 생각도 못했다. 특히나 오늘밤 같은 날에. 그러나 두 사람은 시작하기 직전에 살짝 들어왔으므로 리즈베스가 시어도시아에게 의미심장하게 고개를 끄덕였을 뿐, 자리에 앉아서 연극을 즐겼다.

한 명을 빼고 네 명이 된 배우들이 주요리인 센차와 생강으로 만든 매운 소스를 곁들인 치킨 사테[**]를 날라오고 있었다. 그들

---

[*] 유산 등으로 상속받은 골동품 보석.
[**] 인도네시아 전통 꼬치요리.

은 주어진 역할을 꽤나 요란스럽게 연기하고 있었다. 시어도시아는 시어도어라는 역할의 인물이 범인이라고 점찍었다. 존경받는 장로 스타일로, 그야말로 타인의 머리를 청동으로 만든 숲의 요정상으로 후려칠 듯한 인간형으로 보였기 때문이다. (드레이튼이 탁자의 장식품에 그토록 까다롭게 집착했던 이유를 잘 알 수 있었다!)

하지만 범인을 점찍는 일은 별개였다. 첫인상이 반드시 들어맞지는 않는 법이니까. 포드 캔트렐을 의심했을 때의 일을 되살려 보라. 분명히 그는 어느 모로 보나 완벽한 용의자였지만, 지금 시어도시아는 그렇게까지 단언할 자신이 없었다.

그러나, 한 가지만은 단언할 수 있었다. 올리버 딕슨 사건을 철저히 조사해 보겠다는 것이었다. 진범을 밝혀내어 포드 캔트렐의 혐의를 벗기면 리즈베스 캔트렐에게 은혜를 갚을 수도 있다. 그러나, 만약 포드 캔트렐이 누나의 주장과 달리 무죄가 아니라면…… 뭐, 적어도 진실이 밝혀지는 것만은 분명했다. 그리고, 아무 것도 모르는 것보다는 훨씬 나을 테니까.

성대한 박수갈채와 함께 "브라보!" 하는 소리에 시어도시아는 정신을 차렸다. 드레이튼이 남은 배우 네 명 쪽으로 손을 뻗자 모두 일제히 인사를 하고 과장된 자세를 취했다.

"소개드립니다. 네 명의 용의자입니다." 드레이튼은 관객의 반응에 명백하게 만족스러워 하는 모습으로 말했다. "이들은 오늘 밤 이 자리에 대범한 실마리와 명백한 힌트를 남겼습니다. 지금부터 각각의 탁자에 투표용지를 나눠드리겠습니다. 여러분이 판사 겸 배심원이 되어 살인사건의 수수께끼를 풀어주십시오."

여전히 역할을 충실히 수행하고 있는 아마추어 배우들이 탁자 사이를 걸어다니면서 종이와 펜을 나눠주고, 손님들의 흥분한 중얼거림으로 가게 안은 소란스러워졌다.

"그리고," 드레이튼이 이야기를 계속했다. "여러분이 범인을 추리하시는 동안에 마지막 메뉴인 작은 아몬드 케이크를 곁들인 티 소르베*를 내오겠습니다."

"범인을 맞추면 상은 없나요?" 질문한 사람은 들레인이었다.

"헤일리, 소개하는 수고를 부탁해." 드레이튼이 말했다.

헤일리는 가게 입구쪽으로 가서 헛기침을 했다. "우승자 또는 우승자들에게는 차와 미스터리 소설 여섯 권이 들어 있는 선물 바구니를 드립니다."

"와아!" 딤플양이 외쳤다. "그럼 자신만의 미스터리 차모임을 갖게 되겠네……. 언제든지 하고 싶을 때에."

---

* 풀코스의 생선요리와 육류요리 사이에 제공되는 단맛이 적고 알코올 성분이 있는 얼음과자. 셔벗과 비슷하나 유제품이 들어가지 않는다.

"하지만, 그것이 끝이 아닙니다. 후식 다음에는 엄선한 각 차 농장의 차를 몇 가지 시음하기로 하겠습니다." 거기서 드레이튼은 극적 효과를 노리며 말을 끊었다. "그리고 특별 손님으로 마담 힐데가르데를 초청했습니다. 탁월한 점성술사인 마담 힐데가르데에게 찻잎으로 운세를 점쳐달라고 하죠."

찬사의 박수가 터지고, 이윽고 의자를 끄는 소리를 내며 손님들이 의자에서 일어나 다리를 뻗거나 찻집 안을 둘러보거나 다른 탁자에 있는 친구들에게 인사를 하기 시작했다.

리즈베스는 한 치의 망설임도 없이 시어도시아에게 다가왔다.

"고모와는 만났어요?" 리즈베스 캔트렐은 말했다. "밀리센트 캔트렐, 이쪽은 시어도시아 브라우닝양이에요."

시어도시아는 몸집이 작은 여성과 악수했다. 그녀도 역시 수수한 타입으로, 예전에는 빨갰을 거라 여겨지는 머리카락이 새하얗게 세어 있었다.

"어서 오세요." 시어도시아는 환영 인사를 했다. "오늘밤의 이벤트를 즐기시길 바래요."

밀리센트 캔트렐은 시어도시아를 올려다보며 미소지었다.

"미스터리 차모임 같은 건 처음이에요. 한 번은 컬럼비아의 「행콕 인」에 미스터리 디너를 먹으러 가 본 적이 있는데, 거긴 모든 게 지나치게 오버해서 별로 좋지 않았어요."

시어도시아는 노부인에게 상냥한 미소를 지었지만 밀리센트 캔트렐의 말이 연극을 가리키는 건지, 요리를 가리키는 건지 알 수가 없었다.

밀리센트 캔트렐의 손이 시어도시아의 손으로 뻗어왔다.

"힘을 빌려줄 수 있다고 했다면서요. 친절하기도 하지."

시어도시아의 눈이 리즈베스 캔트렐을 찾아 헤맸다.

"당신이 동생의 혐의를 벗겨주겠다고 약속했다는 이야기를 했거든요." 눈이 마주치자 리즈베스가 대답했다.

"약속이라니, 어머나……, 그건……." 시어도시아는 약간 압박당하는 느낌에 우물거렸다. 이 두 사람은 나에게 커다란 기대를 걸고 있어. 어쩐지 갑자기 어깨가 무거워지는데.

"정말로 좋은 사람이에요, 어머님과 똑같아." 밀리센트 캔트렐의 눈에 눈물이 반짝였다.

"머리도 좋아요." 리즈베스가 덧붙였다. "오래된 영국의 여우 사냥 용어를 빌자면, 훈제 청어를 뿌리는 정도가 아니고서는 속일 수 없는 사람이죠."

"꽤나 친해 보이네요? 당신들이 그런 관계인 줄은 몰랐는데요." 가게 건너편에서 살짝 다가온 들레인 디시가 시어도시아를 보고 펜슬로 그린 가느다란 눈썹을 치켜올렸다. 뭔가 설명을 기대하고 있는 듯했다. 들레인은 우연히 어디까지 들었을까?

"어머, 들레인." 리즈베스가 명랑하게 말했다. "다시 만나 기뻐요. 시어도시아도 나도, 이제 곧 시작될 스폴레토 페스티벌 이야기로 흥분하고 있어요. 둘 다 위원회에 참가하고 있거든요."

"스폴레토 페스티벌." 들레인이 달콤한 목소리로 말했다. "예에, 분명히 이제 곧 시작되긴 하죠."

"난 올해로 티켓위원회가 3년째예요." 리즈베스가 막힘없이 설명했다.

"티켓위원회." 들레인은 듣는 사람을 짜증나게 하는, 앵무새처럼 따라서 하는 말을 했다. "어쩐지 아주 재미있을 것 같아요."

"그럼요, 재밌죠." 들레인의 말투는 그런 건 하나도 재미없다고 말하고 있었지만 리즈베스는 모른 척 했다. "당신도 알겠지만 스폴레토 페스티벌에서 벌어지는 각종 이벤트의 티켓은 세트로 팔고 있어요."

"흐음." 들레인이 곁으로 다가앉아 눈을 가늘게 떴다.

"그래서 우리 위원회에서는 다양한 조합을 생각했죠." 리즈베스가 목을 움츠리며 빙긋 웃는 것을 보고 들레인을 놀리면서 즐기고 있다는 걸 시어도시아는 깨달았다.

"말하자면." 리즈베스는 이야기를 계속했다. "디너 파티에서 손님의 좌석을 정하는 것과 똑같아요. 쾌활한 사람과 얌전한 사람을 짝지어 앉히려 하잖아요? 티켓의 경우에는 아주 인기가 있을 것 같은 이벤트와 약간 지루할 듯하지만 사실은 아주 자극적인 이벤트를 짝지어주는 거예요."

"재미있는 조합이네요." 들레인이 중얼거렸다.

"들레인, 이쪽으로 와서 찻잎 점을 쳐봐요." 드레이튼이 들레인의 바로 옆에 나타났다. "부탁해요, 다른 손님들이 참여하기 쉽도록 일 번 타자가 되어 줘요." 소리를 낮춰서 말했다.

난로 옆의 작은 탁자에 앉아 있는 헐렁한 보라색 카프탄* 차림의 예순 살쯤 된 여성, 마담 힐데가르데가 있는 곳으로 들레인이 마지못해 끌려가는 것을 보고 시어도시아는 싱긋 웃었다.

그로부터 40분쯤이 지나서 손님들 대부분은 집으로 돌아갔다.

범인을 멋지게 맞춘 영광은 배터리 지구에서 가장 인기가 있는 B&B 호텔인 페더베드 하우스의 주인 앤지 콩던과 드레이튼의 문화유산협회 친구인 톰 위글리가 나눠가졌다.

"드레이튼." 헤일리가 재촉했다. "와서 찻잎 점을 쳐봐요."

"아아, 알았다니깐." 그는 떨떠름하게 응했다.

"그렇게 싫어하지 않아도 되잖아요." 헤일리가 타이르면서 자신이 앉아 있던 의자를 약간 밀어서 들어올 공간을 만들었다. "난

---

* 터키 사람들이 입는 소매가 긴 옷.

아주 멋지고 재미있는 사람을 만날 거라는 말을 들었어요. 분명히 당신에게도 그만큼 가슴 설렐 만한 것을 말해줄 거예요."

"이 태풍이 언제 가라앉아서 정원 일을 재개할 수 있는지를 점쳐줬으면 좋겠군."

마담 힐데가르데는 독수리 같은 회색 눈으로 드레이튼을 지그시 응시했다.

"당신은 점에 관심이 없군요." 상당히 강한 말투였다. "미래를 보지 않고 과거만 보려 하네요."

그리고 자못 유쾌하다는 듯이 소리높여 웃고, 역사적인 것에만 열광하는 드레이튼에게 친밀감을 담은 잽을 날렸다.

"어떻게 하는지는 알고 계시죠?" 마담 힐데가르데는 새로 차를 따르고는 손으로 찻잔을 가리켰다. "찻잔은 광대한 하늘을, 차는 별과 무수한 가능성을 의미합니다. 그 차를 마셔요. 그리고 찻잔을 거꾸로 엎어요. 그걸로 점을 칩니다."

남은 손님에게 둘러싸여서 드레이튼은 시키는 대로 했다.

"이런." 하고 농담조로 말했다. "난, 이런 건 그야말로 서툴기 짝이 없다고 말했는데."

그러나 그건 어찌되었건, 리즈베스 캔트렐과 고모 밀리센트, 시어도시아, 들레인 디시, 딤플양과 그녀의 동생이 주위에 모여 있었다. 비는 창문을 세차게 때렸고 빗방울이 좀 약해지지 않고

서는 돌아가기 힘들다는 건 분명했다.

"뭔가 물어보고 싶은 것이 있나요? 아니면 그냥 점만 쳐줄까요?" 마담 힐데가르데가 물었다.

"점만 쳐주면 됩니다. 있는 그대로 말씀하세요."

"아." 딤플양이 기쁜 듯한 소리를 냈다. "가슴이 두근거려."

마담 힐데가르데는 하얀 잔 안쪽 바닥에 남은 찻잎을 주의깊게 관찰했다.

"어머, 사랑의 삼각관계야." 헤일리가 농담을 했다.

마담 힐데가르데가 한 손을 들었다.

"아뇨. 이선 변화를 예인하고 있습니다. 당신에게는 커다란 변화가 찾아오겠네요."

드레이튼이 얼굴을 찌푸렸다.

"변화? 맙소사. 그런 건 됐어요. 전 변화 따위는 싫습니다."

마담 힐데가르데는 점괘를 철회하지 않았다. "변화예요. 찻잎은 거짓말을 하지 않습니다. 오늘밤엔 특히나."

드레이튼은 안절부절 못하며 헛기침을 했다. "누군가 다른 사람이 쳐보면 어떨까요?"

모두의 시선을 한 몸에 받고 자신의 미래가 놀림감이 되고 있다는 것이 거북한 듯했다.

"내가 점을 쳐볼게요." 리즈베스 캔트렐이 손을 들었다.

"좋습니다." 드레이튼은 그렇게 말하고는 의자에서 벌떡 일어나 리즈베스 캔트렐에게 양보했다. "미래를 점쳐보고 싶다는 용감한 사람이 또 한 명."

마담 힐데가르데가 차를 조금 따라서 리즈베스에게 건넸다. 그녀는 재빨리 마시고는 지시를 기다리지 않고 찻잔을 엎어서 마담 쪽으로 밀었다.

"점을 쳐줬으면 하는 일이 있어요."

마담 힐데가르데는 리즈베스의 눈을 똑바로 쳐다보았다. 뒤에서는 난로 불꽃이 탁탁, 소리를 내면서 타올랐다. "말씀하세요." 하고 고개를 끄덕였다.

시어도시아는 숨을 삼켰다. 그 다음이 바로 읽혔다. 리즈베스 캔트렐이 무엇을 물어볼 생각인지 알았다. 제발 묻지 말아줘요, 하고 진심으로 기원했다. 마담 힐데가르데가 내놓을 지도 모르는 대답을 마음 속 어딘가에서 두려워하고 있기 때문이었다.

"누가 올리버 딕슨을 죽였는지 점쳐주세요." 리즈베스 캔트렐이 속삭이듯 말했다.

주위가 문득 조용해졌다. 마담 힐데가르데가 찻잔에 손을 뻗었다. 오팔 반지가 불빛을 받아 춤을 추었다. 이윽고 천천히 찻잔을 뒤집었다.

순간, 가게 안이 갑자기 어둠에 휩싸였다.

정면 입구 쪽에서 쿵, 하는 둔중한 소리가 나더니 뭔가가 깨지는 듯한 요란한 소리가 울려퍼졌다. 헤일리가 비명을 질렀다. "창문 쪽에 누군가 있어요!"

"대체 뭐야?" 딤플양이 소리쳤다. "지금 들린 소리는 뭐야? 불은 어떻게 된 거야?"

다시 큰 소리가 났다. 이번에는 시어도시아의 발치에서.

"여러분, 움직이지 마세요."

시어도시아가 그렇게 지시하고는 가게 안을 한 발 한 발 조심스럽게 걸어가기 시작했다. 반짝반짝 흔들리는 난로 불꽃과 가게 안을 손바닥처럼 샅샅이 알고 있는 감에 의지해서 헤매지 않고 카운터가 있는 쪽으로 걸어갔다.

"금전등록기 안쪽에 칸델라가 있어요. 잠시만 기다리세요. 가져올게요."

몇 초 후, 칸델라에 불이 켜지고 약한 플로어 램프 정도로 가게 안을 밝히자 모든 이들의 놀란 얼굴이 보였다.

헤일리가 재빨리 입구까지 달려가서 문을 활짝 열어젖혔다. 아무도 없었다.

"없어졌어요." 얼굴에 곤혹스런 표정이 떠올라 있었다.

"누가 없어졌는데?" 시어도시아도 뒤따라와 뒤에서 엿보았다. 처치 스트리트를 끝에서 끝까지 둘러보았지만 불은 어디에도 켜져 있지 않았다. 길 전체가 기분나쁠 정도로 캄캄했다.

"그림자인지 사람인지, 아무튼 여기에 있었어요. 사라져버린 것 같아요."

"유령 같았다우." 딤플양이 떨리는 목소리로 말했다.

"세상에 유령은 없답니다." 그렇게 말한 건 드레이튼이었다.

"유령 같이 보였다구요." 딤플양이 약간 정색을 했다. "뭔가가 떨어지기 직전에, 창 쪽에서 뭔가가 보였다니깐. 흔들흔들하는, 투명한 느낌이었어. 자기도 봤어, 헤일리?"

헤일리는 미간에 주름을 잡고 여전히 길거리에 눈길을 주고 있었다.

"분명히 누군가가 여기에 있었다구요."

시어도시아는 돌아서서 마담 힐데가르데에게 시선을 돌렸다.

"찻잔은……, 찻잎 점의 결과는요?"

마담 힐데가르데는 바닥을 가리켰다. 어두컴컴한 속에서도 마룻바닥에 찻잔의 파편이 흩어져 있는 것을 알 수 있었다. 그녀는 유감스러운 듯이 고개를 흔들었다.

"사라져 버렸어요. 모두 사라져 버렸어요."

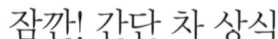

잠깐! 간단 차 상식
가공법에 따른 차의 종류와 제조법

♣ 가공법에 따른 차의 종류

• 불발효차
찻잎을 따서 증기 또는 화열로 가열하여 처리한 차. 예) 녹차.
• 반발효차
찻잎을 약간 발효시킨 후에 볶는 차. 예) 우롱차.
• 발효차
찻잎을 건조와 산화를 함께 진행시켜 얻는 차. 여기서 말하는 발효란, 미생물에 의한 것이 아니라, 찻잎에 들어 있는 효소에 의한 차성분의 산화를 뜻한다. 예) 홍차.

♣ 홍차의 제조과정

• 위조(萎凋, withering)
바람을 이용해 찻잎의 수분을 일정 정도 제거한다. 자연 건조 방법(실내에서 알맞는 온도와 습도를 유지해 건조시키는 방법)와 인공 건조 방법(위조기를 이용해 공기를 직접 흘려 건조시키는 건조 방법)이 있다.

• 유념(柔捻, rolling)
찻잎을 비벼 둥글거나 뾰족하게 말아 모양을 낸다. 찻잎의 모양을 변형하면, 표면의 세포와 조직이 파괴되어 찻잎 내부의 성분이 산소에 노출되면서 산화발효가 촉진된다.

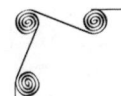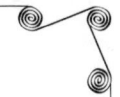

- **산화발효(oxidation)**

적절한 수준의 온도와 습도를 유지하여 찻잎을 발효시킨다. 온도와 습도 등 발효 환경과 발효 시간을 정확히 제어하는 것은 홍차의 품질을 결정하는 데 아주 중요하다. 유념 단계에서 원래의 초록빛을 잃은 찻잎은 산화발효가 되면서 검붉은 빛을 띠게 된다. 이처럼 찻잎이 검은 빛을 띠기 때문에 서양에서는 홍차를 '블랙 티(Black tea)'라고 한다.

- **건조(drying)**

찻잎의 산화발효를 멈추고 유통을 위해 건조시킨다. 이 때 찻잎의 맛과 향의 변질을 막기 위해 고온 건조 방법을 사용한다.

- **등급 분류(grading)**

찻잎의 크기와 형태에 따라 다양하게 등급이 매겨진다. 등급을 매기는 방법은 무척 다양하다. 예를 들어 자르지 않은 잎차의 등급에는 고급스러운 순서대로, 플라워리 오렌지 페코(FOP), 오렌지 페코(OP), 페코(P), 페코 수숑(PS), 수숑(S) 등의 등급이 있다.

- **블렌딩(또는 배합, blending)**

여러 가지 종류의 찻잎을 적절한 비율로 섞고, 필요에 따라 향, 꽃잎 등의 다른 첨가물을 넣는 과정. 단일 종류의 찻잎으로만 되어 있지 않은 대부분의 브랜드 홍차들은 대개 블렌딩 과정을 거쳐 출시된다.

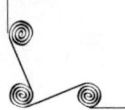

21

    일요일 아침이 밝아오면서 분홍빛과 금빛 소용돌이가 하늘을 물들였다. 비는 마침내 잦아들었고, 약간 남아 있는 구름은 흐믈거리는 면으로 만든 휩* 같았다.

    찰스턴 항구에 드리운 엷은 안개는 정오 무렵까지는 걷힐 것 같았다. 그러나 오전 10시가 넘어서자 역사지구 일대의 호텔에 틀어박혀 찰스턴에서 보내는 모처럼의 주말을 망쳤다고 투덜대던 관광객들이 줄줄이 거리에 모습을 드러내기 시작했다.

    그들은 인도를 어슬렁거리면서 유서깊은 주택이나 골동품 가게를 둘러보고, 노점상에서 자질구레한 물건들을 구경하고 뜨겁고 진한 치커리 커피를 사서 마시기도 했다. 그리고는 둥근 돌이 깔린 길을 걸어다니고 사우스 캐롤라이나와 노스 캐롤라이나, 두 개의 주에서 가장 오래된 공공 건축물인 '파우더 매거진' 이라는

---

* 달걀, 크림 등을 섞어 거품을 일게 한 식후용 과자.

화약창고나 대중적인 사랑을 받는 거쉰 형제의 포크 오페라 「포기와 베스」에 영감을 준 '캐비지 로' 등을 둘러보았다.

시어도시아는 애마인 지프에 올라 하이웨이 700, 일명 메이뱅크 고속도로를 달려 로 컨트리로 향하고 있었다. 일요일이라 리비 고모를 찾아가는 것뿐이야, 하고 자기변명을 했지만, 포드 캔트렐이 살고 있는 근처를 지나가는 건 알고 있었다. 수렵용 보호구역이라는 게 뭔지, 조금만 조사해 보는 거야.

얼 그레이는 만족스러운 듯이 조수석에 앉아 있었다. 커다란 귀를 바람에 펄럭이며 열어젖힌 창으로 빌로드 같은 코를 내밀고, 가슴 설레는 온갖 냄새에 취해 있었다.

날이 이렇게 화창하고 맑으니, 어젯밤의 일은 아득히 먼 옛날 같았다. 10분 후에 전기가 들어왔지만 여전히 헤일리는 누군가가 바깥을 어슬렁거리고 있었다고 주장했다. 그리고 딤플양은 그 자리에 모인 사람들이 일으킨 심적 에네르기에 이끌린 유령이 인사를 하러 왔다는 생각에 집착했다.

시어도시아는, 어젯밤 창밖에 정말로 뭔가가 있었다면, 누군가가 엿보고 있었을 뿐이라고 굳게 믿고 있었다. 살아 있는 누군가가. 하지만 여전히 의문이 솟는다. 정신이 멀쩡한 사람이라면 억수 같이 비가 쏟아지는 추운 밤에 바깥을 어슬렁거리거나 창을 엿보거나 했을까?

하지만, 어쩌면 그 사람은 뭔가 제대로 생각할 만한 상태가 아니었던 것일지도 몰라. 무척 화가 나 있었다든지, 불안해서 견딜 수 없었다든지, 또는 미스터리 차모임에 참가하고 있던 누군가에게 대단한 호기심을 갖고 있었을지도.

시어도시아가 얼굴을 찌푸리자 매끈한 얼굴의 눈썹 바로 부근에 작은 주름이 잡혔다. 그러나 오른쪽으로 급히 운전대를 꺾어서 6번 도로에 들어선 순간 뺨의 근육이 누그러졌다. 갑자기 울창한 숲, 즉 다채로운 초록빛 태피스트리 속으로 접어들었기 때문이었다.

그 옛날, 로 컨트리의 15만 에이커 이상의 토지는 주요 쌀재배지로서, 캐롤라이나 골드라는 부드러운 단립미를 생산하고 있었다. 논에는 계절에 따라 번갈아 물이 찼다가는 말랐고, 사람들은 모를 심고, 키우고는 거둬들였다. 오래된 수로나 운하에 남아 있는 이름은 지금도 곳곳에서 볼 수 있었고, 초록빛 언덕이나 부드러운 만입*에는 캐롤라이나 재스민 덩굴이 휘감아 기어가고 웃자란 진달래 울타리가 울창했다.

많은 쌀 재배지는 예전의 소택지로 돌아가 오리, 꿩, 백로 같은 야생조들의 이상적인 서식지가 되었다. 오랜 세월에 걸친 허리

---

* 강이나 바다의 물이 활등처럼 뭍으로 휘어듦.

케인이나 거대한 폭풍우 – 가장 최근의 습격은 1989년의 허리케인 휴고였다 – 는 많은 수로나 시냇물의 흐름을 바꾸어놓았다.

어릴 적에는 리비 고모를 찾아올 때마다 바닥이 평평한 보트를 타고 주변의 작은 수로를 여기저기 탐험하곤 했었다. 막대기로 물을 저어가면서 때때로 강에 낚싯줄을 드리웠고, 운이 좋은 날엔 연어나 줄전갱이 따위를 낚아서 돌아가기도 했다.

"리비 고모!"

언덕 꼭대기에 서서 반짝이는 연못의 수면을 물끄러미 쳐다보고 있던 몸집이 작은 은발 여성에게 시어도시아는 크게 손을 흔들었다.

"멋진 날씨를 몰고 왔구나." 리비 레벨이 그렇게 말하며 조카를 맞아들였다. "그리고, 딱 맞춰 왔구 말야. 얼 그레이도 안녕?" 리비가 손을 뻗어 가볍게 쓰다듬어주자 개는 흥분한 모습으로 빙글빙글 맴을 돌기 시작했다. "우리 가엾은 주머니쥐를 나무 위로 쫓아올려 볼래?"

모든 종류의 동물과 새를 사랑하는 리비 레벨은 새들에게 모이를 주고, '케인 릿지' 라는 이름의 오래된 농장 주위에 펼쳐진 습지나 소나무숲에 사는 라쿤(미국너구리), 여우, 주머니쥐, 토끼들에게 껍질을 벗긴 호두열매를 나눠주고 있었다. 물론 얼 그레이가 찾아오면, 그동안 애써 길들여놓은 작은 동물들은 총총히 은신처로 달아나 버려, 그동안의 수고도 물거품이 되어 버리긴 했지만.

시어도시아는 고모의 어깨에 팔을 두르고는 나란히 농장 본채를 향해 걷기 시작했다. 시어도시아의 아버지인 매커레스터 브라우닝은 여기서 자랐고, 갓 결혼했을 때에는 어머니도 여기에 살았다.

1835년에 홀벡 크릭 근처에 지어진 케인 릿지는 당시에는 쌀 농장으로 번창했었고, 지금은 울창한 숲에 둘러싸인 멋진 별장이 되었다. 경사가 가파르고 낭만적인 지붕을 이고 있는 본채를 볼 때면 시어도시아는 언제나 헨젤과 그레텔의 집을 연상하곤 했다. 이 집의 양식은 엄밀히 말하면 고딕 복고 양식이었지만.

"그래, 요즘 어떻게 지냈니?" 집의 세 방향을 둘러싼 넓은 포치에서 삐걱거리는 등나무 의자에 앉아 숲을 바라보면서 리비가 물었다. "드레이튼과 헤일리는 잘 지내니? 그리고, 그 귀엽다는 경리는 고용하기로 했니?"

"드레이튼과 헤일리는 잘 있어요. 가끔 개와 고양이처럼 티격태격하지만 둘 다 즐겁고 세심하게 일을 잘 해주고 있어요. 새로운 경리인 딤플양은 진짜 프로예요. 그녀에게 경리를 맡긴 뒤로전 완전히 어깨의 짐이 내려져서 편해졌어요. 지금은, 왜 장부쯤은 직접 정리해야 한다고 생각했는지 이상할 정도예요."

"그건 말야, 시오. 네가 무엇이든 스스로 할 수 있다고 철석같이 믿고 있기 때문이야. 분명히 대부분의 일은 가능하지만, 경리에 관해서는 전문가에게 맡기는 것이 최고야."

시어도시아는 혼자서 미소지었다. 어머니가 돌아가셨을 때, 남편을 갓 잃은 리비 고모가 오셔서 내가 자라면서 필요한 일들을 여러 모로 도와주셨지. 그 중 하나가 숙제였다. 시어도시아는 국어, 작문, 역사 과목은 탁월했지만 수학은 완전히 젬병이었다. 대수는 보기만 해도 위가 당겨오고, 기하는 엉망진창이었다. 조카가 수학과 씨름하고 있는 것을 본 리비는 부드럽게 격려해주었다. 그래도 그 과목만은 열등의식에서 벗어나지 못했다.

"올리버 딕슨 일은 들으셨죠?" 시어도시아가 단도직입적으로 말을 꺼냈다.

"올리버 딕슨 일은 가장 믿을 만한 소식통한테서 들었지."

"무슨 말이에요?"

"지난 주에 리즈베스 캔트렐이 여기에 들렀거든. 동생이 조사를 받았다면서 너에 대해 이것저것 묻더라."

"그럴 줄 알았어요."

"도와줬으면 한다고 하더냐?"

시어도시아가 한숨을 쉬었다. "예에."

"그래서, 도와줄 생각이니?"

"해보겠다고 했어요. 제가 할 수 있는 일이 그렇게 있을 것 같진 않지만요."

리비는 의자에 앉은 채로 몸을 내밀어 시어도시아의 두 손을 잡았다. "자신을 과소평가하면 안 돼. 너에게는 담당 형사라는 연줄이 있잖아."

"티드웰 형사 말예요?"

"응, 물론이지."

"그런 사람은 연줄이라고 못 불러요." 시어도시아는 서로간에 그렇게 냉담하니 오히려 적대관계라고 말할 수 있는 건 아닐까 생각하고 있었다.

"그럼, 좀 아는 사이 정도로 해두자." 리비는 양보했다.

"하지만, 네가 그 형사의 추리에 영향을 주고 있는 건 확실해."

"그럴 지도 모르겠네요." 시어도시아는 마지못해 말했다.

리비가 입가에 미소를 띠었다. "좋아." 그리고 시어도시아의 손을 놓고 의자 등에 몸을 맡겼다. "그렇다면 최선을 다해라. 여기저기 살펴보고 다니고, 질문하고, 직감에 따르는 거야. 너에게는 수수께끼를 푸는 재능이 있어, 시어도시아. 우리 모두가 그렇게 생각하고 있어."

"하지만 정말로 포드 캔트렐이 범인이라면요?"

"그렇다면 어쩔 수 없는 거지. 하지만, 적어도 너는 노력한 거야. 할 수 있는 일을 한 거지. 리즈베스는 알아줄 거야."

시어도시아는 연못을 응시했다. 하늘에 떠 있는 거대한 황금공 같은 태양의 빛이 잔물결 하나하나에 닿아 수면에 다이아몬드를 흩뿌리고 있었다. 연못 주위에는 연녹색 참억새 잎이 바닷내음을 머금은 산들바람에 흔들리고 있었다.

시어도시아는 연못의 왼쪽, 작은 가족묘가 있는 곳으로 눈길을 돌렸다. 층층나무가 꽃을 피우기 시작했고, 작은 구역을 둘러싼 무너져가는 돌담에서는 백일홍이 얼굴을 내밀고 있었다. 그녀의 아버지도 어머니도 저기에 잠들어 있었다. 두 사람을 지키듯이 가지를 펼친 늙은 떡갈나무 아래에. 어머니는 시어도시아가 여덟 살에, 아버지는 스무 살에 돌아가셨다. 예전의 가슴이 찢어지는 듯한 비통함은 이젠 조용한 슬픔으로 바뀌었고, 결코 잊지 못할 따뜻한 추억이 마음을 달래주고 있다.

"엄마의 병이 깊었을 무렵에 리즈베스 캔트렐은 이 주변에 살고 있었죠?" 시어도시아가 물었다.

"그래, 그랬지."

"거의 잊어버렸는데 다시 기억나고 있어요."

두 사람은 가만히 앉아서, 숲속에서 나타난 얼 그레이가 양지바른 곳에 주저앉아 왼쪽 어깨에 붙어서 좀처럼 떨어지지 않는 우엉 부스러기를 물어뜯는 모습을 바라보고 있었다. 말은 필요 없었다. 오랜 세월 동안, 말해야 할 것은 모두 다 말해왔다. 시어도시아도 리비도 서로가 서로의 전부였다. 다른 핏줄은 없었다. 두 사람 다 자신이 상대방에게 얼마나 소중한 존재인지 똑똑히 알고 있고, 그것을 잊어버리는 일은 없었다. 그런 사랑에는 말이 필요없었다.

마침내 리비가 의자에서 일어났다. 일흔 두 살인 그녀는 여전히 유연하고 힘이 넘쳤으며 기운차게 걸었다.

"슬슬 점심을 어떻게 할 지 생각하자꾸나. 어제 가정부인 마거릿 로즈가 크랜베리 빵을 구워줬고, 나도 아까 치킨 샐러드를 만들었단다. 쟁반에 담아서 여기서 경치를 보면서 먹으면 어떨까? 최고로 멋질 거야."

시어도시아가 러트릿지 로드의 나무다리로 기세좋게 돌진하는 바람에 얼 그레이와 그녀는 좌석에서 튕겨져 나갈 뻔했다.

"미안." 의아하다는 듯한 눈으로 올려다보는 애견에게 어물어물 사과했다.

3시간 가까이 작은 동물들을 쫓아다니며 놀았기 때문인지, 얼 그레이는 뒷좌석에서 쌕쌕거리며 잠들어 있었다. 시어도시아는 드라이브의 제2막을 위해 그를 거기에 재웠던 것이었다.

"캔트렐의 집으로 도는 길이 이 근처일텐데." 하고 중얼거렸다. "15년 만에 오는 길이라 똑똑히 기억이 안 나."

20분 전에, 사우스 캐롤라이나의 계관시인이었던 아치볼트 햄튼이 예전에 살았던 곳으로, 지금은 복원된 햄튼 농장 앞을 지나쳤다. 예전의 햄튼 가가 캔트렐 가로 가는 길목에 있었던 것은 1백 퍼센트 확실했으므로 길은 틀림없었다.

"여기다……, 아앗!"

시어도시아는 왼쪽으로 급히 운전대를 꺾었지만, 그래도 굽은 길을 완전히 돌지는 못했다. 브레이크를 꽉 밟자 지프가 덜컥거리며 섰다. 동시에, 차 오른쪽이 진창에 빠졌음을 알았다.

"이런, 제길."

그녀는 잠시 앞유리창 너머로 바라보며 그대로 앉아 있었지만, 결국은 차에서 뛰어내려 뒤쪽으로 가서 손상 정도를 확인했다.

그리 심하지는 않았다. 굽은 길을 채 돌지 못하면서 오른쪽 앞바퀴가 자갈 도로를 벗어나 진창에 빠져 있었다. 이 근처에 있다는 유사*에 관한 무서운 이야기를 떠올리고는, 지금은 사륜구동으로 변환해서 탈출하는 것이 가장 현명하리라 생각했다.

잘 될 거야. 그래, 물론 잘 될 거야.

---

* 물로 포화된 모래가 자체의 지지능력을 상실하여 액체의 특성을 갖게 되는 상태.

모기를 손으로 쳐내면서 길가에 서 있으려니 더위가 차츰 몸에 달라붙어오는 것을 느꼈다.

시어도시아는 자신이 지금 돌려고 했던 굽은 길을 바라보았다. 여기가 캔트렐이 사는 곳으로 이어지는 곳임에 틀림없어.

우우.

얼 그레이가 창문으로 얼굴을 내밀고 흥분한 듯이 꼬리를 흔들었다.

"안 돼. 거기 있어. 진흙탕에서 차를……."

지프 뒤쪽으로 돌아가던 시어도시아는 갑자기 발을 멈췄다. 바로 옆의 덤불에서 부스럭거리는 소리가 났다. 겨우 늘릴 성도의 작은 소리. 아마 아무 것도 아닐 거야. 하지만 만약에…….

그녀는 조용히, 침착하게 운전석 옆쪽으로 살금살금 걸어갔다.

이것 봐, 또 들려온다. 부스럭거리는 소리가 아니라, 공기가 부드럽게 확 빠지는 소리 같아. 악어일 리는 없다. 거의 없을 것이고, 서식지는 여기서부터 상당히 머니까. 게다가 그 무리는 짖는 듯한 소리를 내거나 으르렁거리므로 훨씬 더 시끄럽다. 그래, 이건 구태여 말하자면……, 코를 고는 듯한 소리?

머리에 그 소리가 입력되었을 때 새로운 움직임이 시작되었다.

발굽 같은 것이 자갈을 걷어차는 소리가 났다. 빠르게, 정확한 리듬으로, 그리고 이쪽을 향해. 엄청난 속도로.

시어도시아는 차문으로 돌진했다. 문손잡이를 당겼지만 잘 열리지 않아 다시 한 번 당겼다. 지프의 문이 활짝 열리고 그녀가 허둥지둥 올라탄 순간, 수퇘지 한 마리가 채 6미터도 떨어지지 않은 도로에 나타났다. 거의 자동 기계처럼, 가느다란 네 다리가 거대한 야생 돼지의 몸을 무서운 속도로 운반해왔다. 시어도시아는 짐승의 날카로운 유리구슬 같은 눈이 자신에게 똑바로 꽂혀 있는 것을 보았다.

문을 난폭하게 닫고 시동 키를 붙잡았다. 엔진이 걸림과 동시에 커다란 소리가 울렸다. 타앙!

무슨 일이 있었는지 전혀 알 수 없는 채로, 한순간 머리가 혼란스러웠다. 지프가 역화(逆火)라도 일으킨 걸까? 아니면 아까 그 돼지가 차의 앞쪽 펜더로 돌진해온 걸까?

차창을 통해 바깥을 보자, 2미터도 떨어지지 않은 자갈 위에 야생 돼지가 쓰러져 나뒹굴고 있었다. 그리고, 먼지투성이 부츠 한 켤레가 시야에 들어왔다.

포드 캔트렐이었다. 한 손에 라이플을 아무렇지도 않게 들고 있었다.

시어도시아는 차 안에 앉은 채 손을 흔들고는 떨리는 손으로 운전석 쪽의 창문을 내리는 버튼을 눌렀다.

"미안합니다."

포드 캔트렐이 말을 걸었다. 마치 공원이라도 산책중인 양 가볍게 손을 흔들었다.

지프의 부드러운 가죽 시트에 등을 기대면서 시어도시아는 천천히 숨을 내쉬었다. 언젠가 리비 고모는, 캔트렐 가의 사람들은 동물에 올라타거나, 총을 쏘거나, 박제를 하지 않으면 성이 차지 않는다고 말했었다. 그 말이 맞을지도 모른다.

"이 놈은 우리집에서 도망친 돼지요." 포드가 목소리를 높여서 설명했다. "이쪽으로 도망친 게 아닐까 생각했었어요. 당신에게 해를 끼치지 않았으면 좋겠는데요."

시어도시아는 지프에서 내렸다. "쉿." 죽은 돼지와 포드 캔트렐에게 으르렁거리고 있는 얼 그레이에게 명령했다. "앉아."

"이 돼지는 사람을 무나요?" 그녀는 죽은 돼지를 가리켰다.

"동족의 고기를 먹어치우기도 하죠." 포드 캔트렐은 온화한 어조로 대답했다. "하지만, 당신이 그 개를 풀었다면 이 녀석은 꽁무니를 뺐을 거요. 대부분의 돼지는 개를 무서워하거든요."

포드 캔트렐의 말을 뒷받침이라도 하듯이 얼 그레이가 낮게 으르렁거렸다.

"대부분의 돼지는요." 시어도시아는 반복했다. 죽은 돼지의, 묘하게 영리해 보이는 얼굴에 나타난 필사적인 표정이 머리에서 떠나지 않았다.

"마을에서 이렇게 먼 곳에서 뭘 하고 있었습니까?" 포드 캔트렐이 물었다.

"고모인 리비의 집에 왔었어요." 시어도시아는 온 방향을 팔로 표시했다. "케인 릿지요."

포드 캔트렐은 그녀의 설명을 받아들인 것 같았다.

"내가 팜리코 농장을 수렵지로 만든 것은 들었겠죠, 그렇죠?"

시어도시아가 고개를 끄덕였다. 포드가 그녀의 정체를 똑똑히 알고 있는 데에 깜짝 놀랐다. 그렇다면, 이제 와서 새삼스럽게 자기 소개를 하는 건 의미가 없었다.

포드 캔트렐이 부츠 끝으로 죽은 돼지를 살짝 건드렸다.

"이 놈은 우리의 중요 상품 가운데 하나로, 아메리칸 레이저백이라는 야생 돼지요. 이 녀석을 판 사람 말로는, 조상은 탐험가인 폰세 데 레온이 스페인에서 가져온 돼지였다고 합디다. 아주 머리가 좋다더군요."

"그런 것 같던데요."

"당신도 아주 머리가 좋다고 들었소이다. 나에 대해 캐묻고 다닌다던데."

시어도시아는 물러서지 않았다. "많은 사람들이 그러고들 있어요."

포드 캔트렐은 태양을 향해 눈을 가늘고 뜨고는, 구렛나룻이 아무렇게나 자란 턱을 거칠게 쳤다. "뭐, 그런 녀석들은 언제나 있으니까. 아무래도 나는 마을이 아니라 로 컨트리에서 얌전히 있는 것이 사람들을 더 즐겁게 해주는 것 같군요."

시어도시아가 아무 말이 없자 포드 캔트렐은 이어서 말했다.

"아아, 그렇고 말고. 요트는 매클런빌로 이동시킬 예정이오. 여기 요트 클럽 녀석들은 너무 거만하니까."

시어도시아는 고개를 끄덕였다. 제레미 만 연안의 조용한 어촌 이라면 포드 캔트렐 같은 로 컨트리 주민을 따뜻하게 맞아줄 것 이다. 게다가 지금 그는 요트 클럽에 있어 달갑잖은 존재가 되었 음에 틀림없다. 어쩌면 이사회는 이미 포드에게 탈퇴를 요구했 을 지도 모른다. 조리 데이비스의 친구인 엘든 쿡에게 전화해서 물어봐야지.

포드 캔트렐은 챙넓은 밀짚모자를 슬쩍 벗더니 불타는 듯한 빨 간 머리를 굵은 손가락으로 벅벅 긁어댔다.

"이번 소동에서 이상한 건," 그는 마침내 시어도시아의 눈을 똑바로 바라보며 말했다.

"모두들 올리버 딕슨과 내가 사이가 나쁘다고 철석같이 믿고 있다는 거요. 하지만 나는 그 사람 밑에서 일하고 있었소."

시어도시아는 깜짝 놀라 포드 캔트렐의 얼굴을 멍하니 쳐다보 았다.

"그의 밑에서 일하고 있었다구요!" 엉겁결에 소리가 커졌다. "무슨 말이에요? 올리버 딕슨이 수렵용 보호 구역 사업에서 당신과 손을 잡았었나요?" 있을 수 없는 일이지만, 지금으로서는 그것밖에 머릿속에 떠오르지 않았다.

"아니, 아니. 난 그의 새로운 회사인 그레이프바인 사에서 약간의 일을 하고 있었소." 그는 귀에 거슬리는 웃음소리를 냈다.

"아니, 그의 회사가 아니지. 회사는 투자자가 완전히 장악하고 있었으니까. 그건 그렇고, 난 원래 밴티지 컴퓨터라는 회사에서 고장 방지용 디스크의 배열에 관한 일을 하고 있었소. 컬럼비아 시에 있는데, 군대와 계약을 엄청나게 하고 있는 회사요. 아무튼, 올리버가 사외 컨설턴트가 되어 달라고 부탁하더군. 올리버 딕슨과 난 여러 모로 의견이 맞지 않았소. 그날, 화이트 포인트 가든에서 말싸움을 한 것도 그것이 원인이오. 모두들, 오래된 일족 간의 불화라고 생각하는 건 알고 있지만, 사실은 '앞으로는 비디오 스트리밍의 시대란 걸 모르다니 댁은 참 바보요' 하고 말해준 것뿐이오."

"함께 일을 하고 있었다구요?"

이 새로운 정보에 허를 찔린 지금의 그녀는 무척 혼란스러워 보일 것이다.

그녀는 티드웰 형사의 눈을 포드 캔트렐에게 향하게끔 했다.

형사는 그를 조사했을 테니 두 사람이 사업상 동료였음도 알고 있을 터였다.

티드웰은 포드를 올리버 딕슨의 죽음과 연결시킬 결정적인 증거를 찾아냈을까? 아니면 시어도시아가 엉뚱한 결론으로 비약하곤 하는 아마추어라며, 은근히 즐기고 있는 걸까?

포드 캔트렐이 라이플을 나무에 신중하게 기대어 세우고는 돼지 뒷다리를 잡고 길가로 끌고가는 것을 시어도시아는 바라만 보고 있었다.

"이 커다란 놈은 나중에 가지러 와야겠군."

"당신과 그가 함께 일하고 있었다구요." 시어도시아가 다시금 중얼거리듯이 말했다.

"아아, 하지만 이렇게 된 이상, 그게 문제요. 투자가 놈들은 그레이프바인 사의 문을 닫기로 했으니까."

"그런 말은 금시초문인데요." 정말이지, 이야기 전개가 너무 빨라서 따라잡을 수가 없었다.

"나도 지난 금요일에야 알았소이다. 내일이 되면 사원들은 길거리로 쫓겨나고 남은 원자재는 모두 매각될 거요." 누나와 마찬가지로, 수평선을 너무 바라본 선장처럼 연한 푸른 색 눈이 시어도시아를 슬프게 바라보았다. "지금까지 기껏 개발해온 기술도 팔거나 라이선스 계약을 하겠지."

"하지만, 왜요? 겨우 시장의 일원으로 인정받게 되었는데요."

포드는 어깨를 으쓱했다. "낸들 알겠소? 올리버 딕슨이 죽어 버렸으니 중역 놈들을 탓해야 할 지도 모르겠군요. 그렇지 않다면, 투자가 놈들이 좀더 빨리 자금을 회수할 수 있는 투자처를 찾아냈을지도 모르고." 포드 캔트렐은 부츠 끝으로 모래 위에 그림을 그렸다. "빌어먹을. 어쩌면 PDA 시장에 관한 내부 정보를 갖고 있는 놈이 우리와의 계약을 끊는 작전을 시작했을 수도 있고 말이오."

시어도시아는 고개를 끄덕였다. 분명히 이유는 얼마든지 생각할 수 있었다. 신규 사업이나 새로운 분야의 자회사가 갑작스레 폐업이나 매각되는 것은 일상다반사였다. 확실한 이유가 있을 때도 있지만 즉흥적으로 행해지는 경우가 더 많았다. 시어도시아도 한 번, 전도유망해 보이는 컴퓨터의 음성 인식 소프트웨어의 판매 전략을 세웠던 적이 있었는데, 어느 샌가 프로젝트 자체가 없어져 있었다. 회사의 개발 담당자가 다른 회사로 옮겨갔다는 이유만으로.

"당신이 올리버 딕슨과 일하고 있었던 걸 누님은 아세요?"

포드 캔트렐은 천천히 고개를 옆으로 흔들었다.

"아니. 누나는 모르면 모를수록 좋아요."

"앞으로 어떻게 할 거예요?"

포드 캔트렐은 뒤틀린 미소를 짓고는, 죽은 돼지로 시선을 옮겼다.

"바비큐를 할 거요."

진흙투성이 펜더 말고는 사고를 만났음을 나타내는 특별한 흔적은 없어 보여, 시어도시아는 시가지를 향해 다시 차를 달렸다. 포드 캔트렐이 올리버 딕슨의 사업상 동료였다는 사실은 그의 무죄를 의미하는 건지, 아니면 올리버 딕슨을 살해할 이유가 하나 더 늘어난 건지 판단이 서지 않았다. 어쩌면 포드 캔트렐은 올리버 딕슨의 환심을 사서 컨설턴트 자리를 얻어내고, 더 윗자리를 노렸을지도 몰랐다. 올리버 딕슨이 없어지면 그 문은 활짝 열릴지도. 비즈니스와 하이테크라는, 도 아니면 모인 세계에서는 그런 식의 파워 게임도 드물지 않다.

하지만, 결국 포드 캔트렐도 일자리를 잃고 말았다. 아니, 컨설턴트 자리를 잃고 말았다. 시어도시아의 부족한 지식으로 판단하기엔 그의 역할은 이미 끝난 것 같았다. 그가 이미 보수를 받았을 가능성도 있다.

아니면 올리버 딕슨에게 해고당했을까?

들레인이 일주일 전에 했던 이야기를 떠올렸다. 그녀는 찻집에 있던 모든 사람에게 두 사람이 '낚시(피싱)'를 둘러싸고 말다툼을 했다고 떠들어댔다. 그때는 참 묘한 이야기라고 생각했다. 하지만 아까 포드 캔트렐은 말다툼의 원인이 비디오 '스트리밍'이라고 설명했다. 그 말은, 들레인이 피싱과 스트리밍을 혼동했다는 말일까? 대답은 예임을 알고 있었다. 아마도 예, 일 것이다.

에디스토 강변의 고요한 작은 마을인 헌트빌 부근까지 왔을 무렵, 시어도시아는 액셀러레이터에서 발을 뗐다. 차선이 하나뿐인 나무 다리를 천천히 건너다 보니 보안관의 차가 다리 앞을 부분적으로 가로막고 있는 것이 보였기 때문이었다.

차를 완전히 세우자 카키색 제복을 입은 가슴팍이 두툼한 남자가 도로를 가로질러 천천히 다가왔다.

"사고를 당한 것 같군요." 보안관 배지를 단 남자는 진흙이 들러붙은 앞쪽 펜더를 손가락으로 가리켰다.

"심하게 굽어지는 길에서 미처 돌지를 못했어요."

"아아, 자주 있는 일이죠." 보안관이 금으로 때운 앞니를 드러내며 히죽 웃었다.

"이 녀석이 사륜구동이라 다행이었군요." 그는 자동차 문짝에 커다란 손을 댔다. "이 근처는 질퍽한 유사가 많습니다."

언제나처럼 호기심을 참지 못하고 시어도시아는 물었다.

"여기서 무슨 문제가 있었나요, 보안관님?"

보안관은 거대한 몸을 강쪽으로 돌렸다. "아니, 뭔가가 있었던 건 아닙니다." 그는 다리 아래 근처, 강폭이 수로 정도로 좁아진 곳을 손가락으로 가리켰다. 말라깽이 젊은 부보안관이 넓적다리까지 오는 장화를 신고 강바닥을 긁어대고 있었다.

"누군가가 어젯밤에 여기를 엄청난 속도로 통과한 것 같습니다." 보안관은 설명했다. "아마도, 대형 기동선이 아닐까 합니다. 왜냐하면 다리 양 끝을 받치고 있던 기둥 하나가 심하게 패이고, 다른 하나는 완전히 쓰러져 버렸거든요."

보안관이 가리키는 방향을 보자 두 개의 통나무가 둑에 끌어올려져 있고, 우툴두툴한 끄트머리가 드러나 있었다.

"아마도 어떤 녀석들이 술에 취해 길을 똑바로 가지 못한 거겠죠. 우리가 조사를 하는 건 연안경비대에서 경고가 있었기 때문입니다. 이 일대에서 별 볼일 없는 밀수업자가 장사를 하고 있다는 제보가 있었다는데, 연안경비대 녀석들은 분명히 빌링스 보안관은 일도 없고 한가하리라 생각한 겁니다. 그래서, 원래는 서머빌에서 자동차 경주를 구경하고 있을 화창한 일요일에, 있을 것 같지도 않은 것을 찾으러 나온 거죠."

시어도시아는 고개를 끄덕였다. 보안관의 짜증이 묘하게 흥미로웠다. 이 일대에서 바다로 나가려면 미로처럼 뒤얽힌 강이나 후미, 늪 등을 통과해야 했다. 지역 주민들만이 알고 있는 '뒷구멍' 도 몇 개나 있었다.

"그들은 이 지역을 꽤나 잘 알아야 할텐데요." 시어도시아가 말했다.

"그렇긴 합니다." 보안관도 동감이었다.

"만약 진짜 밀수업자라면 뭘 밀수하고 있을까요?"

"진짜 밀수업자라면 먼저 생각할 수 있는 건 카리브해의 어딘가에서 운반되어 온 물건이겠죠. 술, 시거, 담배. 모두 특소세를 피하고 싶어하니까요."

보안관은 둑에서 아래를 내려다보며 큰 소리로 부하에게 물었다. "뭔가 발견했나, 뷰포드?"

"아무 것도 없습니다." 부보안관은 화난 목소리를 되돌렸다. "화난 늪살모사 한 마리가 있을 뿐입니다."

"그래? 그 녀석은 내버려두게." 보안관이 지시했다.

22

"차밖에 없나요?" 젊은 여자가 얼굴을 찌푸리며 물었다.

"나가자."

그렇게 말한 것은 그녀의 일행으로, '미국 삼나무를 지키자'라는 슬로건이 새겨진 티셔츠와 청바지 차림의 젊은 남자였다.

"가다보면 어딘가에 커피숍 정도는 있겠지."

"차에 흥미가 없으시다면, 차 매니아를 위한 다른 메뉴도 있답니다." 헤일리가 권했다.

젊은 여자는 양피지에 씌인 메뉴를 우물쭈물 받아들었다.

"캐머마일, 인삼, 오렌지 스파이스." 읽으면서 메뉴 밑까지 훑어갔다. "하지만 이것도 차 종류죠?"

"정확히 말하자면," 헤일리가 설명했다. "허브티죠. 건강에 좋은 과일이나 허브로, 소위 말하는 찻잎은 들어 있지 않아요."

"몸에 좋은 건가요?" 여자가 물었다.

"로즈힙*과 히비스커스**는 비타민 C를 많이 함유하고 있고 인삼과 박하는 활력을 증진시켜주죠. 참, 마침 로즈힙을 끓였는데 맛을 보고 직접 판단해보시면 어떨까요?"

헤일리는 카운터 안쪽으로 들어가 작은 찻잔 두 개에 로즈힙을 따랐다. 월요일 이른 아침이라 다른 손님들은 아직이었다. 시어

---

* 들장미의 열매로, 과일이 흔치 않던 옛날에는 후식으로 즐겨먹기도 했다. 오렌지의 20배, 레몬의 60배에 이르는 비타민 C를 함유하고 있다.
** 루비처럼 아름다운 붉은 빛과 신 맛이 강한 허브. 구연산을 많이 함유하고 있어 피로 회복에 도움을 주며, 칼륨과 비타민 C도 풍부하다.

도시아와 드레이튼이 안쪽 사무실에서 소근거리며 이야기를 나누는 소리가 들려왔다. 헤일리 자신이 직접 만든 스콘과 벌꿀 마들렌*은 오븐에서 한창 구워지고 있으니 젊은 남녀를 상대할 여유는 있었다.

처음 한 모금을 마신 두 사람의 눈이 반짝 빛났다.

"맛있는데." 남자가 선언했다. "하지만, 난 자두를 마셔볼래. 상쾌한 느낌이 나니까. 그리고 재미있을 것 같기도 하구."

"난 이 로즈힙이 좋아. 그리고 이 가게에는 과자도 있죠?" 그렇게 말한 여자의 코는 안쪽의 주방에서 풍겨오는 달콤한 냄새를 맡고 있었다.

"앉으세요. 제가 과자 샘플을 쟁반에 담아 가져올게요. 그러면 전부 직접 눈으로 보실 수 있을 테니까요."

"그 두 사람이 함께 일하고 있었다구?"

드레이튼은 책상 반대편에서 눈을 동그랗게 뜨고 시어도시아를 응시했다.

"그런 것 같아요." 하는 시어도시아.

"믿을 수가 없는데. 그 두 집안은 지금도 눈에는 눈, 이에는 이

---

* 빵 과자의 하나로, 조가비 모양으로 구운 스펀지 케이크.

식의 대립을 계속하고 있다고 모두들 철석같이 믿고 있는데."

"저를 포함해서 말이죠. 그렇게 서둘러 결론을 비약하다니 저도 참 바보예요."

"그런 일로 자신을 나무라지는 마. 티드웰 형사는 당신을 믿었던 거고, 사실, 당신의 생각을 받아들인 것 같기도 해. 게다가 아까 당신 말대로 포드 캔트렐이 올리버 딕슨을 몰아내려고 은밀히 대책을 세우고 있었다고도 생각할 수 있어. 항구적인 해결책을 모색하고 있었다 해도 이상하지 않아. 내가 무슨 말을 하려는 건지는 알겠지."

"예에, 뭐." 시어도시아는 중얼거렸다.

"솔직히, 내 생각엔 다시 한 번 티드웰 형사와 이야기를 하는 게 나을 것 같아. 포드 캔트렐과 빌리 매놀로 일로 말야. 빌리 매놀로가 올리버 딕슨의 장례식에 나타났다는 사실 – 그것에 관해서는 티드웰 형사가 증인이지 – 만으로도 어쩐지 의심스럽잖아. 게다가 난, 그가 당신을 협박했다는 점도 마음에 걸려."

"누가 누굴 협박해요?" 헤일리가 문에서 얼굴을 내밀었다.

"아무 것도 아냐, 정말로." 하고 시어도시아는 말했다. 찰스턴 항구에 떠오르게 할 거라고 말한, 빌리 매놀로의 잔인한 말을 전해서 헤일리를 놀래키고 싶지는 않았다.

"지난 주 토요일에 시어도시아가 빌리 매놀로를 찾아갔을 때,

그가 철봉을 들고 시어도시아를 위협했거든." 드레이튼이 설명했다.

"경찰에 알렸어요?" 헤일리가 물었다. "요즘 난, 조금이라도 이상한 짓을 하는 사람이 있으면 경찰을 부르기로 했어요."

"그럼, 지난 해 여름 내내 이 근처를 어슬렁거리던, 개조한 오토바이를 탄 폭주족 젊은이는 뭐였지? 그 녀석 덕분에 우리 가게의 손님 절반이 무서워서 달아나고 말았잖아."

"테디는 위협을 한 게 아니었어요." 헤일리는 반박했다. "단지 정체성의 위기를 겪고 있었을 뿐이에요. 그리고, 이젠 학교로 돌아갔구요."

"뭘 공부하고 있는데?" 하는 드레이튼. "무정부주의학?"

"그렇게 알고 싶으시다면 가르쳐드리겠는데요, 구급대원이 되는 공부를 하고 있다구요. 하지만, 그보다 빌리 매놀로라는 사람에 대해 좀더 이야기해줘요. 혹시, 토요일 밤에 우리 가게의 창문에서 엿보고 있던 사람일지도 모르잖아요."

"지금도 여전히 누군가가 못된 짓을 꾸미고 있었다고 생각하고 있는 거로군."

"못된 짓을 꾸미고 있는지는 모르겠지만, 거기에 누군가 있었던 것은 사실이에요." 헤일리가 대답함과 동시에 오븐 타이머가 날카롭게 울리기 시작했다.

"앗, 과자를 꺼내러 가야지." 그렇게 말하고는 미끄러지듯이 나갔다.

10시가 되자 찻집 탁자는 모두 손님이 찼다. 드레이튼은 바쁜 아침이 되리라 예상하고 스물 네 개 이상의 찻주전자를 준비해 두었다. 지금은 그들 모두에 기문차, 보이차, 다질링이 채워져 단골 손님과 관광객으로 가득한 각각의 탁자로 날라져갔다.

시어도시아는 카운터 안쪽에서 낡은 금전등록기 앞에 서서 계산을 하거나 잔돈을 거슬러주는 한편, 나중에 가게 웹사이트의 '차에 관한 작은 조언' 코너에 덧붙일 것들을 메모하고 있었다.

인디고 찻집에 더 이상은 한 명의 손님도 들어올 여유가 없어졌을 때, 문득 얼굴을 들자 문이 활짝 열리고 도 벨베데레 딕슨이 조반니 로드를 따라 들어왔다.

"어서 오십……."

드레이튼은 달려나가 두 사람을 맞이했지만 탁자가 모두 차 있는 것을 알자 잠시 눈에 띄게 당황했다. 그러나, 다음 순간 여성 두 명인 일행이 자리에서 일어나는 것을 보고는 크게 안도하는 표정을 보였다.

"바로 자리를 준비하겠습니다." 그렇게 말해서 도와 조반니를 안심시켰다.

시어도시아는 도와 조반니가 자리에 앉아서 주문을 할 때까지 기다렸다가, 두 사람의 탁자로 다가가 인사를 했다. 가게 안은 약간 차분해졌고 - 손님들은 모두 먹거나 마시고 있었다 - 드레이튼은 도와 조반니의 탁자를 떠날 생각이 없는 듯했다.

도는 갓 배우자를 잃은 사람치고는 슬픔에서 비교적 잘 벗어난 것 같았다. 드레이튼과, 심지어는 다른 두 개의 탁자에 있던 손님과 즐거운 듯이 담소를 나누고 있었다.

"코코 샤넬은 반드시 홍차에 레몬을 넣어서 마셨다죠?" 도가 아름답게 매니큐어를 칠한 손톱 끝으로 금빛 곱슬머리를 살짝 쓸어올렸다. "그리고 언제나 리츠 호텔에서 토스트와 잼을 날라오게 했다면서요." 그녀는 그렇게 말하고 찻잔에서 기품있게 차를 한 모금 마셨다.

"당신의 찻집은 멋있어요. 독특하거든요."

"고마워요. 다시 만나다니 기쁜데요. 물론, 처음 만났을 때 그런 슬픈 상황이었던 것은 유감이지만요. 잘 지내고 있나요?"

장례식날, 올리버에게 총에 관한 지식이 있었다든지, 시시콜콜 질문을 했던 것을 도는 기억하고 있을까? 아니, 아마도 기억하고 있지 않을 것이다.

"많이 좋아졌어요. 모두들 정말로 잘 대해주시거든요." 도는 눈을 반짝 빛내며 조반니를 보고 미소지었다.

조반니는 머뭇거리며 도의 손을 찾아 가볍게 두드렸다.

"그녀는 강한 여성입니다. 정말 대단하죠."

도가 눈부신 미소를 드레이튼에게 향하는 것을 보고 시어도시아는 문득 궁금해졌다. 이 아가씨는 대체 언제까지 모든 사람을 매혹시켜 버리는 아름다움을 무기로 살아갈 생각일까? 다음 결혼을 할 때까지? 또한 도는 자신에 대해 절대적인 자신감을 갖고 있었다. 그녀같은 사람은 세상이 언제나 자신에게 관대하리라 생각하며, 빈둥거리면서 살아갈지도 모른다.

"잠시 함께 해주실 수 있습니까?"

조반니는 시어도시아와 드레이튼에게 물었다.

"마침 도에게 지난 주에 여기서 아주 즐거웠었다고 말하고 있었거든요. 드레이튼이 에지필드 찻주전자 문제를 얼마나 잘 도와주셨으며, 시어도시아는 또 얼마나 우아한 주인인지 하는 이야기요." 그는 두 사람에게 따뜻한 미소를 보냈다. "저는 이미 완전히, 두 분과는 좋은 친구가 된 것 같은데요."

"남편분 회사가 문을 닫는다는 소식에 깜짝 놀랐어요."

시어도시아는 도에게 말을 걸었다. 오늘 아침에 맨 먼저 「찰스턴 포스트 앤드 쿠리어」 지의 비즈니스면을 훑어보았다. 상당히 대충 쓴 단신 기사였지만 포드 캔트렐의 말대로였다. 정말로 그레이프바인 사는 문을 닫는 것이었다. 시인 T. S. 엘리엇의 말을 빌자면, 당당하지 않게 꺼져가듯이.

도는 천천히 눈을 깜박였고, 콧등에는 작은 주름이 잡혔다.

"이사회 분들은 아주 친절하셨어요. 특히 크로울리씨가요."

"부스 크로울리씨요?" 시어도시아는 물었다.

"예에. 그런 결정이 내려진 건 단지 올리버가 죽었기 때문이라고 일부러 알려주러 왔거든요." 도는 한숨을 쉬었다. "올리버가 그토록 높이 평가되고 있었고, 그 사람 없는 회사가 유지되어 갈 수 없었다는 말에 왠지 위안이 되더군요."

"올리버 딕슨은 뛰어난 사람이었어요." 조반니가 말했다. "지역 주민들은 그를 잊지 않을 겁니다."

"하지만 완전히 문을 닫다니, 아까운데요." 시어도시아는 계속했다. "회사를 존속시켜 성공시키는 것이 남편분의 마음에 진정으로 보답하는 길이 아닐까요?"

"유감스럽지만, 반드시 그렇지는 않죠." 조반니의 눈이 냉혹한 빛을 띠고 노골적인 경고 메시지를 시어도시아에게 보냈다.

조반니의 과보호라고도 할 수 있는 태도에 시어도시아는 충동적으로 더욱 더 물고 늘어졌다.

"계획성 있는 회사라면 대개는 일을 승계할 유능한 중역이 여럿 있잖아요. 예를 들면……." 탁자 밑에서 드레이튼이 발로 살짝 걷어차는 것을 느꼈다. 명백히 그녀의 말이 지나치다고, 너무 밀어붙이고 있다고 생각한 것이다. 시어도시아가 말을 이었다.

"포드 캔트렐이 남편분의 컨설턴트였다면서요. 그는 밴티지 컴퓨터의 부사장이었으니 임시 사장을 맡을 수도 있었을 텐데요."

도는 얼굴을 찌푸리며 눈을 내리깔았고, 조반니는 분노를 억누르며 시어도시아를 노려보았다.

"슬슬 실례해야겠습니다."

조반니가 갑자기 벌떡 일어났다. 입을 한 일 자로 꾹 다물고, 얼굴이 뻣뻣하게 굳은 도도 일어섰다.

조반니는 그대로 아무 말 없이 입구로 향했고 도는 빠른 어조로 작별인사를 하고는 그의 뒤를 쫓았다.

"이런, 두 사람을 상당히 화나게 해버렸는걸." 카운터에 모이자 드레이튼이 말했다. "어떤 사람들은 예의에 벗어난 행동이라고 부를지도 모르겠는데."

"칭찬할 만한 행동이 아니란 말인가요?"

드레이튼이 한 손을 뺨 부근에 대고 무심히 쓰다듬었다. "꼭 그렇지는 않아. 당신과 마찬가지로, 나도 많은 사람들에게 역겨움을 느끼지."

"그래서, 당신이 의심하고 있는 사람은……."

"그래, 그 아가씨야. 대단한 미인이지만 그 예쁜 얼굴 밑에 아주 강한 의지가 숨겨져 있는 것 같단 말야."

"젊은 여자가 남편을 죽이려고 꾸몄다구요?"

"방아쇠를 당긴 건 분명히 도가 아니야. 불쌍한 올리버가 직접 한 거지."

"참 편리하게도요. 그리고 젊고 매력적인 도는 올리버 딕슨의 집과 재산을 상속받았구요." 그녀는 뒤로 돌아 쌓아올려진 찻잔과 받침접시를 다시 정리했다. "포드 캔트렐이 올리버 딕슨과 함께 일을 했던 걸 도가 알고 있었을까요?"

"뭐라고도 말할 수 없지." 드레이튼이 중얼거렸다. "뭐라고도 말할 수 없어."

시어도시아는 책상에서 점심을 먹으면서 「찰스턴 포스트 앤드 쿠리어」 지 기사를 다시 읽었다. 기사의 마지막 서명은 J. D. 달링. 그가 비즈니스 전문 기자가 아닌 건 알고 있었고, 기사를 읽어보니 보도자료를 서둘러 다시 정리한 것일 뿐이었다. 아마도 이번 주말에 체리 트리 펀드가 급히 보낸 보도자료에, 주말 근무를 한 수습기자가 손을 본 것뿐이리라.

시어도시아는 손가락으로 책상을 톡톡, 두드렸다. 기사의 마지막 줄이 마음에 걸렸다. 거기에는, 체리 트리 펀드가 앞으로도 신규 하이테크 기업을 지원할 것이라고 되어 있었다.

하이테크 기업 하나를 폐업시키고 새로운 것을 시작한다? 분명히 현실은 그랬지만 뭔가 석연치 않았다. 그레이프바인 사에게 쏟아부어졌을, 피말리는 사전작업의 관점에서 보면 더더욱 이상했다. 제품개발, 사업계획서 작성, 마케팅과 언론전략 구상, 유통망 구축, 그리고 영업활동 전개 등을 몇 달, 때로는 몇 년씩 계획해왔을 텐데.

게다가 실제로 하이테크 회사는 더 이상 벤처 업계의 황금알을 낳는 거위라고는 말할 수 없는 상황이 되어가고 있었다. 닷컴 업계가 증권시장에서 대폭락을 경험한 것은 그리 오래 전 일이 아니었고, 회의적인 증권분석가, 그 중에서도 대폭락 때 뜨거운 맛을 본 장본인들은 가차없이 닷컴 업계에 '닷밤(닷폭탄)'이라는 꼬리표를 붙였다.

시어도시아는 참치 샌드위치를 내려놓고 번호안내에 전화했다. 몇 초 뒤에는 체리 트리 펀드의 번호를 누르고 있었다.

"여보세요."

전화를 받은 여성에게 시어도시아는 상냥하게 이야기했다. "「찰스턴 포스트 앤드 쿠리어」지의 주디스 캐슬워스라고 합니다. 우리 비즈니스 담당 기자인 J. D. 달링 대신에 몇 가지 여쭤볼 게 있어서 전화드렸어요."

"말씀하세요." 접수 여성이 말했다.

"그레이프바인 사의 폐업에 관한 최신 보도자료에서 체리 트리 펀드 측에서는 몇 개의 신규 하이테크 기업에 투자를 하겠다고 했더군요. 그 회사명을 알려주시겠습니까?"

"우리 회사가 신규로 시작한 지원책 말씀이신가요?" 접수 여성의 목소리는 별로 자신이 없는 듯했다.

"그렇습니다."

"자료가 있는지 조사해 보겠습니다." 여성은 말했다. "담당 직원인 설린이 식사를 하러 나갔거든요. 저는 매릴린이라고 합니다. 잠시만 기다려주시겠습니까?"

"상관없습니다."

종이가 팔락팔락 스치는 소리가 나고, 여성이 가벼운 헛기침을 하는 소리가 들렸다. 조금 뒤, 그녀는 전화기로 돌아왔다.

"캐슬워스양? 회사명을 알았습니다."

"알려주시겠어요?"

"회사명은 디바 테크, 디바와 테크 두 단어로, 디바의 철자는 D-E-V-A구요, 다른 하나는 알파임드, 철자는 A-L-P-H-I-M-E-D로 한 단어입니다."

"디바 테크와 알파임드요." 시어도시아가 확인했다.

"예. 디바 테크는 창고업용 스캔 장치를 제조하고, 알파임드는 독점 판매권을 가진 건강진단회사죠. 두 회사에의 투자는 이미 행해졌고 곧 발표 예정입니다. 음, 다음 달쯤에요."

"사장인 부스 크로울리씨와 이야기를 좀 나눌 수 있을까요?"

시어도시아는 물어보았다.

"죄송합니다. 사장님은 지금 막 점심식사를 하러 나가셨습니다. 돌아오시면 전화를……."

"고마워요, 매릴린." 시어도시아는 전화를 끊었다.

수화기를 거치대에 놓고 가죽 의자에 등을 기댔다. 부스 크로울리는 다시 두 개의 하이테크 회사에 투자를 하고 있단 말이지. 게다가 이야기를 들은 느낌으로는, 둘 다 곧 시동을 걸 것 같아.

부스 크로울리. 올리버 딕슨에게 권총을 건네준 장본인. 올리버 딕슨의 장례식에서 빌리 매놀로에게 격렬하게 화를 냈던 인물. 그레이프바인 사에 투자하여 회사를 가동시켰다가 올리버 딕슨이 죽자마자 자금을 회수하고 내동댕이친 거물 벤처 투자가.

"머리라도 아픈 거예요?" 헤일리의 목소리가 났다.

"아파질지도 모르겠어."

머릿속에서 여러 가지 가능성이 소용돌이치고 있었다. 배에서는 쪼르륵 소리가 나는데 샌드위치는 거의 먹을 수가 없었다.

"그럼, 특효약이 있어요. 잠깐만요."

시어도시아는 창밖을 바라보며 갑자기 모든 사람이 수상쩍어 보인다고 생각했다.

헤일리가 연한 노란색 액체가 든 찻잔을 들고 돌아왔다. "마셔 보세요." 하고 재촉한다.

"그게 뭔데?"

"메도스위트요."

"딱이네."

메도스위트(꼬리조팝나무)는 몇 백년에 걸쳐 해열과 진통제로 쓰여온 약초였다. 메도스위트에 들어 있는 살리신 산이라는 성분은 아스피린을 만드는 데에 쓰이는 원료이기도 했다.

"조반니와 도와의 고상한 대화, 드레이튼한테 들었어요." 헤일리가 몹시 비아냥거리는 어조로 말했다. "설마 그녀가 올리버 딕슨의 죽음에 관여하고 있다고 생각하는 건 아니겠죠?"

"이젠 어떻게 생각해야 할 지 모르겠어. 처음엔 포드 캔트렐이 수상했는데, 다음엔 빌리 매놀로야. 빌리는 그냥 머리가 좀 이상한 것뿐인 것 같기도 하지만."

"하지만 머리가 이상한 사람이 이상한 짓을 하는 법이에요."

"그래." 시어도시아는 천천히 말했다. "그건 그렇지. 그리고, 도에 관해서는 다시 생각하고 있는 중이야. 올리버 딕슨의 죽음에 의해 얻는 것이 많은 것 같거든."

"그 댄스 파티의 여왕이 남편을 죽였다고 생각하고 있어요? 어머나, 완전히 타블로이드 지의 고십 기사네요. 아니면 B급 영화의 각본이거나."

"또 있어." 시어도시아는 한숨을 쉬었다. "부스 크로올리가 무엇을 꾸미고 있는 지도 조사해봐야 해. 그레이프바인 사를 폐업했다는 것이 마음에 걸리거든." 헤일리가 조용히 바라보고 있는 가운데, 시어도시아는 차에 입을 댔다. "헤일리, PDA에 대해 좀 더 자세히 말해줘."

"뭘 알고 싶으신데요?"

"PDA에는 어떤 종류의……." 시어도시아는 말이 막혔다. 자신도 어떻게 해야 좋을지 알지 못했던 것이다.

헤일리는 시어도시아의 생각을 읽으려는 듯이 미간을 좁히고 그녀를 바라보았다.

"다양한 종류의 운영체계(OS)가 있다고 말하고 싶었나요?"

"그래, 그런 것 같아." 시어도시아는 끄덕였다.

"음, 현재는 두 개의 운영체계가 격전을 벌이고 있어요. 팜 대 포켓 피시죠."

"그래서, 자기의 거시기는 팜을 사용한 것이고."

"그래요. 제 건 팜 파일럿이니까요."

"그레이프바인 사가 개발한 소프트는 어느 쪽 용이야?"

"정확히 말하면 응용 소프트웨어가 아니에요. 확장 모듈 같은 거죠."

"팜용의?"

"그래요."

"그리고 지금, 부스 크로울리는 디바 테크라는 창고업용 스캔 장치를 제조하는 회사에 투자하려고 하고 있어. 커다란 창고에서 일반적으로 사용되는 컴퓨터 시스템은 어떤 걸까?"

"무척 큰 거죠, 네트워크라든지."

"팜 용의 운영체계가 아니고?"

헤일리가 빙긋 웃었다. "그러기는 힘들어요."

"그렇다면, 어쩌면 그레이프바인 사는 별로 수익을 기대하지 못할 수도 있겠네." 시어도시아는 말했다.

"아니면 부스 크로울리가 마이크로소프트 같은 거대 기업을 건드리고 싶지 않았을지도 모르죠. 그레이프바인 사를 버리는 게 훨씬 간단하잖아요."

"아니면 올리버 딕슨을 버리거나." 하는 시어도시아.

"소름끼치는 생각이네요." 하는 헤일리.

"그래서, 아무래도 부스 크로울리를 좀 더 알고 싶다구."

"찰스턴 무료 방송국을 이용해보면 어떨까요?" 헤일리가 제안했다.

"들레인 말야?"

"그밖에 누가 있어요? 그 사람은 모든 일에 대해 최신정보를 갖고 있잖아요. 하지만, 우리가 무척 관심을 갖고 있다는 건 알아차리지 못하게 하세요." 헤일리가 경고했다.

잠깐! 깜짝 녹차 상식
녹차의 종류

녹차는 채취 시기, 발효 정도, 차의 모양, 산지 등에 따라 다양하게 나뉜다. 여기서는 가장 일반적인 분류인, 채취 시기별, 가공 방법별, 형태별 분류를 살펴본다.

♣ 채취 시기별
• 우전(雨前)
곡우(4월20일 무렵) 무렵에 딴 차로, 잎이 다 펴지지 않은 창(새로 나온 뽀족한 싹이 말려 있어 창처럼 생긴 잎)과 기(창보다 먼저 나와 잎이 다 펴지지 않고 조금 오그라들어 있어 펄럭이는 깃발 같은 여린 잎)만을 따서 만든 차. '1창 2기'라고 한다.

• 세작(細雀)
곡우에서 입하(5월 5일 무렵) 사이, 대개 4월말 정도까지의 잎을 따서 만든 차. 찻잎이 참새의 혀같다고 해서 작설이라고도 한다.

• 중작(中雀)
입하에서 5월 말 사이의 잎을 따서 만든 차. 글자 그대로 세작과 대작의 중간이다. 대중적으로 널리 마시는 녹차이다.

• 대작(大雀)
5월말 이후에 크게 자란 잎을 따서 만든 차.

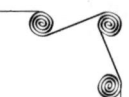

♣ 가공방법별

• **덖음차** 찻잎을 따서 덖고(볶고), 유념하여(비벼서) 건조시킨 차. 차의 생잎 중의 산화효소를 파괴시키기 위해 솥에서 덖어서 만들기 때문에 풋 내가 적고 구수한 맛이 특징이다.

• **증제차** 차의 생잎 중의 산화효소를 파괴시키기 위해 수증기를 찻잎에 통과시켜 찻잎을 쪄서 만든 차. 덖음차에 비해 녹색이 더 선명하고 풋내 가 강하다.

♣ 형태별

• **잎차** 덖음차나 증제차처럼 잎의 모양을 그대로 유지하고 있는 차.

• **말차(가루차)** 잎차를 갈아서 가루로 만든 차.

• **떡차(병차)** 찻잎을 쪄서 절구에 찧어 떡 모양으로 만든 차. 보관이 편 리하다.

• **전차(돈차)** 떡차의 일종으로, 떡차를 엽전 모양으로 가운데에 구멍을 뚫은 차. 보관이 편리하다.

23

"시어도시아, 마침 잘 왔어요. 진짜 멋진 녹색 실크 재킷이 들어왔거든요."

들레인은 큰소리로 맞아주었다. "진짜 최고라구요."

그렇게 말하고 부산을 떨더니, 시어도시아 쪽으로 키스를 던지는 시늉을 하고는 달려서 사라졌다. 그녀가 즐겨 뿌리는 향수 '조이'의 향기를 남긴 채.

"재닌!" 들레인은 과로에 시달리는 조수를 큰소리로 불렀다. "그 실크 재킷은 어디에 뒀더라? 아님, 아직 자기가 다림질하는 중이야?"

재닌이 안쪽 방에서 옷걸이에 걸린 실크 재킷을 찾아들고 나왔다. 언제 봐도 얼굴이 불그스름하고 숨을 헐떡이고 있는 듯 했다. 그 모습에 시어도시아는 종종 고개를 갸웃거렸다. 고혈압 기미가 있는 걸까? 아니면, 저렇게 안절부절 못하는 건 들레인 밑에서 6년이나 일하고 있기 때문일까? 대답은 아마 후자이리라.

"자, 입어봐요." 들레인은 시어도시아의 까만 캐시미어 가디건을 벗기려고 잡아당기면서 다른 한 손으로는 녹색 실크 재킷을 내밀며 입어보라고 압박했다.

"어머나, 이건 중간 사이즈잖아, 재닛. 작은 사이즈를 가져와. 이 재킷은 좀 크게 나왔고, 시오는 살이 좀 빠진 것 같으니까. 그렇죠?" 들레인은 넉살좋게 물었다.

시이도시아는 그 질문은 무시하고 작은 사이즈의 재킷에 소매를 꿰었다. 입고는 단추를 몇 개 잠그고, 삼면 거울 앞에 살짝 돌아보았다.

"자기 머리카락 빛깔과 어울려서 너무 우아해요!" 들레인이 감탄사를 연발했다.

시어도시아는 거울에 비친 모습을 바라보았다. 분명히 멋진 재킷이라는 건 인정해야 했다. 촉감이 좋고, 가볍고, 황홀하리만큼 아름다운 녹색. 이 재킷을 입고 외출하거나 파티에 참석하는 자신을 그려보았다. 동반하는 사람은 어쩌면, 조리 데이비스?

"색은 비취색, 석류색, 그리고 까만색도 있어요." 하는 들레인. "수가 아주 한정되어 있으니까, 언제까지 안 팔리고 있을 거라고 생각하지는 말아줘요." 그렇게 말하고 한 쪽 소매를 잡아당겼다. "게다가 정말 가벼워요. 나비 날개처럼 얇고 가볍죠. 서늘한 봄날 밤에 딱이라구요."

시어도시아는 가격표를 훔쳐보았다. 이것을 살 돈을 벌려면 차를 족히 60잔에서 70잔은 팔아야 했다.

"생각 좀 해볼게요, 들레인." 재킷을 벗고 뒤에서 기다리고 있던 재닌에게 건네주었다.

들레인이 그녀의 눈 앞에서 손가락을 흔들었다. "너무 오래 생각하면 안 돼요, 시오. 이 재킷은 틀림없이 곧 팔려버릴 테니까."

"알아요, 안다니까." 시어도시아는 구슬백을 손에 들었다.

"그건 인도네시아 산으로 전부 수제품이에요. 나뭇잎 무늬와 별 무늬가 있어요."

"예쁘네요." 시어도시아는 백을 지그시 쳐다보다가 작은 진열 탁자에 되돌려 놓았다. "오늘 아침에 도와 조반니가 우리 가게에 들렀어요."

들레인이 갑자기 얼굴을 빛냈다. "정말? 도는 어땠어요?"

"씩씩하게 견디고 있는 느낌이었어요." 두 사람이 몹시 화가 나서 돌아갔다는 것을 털어놓을 생각은 없었다. 어차피 곧 알게 될 테니까. "올리버 딕슨의 회사인 그레이프바인 사에 대해서 들었어요? 부스 크로울리가 회사를 폐업시켜 버렸어요."

"아, 듣긴 했죠." 들레인은 트레이에 담긴 스카프를 손으로 매만져 멋드러지게 흐트러뜨렸다. "오늘 아침 신문에서 그런 기사를 읽었어요."

"그 이유를 들었어요?"

"올리버 딕슨 없이는 회사를 유지해갈 수 없다던가, 뭐 그랬던 것 같은데요."

"하지만, 누군가한테 구체적인 이유를 들은 건 아니구요." 시어도시아는 다시 구슬백을 만지작거리기 시작했다.

"음…… 못 들었어요." 들레인은 면 스웨터 더미를 정리하면서 말했다. "어머나." 한 마디 하고는 맨 위에 올려져 있던 밝은 녹황색 스웨터를 집어들었다. "이 색깔, 멋지지 않아요? 하얀 바지하고 어울리겠죠? 아, 멋져."

"자기한테 어울리겠네요."

들레인은 그것을 펼쳤다. "정말 그래요." 거울 속의 자신을 보고 만족스러운 모습이었다. "그건 그렇고, 시오, 아까 하던 이야기로 돌아가면, 부스 크로울리는 정말 빈틈없는 사람이에요. 벌써 여러 가지 사업에 손을 대고 있는 걸요."

"예에, 그런 것 같더군요."

"부인인 비아트릭스는 알고 있어요?" 들레인이 물었다.

"아니, 알고 있다고 할 정도는 아니에요."

"호감이 가는 사람이죠. 아동극단을 후원하고 있어요. 우리 가게에서 옷을 잔뜩 사주는 단골이구요. 물론, 뉴욕이나 파리에도 가곤 하죠. 패션쇼 같은 데에도 참석하지 않을까 싶어요."

"와아, 그래요?"

시어도시아는 들레인이 마음 상하지 않도록 일단 감탄한 듯한 표정을 지어보였다. 그리고는 연두색 벽을 등지고 서 있는 커다란 골동품 옷장으로 다가갔다. 옷장 문은 열려 있고, 안에는 실크 캐미솔, 보석이 박힌 핀, 리본으로 묶인 골동품 자물쇠, 중국 도자기로 만든 장식화분 등이 **빽빽**하게 놓여 있었다. 한쪽 끝에는 청록색 실크 사리가 걸려 있었다.

"들레인, 가게 내부장식이 정말 멋져요." 시어도시아가 말을 꺼냈다. "우리 가게도 약간 새단장을 할까 생각중인데요. 이국적인 풍으로 하면 어떨까 해요." 들레인의 얼굴에 호기심의 빛이 떠올랐다. "추천받은 디자인 회사 중에 포플 힐이라는 회사가 있는데, 그 회사에 대해 잘 알아요?" 빌리 매놀로와 포플 힐의 관계가 머리 한 켠에 있었던 탓에, 들레인이 뭔가 알지 않을까 탐색해보는 것도 괜찮을 것 같다는 데에 생각이 미쳤던 것이다.

"어머, 포플 힐은 최고예요. 힐러리 레튼과 마리안느 페티그루라는 대단히 재능있는 여성 두 사람이 경영하죠. 둘 다 틈만 나면 우리 가게에서 쇼핑을 하니까 잘 알아요. 둘 다 취미도 고상하고 다재다능하구요. 램볼에 살고 있는 개비 스튜어트 알아요?"

"그런 것 같은데요."

"아주 솜씨 좋은 주름살 제거 수술을 받은 금발 미인으로, 요전 생일날에는 남편한테서 검정 재규어 XKE를 받았죠. 이젠 그 자동차가 몇 대째인지 일일이 세고 있지도 않지만요!"

"자세히 설명해주니 생각이 나네요." 시어도시아는 미소를 띠었다.

"그렇지, 포플 힐의 두 사람은 대형 쓰레기장 같았던 개비의 집을 완전히 눈부시게 멋지게 바꿔놓았다구요. 개비와 더우드인지, 델우드인지 하는 그녀의 남편은 그 낡고 거대한 집과 가구를 통째로 물려받았대요. 목조 부분은 그저 그런 17세기 프랑스 풍인데, 겉은 약간 손질하면 괜찮을 것 같지만 주방의 의자 대부분은 전혀 쓸 수가 없었대요. 게다가 내부는 옛날부터 아무 것도 손대지 않았다고 하더라구요. 페인트칠도 하지 않았고, 벽지도 안발라져 있었대요. 그런 집이 지금은 아찔할 정도로 멋진 집으로 변신했죠. 「타운 앤드 컨트리」나 「서던 액센트」 같은 인테리어 잡지가 두 페이지 펼친 사진을 싣고 싶다고 했다는 것도 이상하지 않죠."

"외부 장식은 어때요?"

들레인은 코에 주름을 잡았다. 이야기가 중간에 끊겨 불쾌한 것이었다.

"아, 힐러리와 마리안느는 외부도 말끔히 수리했어요."

"연철도 썼나요?"

"아, 산더미처럼 썼어요. 왜냐하면 뒤쪽이 넓은 정원풍의 중정이었거든요. 당신도 그 집은 알고 있죠? 안에 들어가서 그 엄청나게 큰 난로는 봤어요?"

시어도시아는 들레인의 질문을 무시했다.

"포플 힐이 하청을 주고 있는 장인이 누군지는 알아요?"

들레인이 얼굴을 찌푸렸다. "그 회사가 하청을 주고 있는 장인? 아뇨, 그걸 어떻게 알아요. 그냥 평범한 장인 아닐까요? 비범한 재능을 가진 사람은 힐러리와 마리안느니까." 들레인은 일단 말을 끊었다. "당신 가게를 개조할 생각을 하다니, 기뻐요."

"아, 뭐, 그거야." 시어도시아는 자신이 사랑해 마지않는 아늑한 가게에 아무도 손대지 못하게 하리라 생각하면서 말했다.

"그러고보니, 포플 힐은 최근에 도와 올리버의 집도 개조했을 걸요." 들레인이 그렇게 말한 순간 전화가 울렸다.

"클로에 킨랜드양한테 전화예요." 재닌이 들레인에게 말했다.

"오늘 오후에 와도 되는지 확인하고 싶다는데요."

들레인은 소매를 걷고 반짝이는 보석 테두리의 쇼파드 손목시계를 보았다. "어머나, 클로에를 깜빡 잊고 있었네." 그리고 아랫입술을 깨물고 시어도시아를 바라보았다. "이번 주 금요일부터 시작되는 가든 페스티벌에서 난 개막날 밤의 다과위원회에 참가하고 있어요." 들레인은 머리를 재닌쪽으로 돌리고 의기양양

한 미소를 띄웠다. "재닌, 천사 같은 자기, 오늘은 5시까지 일해
줄 수 있어?"

재닌이 곤난 표정이 되었다. "할 수 있을 것 같아요."

"아아, 잘됐다. 문제해결."

찻집으로 돌아온 시어도시아는 더욱 혼란스러워지는 느낌이
었다. 들레인과의 묘하게 초점이 어긋난 두서없는 대화에서는 얻
은 게 거의 없었다. 게다가 무엇 하나 이해하게끔 도와준 가설도
없었다.

"헤일리, 있잖아." 거기까지 말했을 때 말이 가로막혔다.

"어머나, 댄스 파티의 여왕이 다시 납시는데요." 헤일리가 작
은 목소리로 중얼거렸기 때문이었다.

얼굴을 들자 도 벨베데레 딕슨이 큰 걸음으로 인디고 찻집으로
들어오고 있었다. 오늘 두 번째 방문이었다.

"브라우닝양." 소녀처럼 가느다란 목소리로 도가 불렀다. "이
야기 좀 할 수 있을까요?"

시어도시아는 고개를 끄덕이고, 서둘러 맨 구석자리로 안내했
다. "물론이죠." 갑자기 호기심이 들끓었다.

도는 둘 다 자리에 앉고, 아무에게도 들리지 않는다는 것을 확
인하고서야 이야기를 시작했다.

"이렇게 다시 찾아뵌 건 사과드리고 싶어서예요. 조반니는 올리버의 죽음에 대해 무척 예민해서 가끔 과민반응을 보이곤 해요. 하지만, 알아주세요. 그 사람은 사촌인 올리버를 아주 좋아했어요."

"정확하게는 재종형제죠." 이 사람이 정말로 하고 싶은 말은 뭘까 생각하면서 시어도시아는 도의 표정을 자세히 관찰했다.

"예에, 그렇긴 하죠." 도는 아주 멋진 미나리아재비 빛깔의 스웨터 소매에서 작은 실밥을 뜯어냈다. "하지만, 두 사람은 정말로 사이가 좋았어요. 조반니의 어머니는 그가 어렸을 때 돌아가셨기 때문에 올리버가 형님 같았거든요."

"예, 그랬겠네요." 시어도시아는 다시 한 번, 도가 왜 다시 돌아왔을까 고개를 갸웃했다. 아까의 사과에서는 전혀 진심이 느껴지지 않았다.

다음 순간, 도가 작은 나무 탁자를 넘어 얼굴을 접근시켜 왔으므로 캐러멜 빛깔의 머리카락이 시어도시아의 얼굴 바로 옆에서 나부꼈다. "솔직히 말하면, 제 생각에는 조반니가 화를 낸 건 당신이 포드 캔트렐 이야기를 꺼냈기 때문인 것 같아요."

이번엔 시어도시아가 몸을 내밀 차례였다. 한 마디도 놓치지 않기 위해서.

"포드와 저는 몇 년 전에 찰스턴 대학에서 만났어요. 그는 컴퓨터 엔지니어링을 전공하는 대학원생이었고, 전 '트리 델트'의 신입회원이었죠." 그녀는 거기서 말을 끊고, 시어도시아를 향해 슬픈 듯한 미소를 지어보였다. "혹시, 소로러티* 경험은 있으신 지요?"

시어도시아는 도를 바라보며 대답했다. "아뇨."

"제 인생 최고의 시절이었어요. 아무튼, 전 포드와 데이트를 몇 번 했고, 그리고 제가 찼어요."

"당신과 포드 캔트렐이 데이트를 했다구요?" 엉겹결에 비난조 의 목소리가 되고 말았다.

도가 얼굴을 찌푸렸다. 어떤 형태로든 비판받는 일에는 익숙지 않은 듯했다.

"솔직히요, 시어도시아. 별 일 아니었어요." 그리고 어깨를 으 쓱했다. "제가 찼다고 했죠. 제가 받은 느낌으로는, 포드는 자기 가 채였다는 사실을 받아들이지 못한 것 같았어요."

"그녀가 그 남자와 데이트를 했다고?"

드레이튼은 턱을 당기고 안경 너머로 쳐다보았다. 오른쪽 눈썹 이 끊임없이 꿈틀꿈틀 움직이고 있었다. 재미있어하는 것 같지

---

* 대학의 여학생 클럽.

는 않았다. "그렇게 된 거로군." 마침내 단조로운 목소리로 단정했다.

"정말이지, 내 머리를 완전히 혼란스럽게 만들 생각이군."

시어도시아는 머리를 가로저었다. "도 본인한테 들었어요."

"둘이서 속닥거리던 게 그 이야기였어요?" 헤일리가 말했다. "포드 캔트렐과 학생 시절에 데이트를 했었대요? 흠, 그 여자, 잘난 체하는 것 아닌가요?"

"내가 포드 캔트렐 이야기를 꺼냈을 때 조반니가 화를 냈던 이유를 설명하려고 한 것뿐이라고 생각하는데." 시어도시아가 말했다. "도는 나름대로 예의를 지키려고 했어."

"예의를 지키려 한 것치고는 방식이 이상한데요." 헤일리가 불만스러운 듯한 소리를 냈다.

"맞아." 드레이튼이 맞장구를 쳤다.

사태가 이렇게까지 기묘하지 않다면 시어도시아도 동조하고픈 심정이었다. 정말이지 그 기묘함은 리플리의 『믿거나 말거나!』보다 더했다.

또한, 올리버 딕슨 살해사건을 동기라는 관점에서 검증해보면 역시 무서우리만큼 혼란스러워지고 말았다.

포드 캔트렐은 올리버 딕슨에게 증오를 품고 있다고 여겨졌는데, 그는 증오를 품고 있을 터인 당사자의 의뢰로 컨설턴트로 일하고 있었다. 포드에게 동기가 있다면, 오랜 세월에 걸친 집안끼리의 반목과, 아주 호의적이라고는 할 수 없는 두 사람의 기묘한 사업상 계약 가운데 어느 쪽일까.

부스 크로울리와 빌리 매놀로는 올리버 딕슨이 죽기 직전에 문제의 골동품 총을 만졌다. 시어도시아의 눈에는 두 사람 모두 성질이 급하고 무뚝뚝하게 비쳤다.

그러나 동기로만 보면, 빌리 매놀로와 올리버 딕슨의 연결고리는 요트 클럽과, 포플 힐을 거쳐서 도와 올리버의 집을 위해 연철 장식품을 만들었다는 정도뿐이었다.

정원 문의 소용돌이 문양을 비판받았다는 정도로 사람을 죽일 수 있을까? 설마. 부스 크로울리가 수상한 이유는 어디까지나 간접적인 것에 지나지 않는다. 그는 올리버의 죽음 직전에 총을 넘겨준 인물이자, 자금의 대부분을 그레이프바인 사에 투자하고 있었다. 그러나, 만약에 부스 크로울리가 회사를 접겠다는 말을 올리버 딕슨이 우연히 들었다면, 어떤 반격에 나섰을 가능성도 있다. 이 가설은 더 검증해 봐야겠다.

도 벨베데레 딕슨은 어떤가. 거액의 유산을 상속받는다는 사실을 제외하면, 도가 이 방정식에 어떻게 관여하고 있는지 알 수 없었다.

물론, 더욱 더 이야기를 복잡하게 하려면, 포드 캔트렐, 부스 크로울리, 올리버 딕슨, 그리고 빌리 매놀로, 네 명은 모두 같은 요트 클럽에 소속되어 있다. 뭐, 빌리는 단순한 종업원이지만, 클럽에서 오랜 시간을 지내는 것에는 틀림이 없다.

자, 이상의 정보를 정리하면 어떤 결론이 내려질까? 시어도시아의 계산으로는, 전부 더해도 명백한 제로가 될 뿐이었다.

그 날은 티룸에서 보내면서 무엇 하나 결론을 내지 못하는 자신에게 초조해하고 있었다. 해가 기울도록 끈질기게 생각을 하다가, 문득 정신을 차리고 얼 그레이와 함께 2층의 작은 아파트로 올라갔다.

불안해서 안절부절 못하는 심리적 상태가 얼 그레이에게도 옮겼는지, 그는 부엌의 타일이나 마룻바닥을 발톱으로 긁으면서 아파트 안을 어슬렁어슬렁 돌아다녔다.

이미 밤의 산책삼아 역사지구를 한바퀴 돌고 왔다. 처치 스트리트를 출발해서 워터 스트리트까지는 조깅, 그리고는 걸음을 늦추어서 미팅 스트리트를 거쳐 배터리 공원까지 걸었다. 얼 그레이를 공원 안에서 놀게 하면서, 램볼 스트리트에 있는 스튜어트가의 집 앞을 걸어보았다. 들레인의 말에 따르면, 빌리 매놀로가 이 집의 뒷정원을 둘러싸기 위해서 연철을 산더미처럼 썼다고 했었지.

하지만 여전히 시어도시아는 침착해지지 못했다.

어떻게 하지? 다시 한 번 산책을 하러 나갈까? 아니면 캐머마일 차라도 마실까? 아니면 불안을 완화시켜 준다는 허브, 성요한초*를 우려볼까.

으응, 그보다 훨씬 좋은 방법이 있다. 전부 종이에 써보는 것이다. 아니, 사실은 종이가 아니라 컴퓨터지만. 문자화함으로써 생각을 정리할 수 있다.

좋았어, 결정했어. 시어도시아는 컴퓨터 앞에 앉아 지금까지 생각한 것을 정리하기 시작했다.

한 번 썼다가 고쳐쓰는데 꽤나 시간이 걸렸다. 그러나, 모두 써서 티드웰 형사에게 메일로 보내버리자 커다란 짐을 어깨에서 내려놓은 듯한 생각이 들었다. 시어도시아는 마침내 졸음을 느끼고 사뿐히 걸어 크림색 침실로 가서는, 보송보송하고 깃털처럼 가볍고 즐거운 꿈을 약속해주는 쪽빛 면시트 두 장 사이로 기어들어갔다.

---

* 서양에서 우울증을 개선하는 용도로 널리 사용되어온 풀. 가벼운 우울증이나 불안 치유에 유용해서 '자연의 프로작(우울증 치료제)' 이라 불린다.

24

"시어도시아? 날세. 버나드 모로."

시어도시아는 수화기를 잡은 손에 꼬옥 힘을 주고, 의자에 앉은 채로 등을 곧게 폈다. "모로 교수님, 안녕하세요? 전화 기다리고 있었어요."

티룸쪽을 보았다. 헤일리가 신제품인 남아프리카산 루이보스차*의 견본을 담은 쟁반을 들고 우아한 몸짓으로 탁자 사이를 돌아다니고 있었다. 드레이튼은 매주 화요일 오전에 찾아오는 두 명의 단골 – 한껏 치장을 하고 모자를 쓰고 장갑을 끼고 있다 –

---

* 남아프리카 공화국 케이프타운 북쪽에 있는 세더버그 산맥 일대에만 자생하는 콩과 식물에 속하는 침엽수. 루이보스란 아프리칸스어(남아프리카 공화국에서 사용하는 서게르만어)로 '붉은 관목'이란 뜻이다. 잎을 말려서 차로 이용한다. 차는 단맛이 나는데, 카페인이 없고 타닌 농도도 극히 낮으며 항산화 작용이 있다고 여겨진다. 케이프타운에 이주한 네덜란드인들은 홍차 대용으로 이용했으며, 남아프리카 공화국에서는 루이보스에 우유와 설탕을 넣어 밀크티로 마시는 것이 일반적이지만, 세계적으로는 스트레이트로 마시는 경우가 많다.

과 한창 이야기에 열을 올리고 있었다. 묵직한 납 창틀의 유리창을 통해 스며든 햇살은 이 모든 것을 반짝반짝 빛나 보이게 했다. 아침햇살과 더불어 한 줄기 희망이 비쳐든 것이었다.

"사실은, 자네가 부탁했던 일 말야, 좀 더 빨리 착수할 생각이었는데, 공교롭게도 시시한 학술연구 위원회란 놈의 위원 나부랭이를 맡고 있는데 말야. 위원 놈들이 자기 밥그릇 지키는 데에만 눈이 벌개서 자기들 전공 분야에만 집착하는 게 아닌가. 어쩐지 내부에서 당신 경력은 이제 끝장이요, 슬슬 작별 인사를 하시지, 하고 말하고들 있는 것 같은 생각이 들더라구."

"설마 퇴직하실 생각은 아니시죠?"

시어도시아가 놀라서 물었다. 모로 교수는 지금까지 만난 어느누구보다도 자상하고 인간미 넘치는 교수였다. 그가 퇴직하면 찰스턴 대학으로서는 엄청난 손실일텐데.

"생각은 하고 있지만, 아직 나가줄 생각은 없네. 아무튼, 내 문제를 이야기하려고 전화한 건 아니지. 식탁보에 붙어 있던 물질의 분석 결과가 나왔네. 물론 혈흔은 아냐. 그것을 분석하려면 크로마토그래피가 필요한데, 내 연구실에는 그 설비가 없거든."

"알고 있어요."

"아무튼, 천에 스며든 물질을 조사해봤네. 흙이야, 틀림없이."

"흙?" 시어도시아가 앵무새처럼 따라했다.

"자네의 추측과는 달리, 금속이나 화약 얼룩은 전혀 발견되지 않았네. 그냥 흔해빠진 원예용 흙이야." 교수는 잠시 말을 멈췄다. "좀 더 조사해줄 수도 있어. 화합물을 분석하고 인과 칼륨의 함유량을 측정한다든지."

"해주시겠어요?"

"별 거 아냐. 그 정도의 화학분석이라면, 우리 연구실에 있는 시약으로도 간단히 할 수 있지. 하루나 이틀이면 될 걸세."

"고맙습니다, 모로 교수님."

시어도시아는 전화를 끊고 지금의 대화를 머릿속에서 재빨리 재생했다. 이런 결과를 듣고 싶지는 않았다. 권총에 어떤 식으로든 손을 본 건 분명하니, 리넨 식탁보에서 금속 부스러기라든지 특이한 화약이 검출될 것이라고만 생각했었다.

그런데, 흙이라니? 이게 무슨 소리람? 드레이튼이 식탁보를 주워들어 차의 트렁크에 구겨넣기 전에, 누군가 진흙탕에서 걷어차면서 놀기라도 한 걸까?

"나쁜 소식이라도 들은 듯한 얼굴을 하고 있군." 드레이튼의 목소리가 들렸다.

"모로 교수가, 헤일리가 말한 오염물질을 조사한 결과를 전화로 알려줬어요."

"그런데?"

"흙이래요."

드레이튼이 설마, 하는 얼굴을 했다. "흙? 그것뿐이야?"

"그것뿐이에요. 이제 제가 실망한 이유를 알겠죠?"

"당신이 실망하고 있다고? 실망하고 있는 건 나야. 고도의 과학수사를 구사해서 미지의 수지라든지 화학물질 같은 것의 출처를 파헤친 결과, 특정 용의자를 찾아내서 놈이 즉석에서 체포된다는 시나리오를 그리고 있었는데."

"드레이튼, 텔레비전의 수사 드라마를 너무 많이 봤군요." 찻주전자에 뜨거운 물을 채우면서 귀를 쫑긋 세우고 있던 헤일리가 놀려댔다.

"나는 텔레비전 따위는 거의 보지 않아." 그는 희끗희끗하게 센 머리를 거만하게 들어올리며 말했다.

"정정. 미스터리 소설을 너무 많이 읽었군요." 그리고는, 낙담한 시어도시아를 동정하듯이 눈썹을 찌푸렸다. "그 식탁보가 아무런 실마리도 되지 않아 유감이네요."

시어도시아는 고개를 끄덕였다.

"그래서, 이젠 어떡하죠?"

한없이 낙천적인 헤일리는 나쁜 소식에 풀이 죽거나 하지 않았다. 언제든지 긍정적이고, 다른 각도에서 공격할 마음의 준비가 되어 있었다.

"다시 한 번 티모시 네빌을 만나볼 생각이야."

"며칠 전에도 당신은 그렇게 말했지만, 지금으로서는 아무런 진전도 없잖아." 드레이튼이 무뚝뚝하게 내뱉었다.

시어도시아는 앞치마를 벗어 둥글게 뭉쳐서 드레이튼의 손에 억지로 떠맡겼다.

"다녀올게요."

"네빌씨?"

티모시 네빌은 조사하고 있던 옛 섬터 요새의 개략도에서 눈을 들었다.

"시어도시아 브라우닝양이 오셨는데요?"

"그건 단지 사실을 이야기한 건가, 아니면 질문을 한 건가?"

클레어는 당황하여 멍하게 그를 바라보았다. 문화유산협회에서 일하는 건 즐거웠지만, 티모시 네빌이 지금까지 만난 사람 중에서 가장 이상한 사람이라는 건 진작부터 알고 있었다. 베테랑 학예사인 테레사는 그를 '만성 변덕증 환자' 라고 묘사했는데, 참으로 정확한 표현이라고 생각했다.

"둘 다입니다." 마침내 클레어는 말했다. "시어도시아 브라우닝양이 오셨습니다. 만나보시겠습니까?"

티모시 네빌은 혼자 미소지었다. "들어오시게 해요."

"알겠습니다."

"그리고, 클레어."

클레어는 문 근처에서 움직이지 않고 말했다. "예?"

"고맙네."

티모시 네빌은 거기서 다시 한 번 혼자 미소짓고는, 섬세한 양피지 지도를 신중하게 말아서 두꺼운 종이통에 살짝 미끄러뜨렸다. 그리고, 시어도시아가 사무실에 들어와서 책상으로 다가오기를 기다렸다가 얼굴을 들었다. 그녀의 눈에서 날카로운 지성이 느껴졌다.

"어서 오시오." 그가 말했다.

시어도시아는 티모시 네빌의, 늙은 거북이의 그것처럼 슬퍼보이고 깜빡임이 없는 눈을 마주보았다. "실례합니다, 네빌씨."

티모시 네빌은 관절이 튀어나온 손가락을 약간 들어올려 책상 옆에 있는 아르 데코 풍의 가죽 안락의자에 앉으라고 권했다. 시어도시아는 그 말에 따랐다.

가까이에서 보는 시어도시아는 등을 곧게 펴고 앉아 눈을 똑바로 이쪽을 향하고 있었다.

"물어보고 싶은 것이 있겠지. 골동품 총 때문에."

"예."

티모시가 고개를 까닥이며 절반쯤은 웃음을 지어보였다.

"조금 전에 드레이튼에게 전화가 왔었소. 당신에게 친절하게 대해주라고 부탁하더군."

"그래 주시겠습니까?"

"물론 그렇고 말고. 나는 누구에게도 친절하게 대할 셈이야. 다만 위선만은 용서치 않지."

티모시 네빌은 책상에 앉은 채로 시어도시아와 마주보았다. 서로의 눈높이가 같았다. 혹시 몸집이 작은 티모시는 방문자와 대등하게 보이고 싶어서 의자 키를 높이고 있는 걸까.

"골동품 총의 구조에 대해 잘 알고 계시죠." 하고 시어도시아가 말을 꺼냈다.

"총을 수집하고 있기는 하지. 대단한 수집품은 아니지만. 기껏해야 두 다스 정도야. 하지만, 수집을 시작한 지 50여 년이 되니까 희귀한 것들을 갖고 있긴 하지."

"골동품 총을 폭발시키려면 어떻게 하면 되는지 가르쳐 주시겠어요?"

"당신이 말하는 그 골동품 총이란, 올리버 딕슨의 인생에 비극적인 종지부를 찍은 문제의 권총이라고 생각하는데?"

"그렇습니다." 이 사람은 왜 이렇게 일일이 설명을 붙이고 싶어한담, 하고 생각하면서 말했다. 분명히, 평생 동안 역사적인 물건들만 취급해왔기 때문이리라.

"우연이지만, 나도 같은 종류의 권총을 갖고 있지. 펜실베이니아 주의 E. R. 셰인 컴퍼니라는 오래된 회사가 제조한 거야. 완전히 똑같지는 않지만 아주 비슷하다오."

"그 총을 쏘아본 적이 있으세요?"

"최근에는 없어. 하지만, 아까의 당신 질문에 대답하자면, 권총을 폭발시키는 가장 간단한 방법은 총신에 다른 뭔가를 채워넣는 거야." 티모시 네빌은 앙상한 가슴을 지키려는 듯이 팔짱을 끼고 장난스러운 자세로 다음 질문을 기다렸다.

"화약을 더 많이 채워넣는다는 건가요?"

티모시 네빌이 희미한 웃음을 띠웠다. "그것도 한 가지 방법이지. 그러나 가장 좋은 방법은 아냐."

"그렇다면, 그밖에 어떤 방법을 사용하나요? 흙이라든지?"

"권총에 흙을 채워넣으면 일단 틀림없이 폭발하지."

시어도시아의 뺨에 회전불꽃 같은 붉은 기가 살짝 돌았다. 흙. 흔해빠진 흙. 의자 등에 살짝 기대어 사건의 흐름을 머리에 그렸다. 약 2백 년 전에 만들어진 골동품 수제 권총을 손에 든다. 캐롤라이나의 흙을 한 움큼 집어넣고 꽉꽉 채워서 다진다. 방아쇠가 당겨지면…… 펑. 무서운 총 폭발의 트릭.

모로 교수는 리넨 식탁보에 붙어 있던 게 뭐라고 하셨더라?

흔해빠진 원예용 흙.

그래, 그렇게 말씀하셨지. 거기서, 이어지는 커다란 의문이 솟아났다. 누구네 정원의 흙일까?

"시오, 만나고 싶다는 사람이 와 있어요." 헤일리가 말했다.

시어도시아는 길에서 사무실로 직접 들어갈 수 있는 뒷문을 통해서 들어온 참이었다. "누군데?" 핸드백을 책상 서랍에 넣으면서 물었다.

헤일리는 어깨를 으쓱했다. "글쎄요. 20분쯤 전에 오신 남자분이세요. 차와 스콘을 내어드리고, 난로 옆의 작은 탁자로 안내해드렸어요."

시어도시아는 문 뒤쪽에 걸린 작은 거울로 재빨리 자신의 모습을 점검하고는, 머리를 다듬고 립스틱은 다시 칠하지 않아도 된다고 판단했다. 문화유산협회에서 여섯 블록을 걸어온 덕분에 얼굴에 자연스러운 장밋빛이 돌아 화장품을 바르는 것보다 훨씬 나았다.

얼굴에 미소를 띠고, 걸음에 자신감을 가득 싣고, 녹색 빌로드 커튼을 빠져나갔다. 그러나 기다리고 있던 사람이 누군지 안 순간, 웃음띤 얼굴이 굳어졌다. 부스 크로울리였다.

그녀는 재빨리 평정을 되찾았다. "시어도시아 브라우닝입니다." 난로 옆의 탁자에 있는 남자에게 말했다. "무슨 일로 저를 찾으시는지요?"

부스 크로울리는 일어나서 그녀를 쳐다보았다. 원래 체격이 큰데다 새까만 맞춤 슈트 차림 때문에 한층 더 당당해 보였다. 백발이 머리 정수리에 곤두서 있고, 비뚤어진 입은 각진 얼굴 위를 비쭉하게 가로지르고 있었다.

"부스 크로울리요." 그렇게 말하고는 그녀의 손을 잡고 거칠게 쥐었다. "할 말이 있소이다."

시어도시아가 자리에 앉은 다음에야 마침내 부스 크로울리는 손을 놓아주었다. 그때는 이미 그녀의 머리 속에 한 가지 단어가 떠올라 있었다. 거들먹거리는 인간. 부스 크로울리와 만난 지 겨우 30초밖에 지나지 않았지만, 이 사람이 최악의 잘난 체하는 사람이라는 것을 분명히 느낄 수 있었다. 그리고, 그 날 교회에서 그가 빌리 매놀로를 괴롭히는 걸 보지 않았던가. 분명히 괴롭히는 걸로 보였다.

"아주 불쾌한 남자요. 그 버트 티드웰이라는 형사는." 크로울리는 묘하게 딱딱 끊어지는 말투를 썼다. "오늘 아침에 나를 만나러 왔소이다." 말을 하자 윗입술이 말리고, 분홍빛 얼굴이 시간이 감에 따라 불그스레해지는 것처럼 보였다.

티드웰 형사. 시어도시아는 생각했다. 그러니까, 내가 보낸 메일이 일리가 있다고 생각했음에 틀림없다. 당연히 그렇다. 왜냐하면, 이미 부스 크로울리와 이야기를 나눴으니까.

그러나, 티드웰 형사가 부스 크로울리에게, 댁을 의심하고 있는 사람은 시어도시아 브라우닝이랍니다, 하고 알려줬을까? 그럴 리 없어. 절대로 그럴 리는 없었다. 오히려, 추는 정반대 방향으로 흔들릴 거야. 그는 수사와 관련해서는 무서우리만큼 입이 무겁잖아.

그러나 부스 크로울리의 말은 끝난 게 아니었다. "어제 집사람이 어떤 모임에 참석했소." 물어뜯을 듯한 기세였다. "거기서 당신 친구를 만났지. 들레인 디시 말이오."

시어도시아는 마음 속으로 신음했다. 들레인이 이러쿵저러쿵 떠들고 다니는 건 내버려두자. 하지만 부스 크로울리의 아내한테 수다를 떨었다니! 불행히도, 들레인이 부스 크로울리의 아내와 같은 위원회의 위원이라는 걸 시어도시아는 알 길이 없었다.

부스 크로울리는 눈을 가늘게 뜨고 그녀를 노려보았다. "나에 대해 떠들고 다닌다지. 무례한 질문을 하면서 돌아다니고 있다던데." 몰아세우듯이 말했다.

"사실은요." 시어도시아는 똑바로 받아치자고 결심했다. "제가 물어보고 다니는 건 올리버 딕슨씨의 일입니다."

"그것과 그레이프바인 사 일이지." 부스 크로울리가 되받았다. "그건 분명히 나와 관련된 문제요."

"회사를 폐업하셨다니 유감입니다." 시어도시아는 가벼운 목소리를 내려 애썼다.

"하지만, 곧 두 개의 회사가 다시 시작된다고 하니 그나마 다행이죠. 상호가 뭐였더라? 아아, 그렇지, 디바 테크와 알파임드였죠."

"그 건에 대해서 뭘 알고 있소?" 퉁명스러운 목소리였다.

"다른 사람들도 다 알고 있는 정도죠. 괜찮다면 좀 더 가르쳐 주실래요?"

아아, 마침내 싸움을 걸고 말았어. 그는 명백하게 불끈 하고 있었다. 이번엔 그가 말할 차례였다.

부스 크로울리는 탁자 건너편에서 시어도시아에게 미소를 지었지만, 마음이 담겨 있다고는 전혀 말하기 힘든 미소였다.

"사실은 말이지." 그의 목소리가 돌연 바뀌어 부드럽게 달래는 듯한 말투가 되었다. "집사람인 비아트릭스는 옛날부터 찻집을 하고 싶어 했다네."

"어머, 멋지군요." 틈을 보이면 안 돼. 절대로. 만만하게 여겨지면 안 된다.

"지금은 「르 봉봉」이라는 작지만 아주 멋진 제과점을 경영하고 있소. 퀸 스트리트에 자리잡고 있지. 서로 깊이 신뢰하며 도와주는 여자들도 벌써 몇 년 동안이나 함께 일하고 있고 말야. 파리의 포숑*에서나 볼 수 있는 트리플**도 직접 만들고 있소."

부스 크로울리는 차를 충분히 음미하면서 마신 다음, 냅킨으로 입가를 닦고 아무렇게나 탁자 위에 놓았다.

"하지만, 격조높은 차를 제공하는 「살롱 드 테」야말로 집사람 최고의 꿈이지." 그는 거만하게 가게를 둘러보았다. "물론, 댁의 가게보다 훨씬 격식을 갖춘 곳이 되겠지만 말이오. 이미 딱 어울리는 이름도 생각하고 있소. 「티 위드 비아(tea with Bea)」요."

"멋진 이름이네요." 하는 시어도시아.

"그렇고 말고. 집사람은 예전부터 찻집을 하고 싶어했지. 역사 지구의 이 근방에서 말이오. 난 그 소망을 꼭 들어줄 생각이오."

부스 크로울리와 부인 비아트릭스는 마음만 먹는다면 시어도 시아 따위는 벌레처럼 짓밟아버릴 수 있을 것이다. 크로울리의 자산은 천문학적인 액수였다. 체리 트리 펀드의 최고 경영 책임 자(CEO)인 그는 수많은 투자가를 끌어들여 몇 십 개의 회사에 몇 백만 달러라는 벤처 자금을 투자하게 하고 있었다. 게다가 찰스 턴 상공회의소 회원이기도 했다. 지금 읊었듯이, 아내의 소원을

---

* 1886년에 A. 포숑이 창업한 차, 제과, 고급 식료품 등을 판매하는 프랑스 회사 및 그 회사에서 만드는 홍차 브랜드. 직접 운영하는 차 전문 카페인 「살롱 드 테」와 제과 부가 뛰어난 것으로도 유명하다.

** 체리주를 섞은 스폰지 케익으로 얇게 썬 과일을 첨가해서 젤리를 올린 후식.

들어주려고 맘만 먹는다면, 찰스턴 시내의 관광버스가 아내의 찻집에만 들르도록 꾸미는 일 정도는 아무 것도 아니었다. 재미없어, 심하게 재미없는 걸. 스스로 벌집을 쑤셔버린 셈이니 결과는 달게 받아들일 수밖에 없지만.

부스 크로울리가 벌떡 일어서는 것을 보고, 시어도시아도 마지 못해 일어났다. "그럼, 실례하겠소." 그는 싱긋 웃었지만 회색 눈은 위협으로 가득차 있었다.

"이 부근의 가게에 빈 곳이 나면 나한테 꼭 연락해 주시오. 당분간은 우리 회사에서 이용하고 있는 부동산업자 아무나하고 상담하도록 하지."

그는 시어도시아에게 등을 돌리고 입구를 향해 걸어가다가 멈춰서서 어깨 너머로 돌아보았다.

"내가 당신이라면 장기 임대계약 같은 건 안 맺겠소. 특히, 경기가 이렇게 불투명하고 경쟁이 치열한 상태에서는 말이지." 그 말만 하고는 문을 난폭하게 닫고 나가버렸다.

시어도시아는 뒤쪽에서 드레이튼이 위로하듯이 서 있는 것을 알아차렸다.

"무슨 용건이었어?"

드레이튼이 목소리를 낮춰서 물었다. 그는 시어도시아의 어깨에 손을 얹고 다정하게 카운터 쪽으로 데려갔다. 거기라면 누구에게도 들리지 않고 이야기를 할 수 있었다.

"협박하러 왔어요. 나를 겁먹게 하려고 했다구요." 시어도시아는 태연한 척하려 했지만 실제로는 완전히 겁에 질려 있었다.

"그 천박한 사람은 누구였어요?" 카운터 안쪽에서 소곤거리고 있는 곳으로 헤일리의 질문이 날아왔다.

"그 사람이 바로 부스 크로울리야." 드레이튼이 가르쳐주었다.

헤일리의 눈이 동그래졌다. "정말요? 아, 뭐야. 그 사람인 줄 알았으면 그렇게 친절하게 대해주지 말 걸." 이살스럽게 말했지만 시어도시아가 심하게 당혹해 하는 것을 알아차렸다. "부스 크로울리는 뭐라고 기를 죽이려 했는데요?"

"처음엔 빙빙 돌려서 말했어. 부인이 예전부터 역사지구에다 찻집을 열고 싶어한다는 이야기를 하더라구. 그러다가 점점 흥분해서 장기 임대계약은 맺지 말라고 말하더라구."

"경쟁자라면 전에도 있었잖아." 드레이튼이 침착성을 잃지 않게끔 말했다. "결국 우리 가게에는 아무런 영향도 없었지."

"그건 진짜 경쟁자는 아니었죠." 하고 시어도시아가 말을 되돌렸다.

"그렇다면, 웬트워스의 「티 배기」는 어때?"

시어도시아는 생각에 잠겼다. "그것도 달라요. 「티 배기」는 소매점이고, 거기의 매출은 브랜드 상품뿐이에요. 그것도 차는 그저그런 것을 몇 종류쯤, 깡통에 보존하고 있을 뿐이잖아요. 상품 대부분은 캔디류나 유리제품이죠. 그리고 종합 선물세트 정도잖아요."

"테디 베어도 상품에 추가했어요." 헤일리가 거들었다.

"그렇죠?" 시어도시아는 드레이튼에게 말했다. "거기는 소매점에 가까워요. 부스 크로울리의 이야기는 그것과는 완전히 달라요."

"그냥 뻔한 협박이면 좋겠지만요." 하는 헤일리.

"티모시와는 어땠어?" 드레이튼은 화제를 바꾸는 것이 좋을 거라고 판단하고, 부스 크로울리의 협박으로부터 시어도시아의 마음을 비껴가게 하려고 했다.

시어도시아는 의아한 얼굴로 드레이튼을 물끄러미 쳐다보았다. 마침내 눈을 깜빡이고, 알았다는 표정이 되었다.

"어머나, 내 정신 좀 봐. 까맣게 잊고 있었어요! 돌아오자마자 저 불쾌한 사람이 밀고 들어오는 바람에 말예요."

"그래, 티모시는 힘이 되어줬어?"

"말로는 표현할 수 없을 정도로 힘이 되어 줬어요. 당신 덕분이에요. 미리 전화를 해서 이야기가 매끄럽게 진행되게 해줘서 고마워요."

드레이튼이 기쁜 듯이 손을 흔들었다. "티모시라는 맹수에게 당신이 잡아먹히지 않도록 보호막을 쳐둔 것뿐이야."

"그래서 그는 뭐라고 했는데요?" 헤일리가 끼어들었다.

"요컨대, 권총을 폭발하게 하는 건 상당히 간단하대요. 총신에 여분의 뭔가를 채워넣기만 하면 된다고 하더라구요."

"여분의 뭔가를 채운다구요?" 헤일리가 미간을 좁혔다. "뭘 채워요?"

짓궂은 미소가 시어도시아의 얼굴에 서서히 떠올랐다.

"누군가가 요트 클럽의 권총에 흙을 넣었다고 생각해요."

"그러면 모로 교수의 이야기와 모순되지 않는군." 드레이튼이 흥분해서 큰소리를 질렀다. "식탁보에 흙이 묻어 있었다고 말했잖아."

"저기요, 누가 저에게 설명 좀 해줄래요?" 헤일리가 조바심을 냈다.

"헤일리." 하고 시어도시아는 불렀다. "모로 교수님이 식탁보를 분석했는데, 그 더러운 것, 자기가 말한 그 오염 물질은 흔해 빠진 정원의 흙뿐이라고 말씀하셨어. 그래서 아까 티모시와 이야기를 했더니, 권총에 흙을 가득 채우면 아마도 폭발할 거라고 하더라구."

"에엣! 그럼, 정원의 흙이 채워져 있었다는 말이에요?"

"누군가의 정원의 흙이지." 드레이튼이 마무리지었다.

세 사람은 알겠다는 얼굴로 서로를 쳐다보았다.

"오늘밤엔 닌자 복장을 하고 몇 군데 정원에 몰래 들어가보는 것도 좋을 것같네요." 헤일리가 제안했다.

드레이튼이 신이 나서 손을 마주대고 비볐다.

"예를 들면, 부스 크로울리나 빌리 매놀로……."

"그 제안은 잠시 보류해두자구요." 시어도시아는 말했다. "모로 교수님이 화합물을 분석해 보겠다고 말씀해주셨거든요. 그러면, 좀더 특징적인 것을 알 수 있을 지도 모른대요."

"요컨대, 수소 이온 농도나 질소 함량 따위를 조사한다는 거야? 멋진데! 그걸 알면 방향성이 구체적이 되잖아. 예를 들면 흙이 산성이라면 장미 정원이 있는 집만을 찾는다든지 말야."

"좋은 생각이에요." 헤일리도 동의했다. "확실히 대상이 줄어들겠네요. 교수님은 언제쯤 검사 결과를 알려주신대요?"

"잘만 되면 내일이래." 하고 시어도시아가 대답했다.

"우연일까." 하는 드레이튼. "이틀 뒤에 가든 페스티벌이 시작되는 건?"

"흙을 조사하며 돌아다닐 최고의 핑곗거리가 될 것 같은데요." 헤일리가 장난꾸러기처럼 웃었다.

잠깐! 깜짝 홍차 상식

홍차에 관해 알고 싶은 몇 가지

♣ 애프터눈 티란?

오후 5시쯤에 마시는 한 잔의 차. 애프터눈 티의 유래는 다음과 같다. 19세기 초반에 영국에서는 아침과 저녁, 두 번밖에 식사를 하지 않았다. 그런데 영국의 제7대 베드포드 공작부인인 애너 베드포드는 이 두 번의 식사 시간 사이에 한 잔의 차와 약간의 케이크를 준비해서 다과회를 열곤 했다. 아침식사와 저녁식사 사이의 긴 공복을 메우기 위한 이런 시도는 사교계에 곧 널리 퍼져나가 사교계의 유행으로 자리잡았고, 영국이 지배하던 전세계의 여러 곳으로 퍼져나갔다. 영국의 지배를 받았던 홍콩과 싱가포르 등에서는 여전히 애프터눈 티의 전통이 강하게 남아 있다.

♣ 하이 티란?

애프터눈 티와 마찬가지로 19세기에 생겨난 차문화. 애프터눈 티가 상류층에서 시작된 차문화였다면, 하이 티는 노동계층 또는 중·하류층에서 시작된 것이었다. 공장에서 일하는 노동자들은 한가하게 오후의 홍차를 즐길 여유가 없었다. 당연히 일을 마치고 집으로 돌아올 무렵에는 배가 고팠다. 그래서 주린 배를 움켜쥐고 돌아오는 남편이나 학교에서 돌아오는 아이들을 위해 주부들은 오후 6시 무렵에 로스트 비프 같은 고기요리와 파이, 베이컨, 감자튀김, 치즈, 케이크, 빵 따위를 진한 홍차와 함께 식탁에 올렸다. 이렇듯, 차린 음식이 '이른 저녁식사'라고 할 수 있을 만큼 푸짐했으므로 응접실의 낮은 테이블 대신에 높고 커다란 식사용 테이블(high dining table)에서 먹어야 했다. '하이'란 말은 이 높은 테이블에서 비롯됐다.

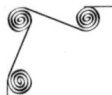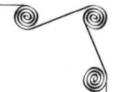

♣ 아이스 티의 유래

1904년의 무더운 여름, 미국 중서부에 자리잡은 도시인 세인트루이스에서 만국박람회가 열리고 있었다. 이 만국박람회에 참가한 영국인 차 상인 리처드 블레친든은 인도산 차를 선전하기 위해 뜨거운 차를 잔뜩 준비했다. 그러나 가뜩이나 무더운 여름날, 뜨거운 차는 전혀 사람들의 주목을 받지 못했다. 블레친든은 궁여지책으로 차에 얼음을 잔뜩 집어넣어 차가운 차로 만들었다. 이 반짝이는 아이디어로 탄생한 시원한 채(아이스 티)는 폭발적인 인기를 끌었고 이내 전세계인이 즐겨 마시는 음료가 되었다.

♣ 티백의 유래

1908년에 뉴욕 출신의 차 상인 토머스 설리번은 홍보용 차 샘플을 돌리는데, 비용을 절감하기 위해서 차를 비단 주머니에 넣었다. 그것을 받은 고객들이 무심코 그것을 주머니째로 우려냄으로써 티백의 역사가 시작되었다. 편리한 티백은 미국에서는 순식간에 인기를 모았으나, 대서양을 건너 영국에 소개된 것은 그로부터 훨씬 뒤인 1953년이었다. 차 제조업체인 조지프 테틀리 사가 들여온 티백에 대한 영국인들의 첫 반응은 차가웠다. 미국식의 천박한 인스턴트 문화라고 경시했던 것이다. 조지프 테틀리가 티백에 작은 구멍을 더 많이 뚫어 차의 맛을 훨씬 좋게 한 뒤에야 비로소 티백은 영국인들에게 받아들여지게 되었다. 그러나, 「더 타임스」에 따르면, 2008년 현재 영국 내 일일 차 소비량의 96%는 티백이라고 한다.

25

다음 날 아침, 세 사람은 초조하게 모로 교수의 전화를 기다리고 있었다. 그러나 오전 10시가 되어도 교수로부터의 전화가 없자, 예술적인 차모임을 위해 아이디어를 내보면 어떻겠냐고 드레이튼이 제안했다.

"정원에서의 차모임이나 테디 베어 차모임이라면 들은 적이 있고, 물론, 바로 얼마 전에 미스터리 차모임도 했지만." 헤일리는 말했다. "예술적인 차모임이라니, 어떤 거죠?"

드레이튼은 재빨리 찻집 안을 둘러보았다. 손님이 있는 탁자는 세 개뿐. 주문도 모두 마무리된 상태였다. 드나드는 손님 수는 약간 적지만 어차피 오늘은 평일이었다.

"스폴레토 페스티벌을 계기로 예술적인 차모임을 열어 볼까 생각중이야. 티 룸을 아르 데코 풍의 탁자로 꾸미고, 독창적인 메뉴를 제공하고, 행위예술가를 초청하는 거야. 재즈 트리오나 현악 사중주단 같은 건 어떨까? 아니면 시를 낭독해도 좋고."

"재미있을 것 같아요." 하는 헤일리.

"시오?" 드레이튼이 불렀다. 아까부터 미니어처 찻주전자를 선반에 가지런히 늘어놓고 있던 그녀는 왠지 멍해 보였다. "어떻게 생각해?"

"미스터리 차모임이 그만큼 성공했는 걸요. 입석이 생길 정도로 성황을 이룰 거예요." 시어도시아의 말에 드레이튼의 위엄있는 얼굴이 크게 누그러졌다.

"내놓을 차 하나를 바담탐*으로 하면 어떨까요? 아주 특별한 느낌이 들 것 같은데요." 헤일리가 제안했다.

드레이튼이 일부러 놀라는 척했다. "오, 우리 가게의 아가씨는 알고 계시는군. 바담탐이란 실은 최고급 다질링이라는 것을."

"화가를 몇 명 부르는 건 어때요?" 시어도시아가 제안했다. "그 사람들의 작품을 전시하거나, 차모임이 열리는 동안 스케치를 해달라고 하는 거예요. 그러니까, 외광파** 화가들은 작은 그림을 그 자리에서, 말하자면 즉석에서 그려내잖아요? 그렇게 하는 거죠."

---

* 1964년에 설립된, 다질링 지방의 유서깊은 차농장.
** 근대 프랑스에서 발생한 회화상의 한 경향과 그 유파. 태양광선 아래서 자연을 묘사한 화가들, 즉 실내광선이 아닌 야외의 자연광선에 비추어진 자연의 밝은 색채 효과를 재현하기 위해 야외에서 그림을 그린 화파의 총칭.

"탁자에는 악보가 그려진 종이를 깔면 어떨까요?" 이것은 헤일리의 제안이었다.

"그래, 바로 그거야." 드레이튼은 까만 몽블랑 만년필을 바삐 움직여서 공책에 써내려갔다. "자 그럼, 여러 가지 멋진 아이디어를 정리했으니까……."

"야호!"

세 사람은 돌아다보았다. 환한 미소를 띤 들레인이 서 있었다.

"테이크아웃 한 잔만, 빨리 만들어줄래요? 아삼이 좋겠네요, 별로 시간이 안 걸리니까요."

"아삼만 해도 우리 가게에는 열 종류가 있는데요." 드레이튼이 그렇게 말하면서 가까운 선반에 늘어선 차깡통들을 세심하게 손가락으로 더듬었다. "하지만, 이 골든 팁은 특별히 훌륭하죠." 그리고 윤기나는 주석 깡통 하나를 집어들었다.

"시오, 그 재킷은 내가 따로 챙겨뒀어요." 들레인이 말했다.

"그럴 줄 알았어요. 아직 생각중이에요." 시어도시아는 거기서 뜸을 들였다. "들레인, 혹시 부스 크로울리의 부인에게 뭔가 말하지 않았어요?"

들레인이 시미치를 떼며 미소지었다. "그게 무슨 말이에요?"

"어제 오후에 부스 크로울리가 우리 가게에 왔었어요. 무척 언짢아하면서요. 내가 그 사람에 대해 이상한 질문을 하고 다닌다고 생각하는 것 같더라구요."

거기서 일단 말을 끊었다. "하지만, 사실 우린 그저 수다를 떨었을 뿐이잖아요, 안 그래요?"

그녀가 일순 말이 막히는 것을 본 시어도시아는, 들레인이 특기인 그럴 듯한 변명을 만들어내려고 열심히 머리를 굴리고 있음을 알았다.

시어도시아는 속으로 한숨을 쉬었다. 사실, 나쁜 건 자신이었다. 들레인은 알고 있는 것을 미주알고주알 떠들어대는 성격임을 알고 있으면서, 대답을 압박하고 있다니.

"어머나, 시어도시아." 들레인이 마침내 입을 열었다. "이틀쯤 전에 부스 크로울리의 부인을 우연히 만났어요. 비아트릭스와 나는 같은 위원회 위원이거든요. 그래서, 당신과 수다를 떨 때 남편분의 이름이 나왔다고 이야기했을 뿐이에요. 별로 깊은 뜻은 없어요."

시어도시아는 이를 갈았다. 이렇게 될 것쯤은 예측했어야지. 들레인은 고십이 삶의 보람이고, 그것을 퍼뜨리는 것을 다른 무엇보다 좋아하잖아.

"드레이튼." 들레인은 재빨리 화제를 바꾸려고 말했다. "가든 페스티벌을 엄청 기대하고 있죠? 올해는 당신의 분재를 보여줄 건가요?"

드레이튼은 갓 우려낸 아삼 차를 쪽빛 종이컵에 따르고 테이크
아웃용의 하얀 뚜껑을 덮었다. "사실대로 말하면, 티모시 네빌이
자신의 저택 중정에 분재를 몇 개 진열해보라고 초청하긴 했답
니다. 그의 저택 정원이 멋진 아시아 풍으로 꾸며져 있는 건 알
고 있겠죠? 물론, 심사와는 관계가 없으니 순수하게 분재를 즐길
수 있을 겁니다."

"어머나, 티모시의 집에서 당신의 분재를 볼 수 있는 거네요!"
들레인은 흥분해서 소리쳤다. "너무 기대되요. 저기, 기왕이면
맛있는 일본차도 내면 어떨까요. 이벤트를 한 가지 주제로 통일
하면 좋지 않을까요?"

"맛있다는 단어는 일본 녹차를 묘사하는 데에 어울리는 표현
은 아닌 것 같지만, 뭐, 들레인, 좋은 생각인 것 같군요." 드레이
튼이 대답했다.

"우린 티모시의 저택 파티에서 일을 해야 하는 건가요?" 그렇
게 말한 건 헤일리였다.

들레인이 날카로운 눈을 헤일리에게 향했다. "자기는 초대 손
님 명단에 들어 있어?"

"아뇨, 그럴 리가요." 헤일리는 말을 더듬었다.

"그렇다면, 차를 내오는 일은 사교적인 모임에 참가하는 이상
적인 방법이야, 그렇지 않아? 카페 소사이어티(상류 계급)의 사

람들과 가까워질 기회일지도 모르고."

"하지만, 일을 한다는 사실에는 변함이 없잖아요." 헤일리가 부루퉁하게 말하면서 울리기 시작한 전화를 받으려고 돌아섰다. "여보세요, 예, 계세요." 헤일리는 송화구를 손으로 덮었다. "당신 전화예요, 시어도시아."

"사무실에서 받을게, 헤일리."

상류 계급 운운하는 들레인의 허풍스러운 말투에 키득거리면서 시어도시아는 말했다. 들레인에게 계속 화를 내고 있기란 참 힘들었다. 좋은 사람이고, 여러 모로 사람을 즐겁게 해주기도 하니까. 하지만, 이 전화의 대화 내용을, 아니, 어떤 대화든, 들레인 디시가 있는 곳에서 할 순 없었다. 두 번 다시 똑같은 실수는 되풀이하지 않겠어.

"여보세요?" 시어도시아는 편안한 가죽의자에 걸터앉았다.

"리즈베스 캔트렐이에요."

"안녕하세요, 리즈베스."

"지금 막 동생한테 들었어요." 리즈베스 캔트렐이 말을 쏟아놓았다.

"뭘요?"

"걔가 올리버 딕슨의 회사에서 컨설팅을 하고 있었다는 거요."

그녀는 머뭇거렸다. "뭐랄까, 내가…… 당신에게 좀 무리한 짐을 맡긴 것 같아요. 아무 것도 모르고 무리하게 말을 해서…… 하지만 아무튼, 이로써 일은 끝난 거죠? 드디어 커다란 짐을 어깨에서 내려놓은 기분이에요."

"리즈베스, 그게 무슨 말이에요?"

"이렇게 되면 아무도 포드를 의심하지 않을 거라는 거죠." 리즈베스의 목소리는 안도감에 가득 차 있었다.

시어도시아는 발치에서 햇살이 만들어내는 밝은 무늬를 응시했다.

"리즈베스, 이런 말 하고 싶진 않지만, 동생분의 혐의가 완전히 풀린 건 아니에요."

짧은 침묵이 흘렀다.

"무슨 말이에요? 동생과 올리버 딕슨은 함께 일을 하고 있었잖아요. 요컨대, 두 사람이 사업상의 동료였다는 건 불을 보듯 뻔하잖아요. 포드가 그런 사람에게 해를 끼치려 했다고 믿을 만한 근거는 없을 것 같은데요."

"그건 그렇지만, 두 사람의 관계가 어땠었는지는 아직 모르거든요." 이런 말은 하고 싶지 않지만, 그래도 해야만 한다. "현재 알고 있는 것으로 판단하자면, 두 사람 사이가 좋지 않았을 가능성이 있어요. 동생분이 뭔가 제안을 했는데, 올리버 딕슨은 그것을 받아들이지 않아서…… 결과적으로 두 사람 사이에 갈등이 생겨서……."

"아." 리즈베스가 작은 목소리로 중얼거렸다.

"부스 크로울리 같은 사람이, 그것이 회사에 심각한 타격을 입힐 정도로 심각했었다고 경찰에 말했을 수도 있구요. 그러니까, 올리버의, 그, 사고가요…… 그런 까닭에, 사업상의 문제가 동기라고 여겨질지도 모르는 거예요."

"부스 크로울리가 그런 말을 할까요?"

예, 그럼요. 시어도시아는 속으로 생각했다. 그 사람이라면 손톱만큼의 이익이라도 된다고 생각하면 거침없이 거짓말을 해댈걸요. 그러나 그건 가슴에 묻어두고 이렇게 대답했다.

"다른 여러 가지 문제도 있어요. 투자가라는 사람들은 일반 사람들과는 사고방식이 전혀 다르기도 하잖아요."

"게다가 권총 문제도 동생에게는 불리하죠." 하는 리즈베스. "포드가 광적인 수집가라는 게 문제예요. 권총에 대해 잘 알고 있으니까……."

바로 그거예요. 시어도시아는 생각했다. 총 수집가는 총의 구조에도 정통한 경우가 많았다. 티모시 네빌이 총기 폭발을 일으키는 방법을 알고 있다면, 포드 캔트렐이 알고 있다 해도 이상하지 않았다.

"당신을 말려들게 하는 게 아니었어요." 리즈베스 캔트렐은 말했다. "왠지 무척 미안해요." 당장이라도 울음을 터뜨릴 듯한 목소리였다.

"리즈베스." 시어도시아는 애써 부드럽게 말했다. "당신이 말려들게 한 게 아니에요. 솔직히 말하면, 제가 마음대로 말려든 것뿐이에요. 게다가, 이것도 알아두세요. 전 철저히 사건을 조사할 생각이에요. 반드시 진실을 파헤쳐 보일게요."

"더 조사해줄 건가요?"

"예."

"경찰과 협력해서?"

"그건 경찰이 얼마나 협조적이냐에 달렸죠." 하고 시어도시아가 말했다.

"드레이튼은 누구랑 통화하고 있는 거야?" 시어도시아는 카운터 안쪽으로 미끄러지듯 들어가서 자신이 마실 룽징차*를 한 잔 따랐다.

"글쎄요." 헤일리가 대답했다. "당신이 전화를 받으러 안에 들

---

* 龍井茶, 녹차의 일종으로 중국 저장성 항저우의 룽징 일대에서 생산된다. 짙은 향, 부드러운 맛, 비취 같은 녹색, 참새 혀모양의 잎새라는 네 가지 특징을 갖고 있다.

어간 순간, 다른 회선의 전화가 울렸어요. 전화한 사람이 누군진 몰라도 상대방이 일방적으로 말하고 있는 것 같던데요."

전화를 끊은 드레이튼의 표정은 딱딱했다.

"왜 그래요?" 헤일리가 물었다.

"제러드 후버와 묘한 이야기를 했어. 아아, 그 사람은 세인트 제임스 호텔의 지배인이야."

헤일리가 낮게 휘파람을 불었다. "거긴 엄청 거만한 일류 호텔 이잖아요. 거기서 당신에게 무슨 볼일이 있대요?"

"나에게 일을 준대." 드레이튼이 불쾌한 듯이 대답했다.

"뭐라구요?"

"지금 말했잖아." 드레이튼은 딱 잘라 말했다. "제러드 후버 가, 자기네 호텔에서 일할 생각은 없느냐고 말했다고."

"일의 내용은?"

드레이튼은 어두운 얼굴을 시어도시아에게 향했다. "그곳의 요리 및 와인 담당 이사야." 그는 관절이 튀어나온 손을 뻗더니 시어도시아의 손에 살짝 얹었다.

"이것이 무슨 뜻인지 알겠지?"

"변화!" 헤일리의 큰소리가 울려퍼졌다. "미스터리 차모임 날 밤에 마담 힐데가르데가 예언한 건 이거였군요."

시어도시아가 천천히 고개를 가로저었다.

"유감스럽지만 그건 아니라고 생각해, 헤일리. 이건 부스 크로올리가 우리를 몰아세우고 있다는 증거야."

"그 사람이 이것과 어떻게 관련이 있는데요?"

"그는 세인트 제임스 호텔의 소유주 가운데 한 명이거든." 하고 드레이튼이 대답했다. "소위 말해, 조용한 파트너 가운데 한 명인 거지."

"흐응." 헤일리는 처음으로 알게 된 이야기의 뜻을 이해하려 애쓰며 말했다. "연봉은 많이 제시하던가요?"

"헤일리." 시어도시아가 나무랐다. "그건 드레이튼의……."

"아니, 상관없어." 드레이튼의 회색 눈이 시어도시아의 푸른 눈과 정통으로 마주쳤다. "지금 받고 있는 액수의 두 배를 주겠다고 했어."

헤일리가 다시금 낮게 휘파람을 불었다. "급료가 두 배……, 놀래라."

드레이튼의 얼굴에 분노의 표정이 떠올랐다.

"내가 팔려갈 것처럼 말하는데. 웃기지 말라고 해."

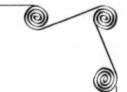

오이와 바닷가재 샐러드 샌드위치

드레이튼의 추천 메뉴

준비할 것
- 삶은 바닷가재살 ···················· 약 450그램
- 셀러리 ······························· 2~3줄기
- 양파 ································· 작은 것 1개
- 마요네즈 ··························· 적당량
- 오이 ································· 1개

만드는 법
1. 바닷가재살과 셀러리, 양파를 다진다.
2. 1의 바닷가재살과 채소를 볼에서 섞는다. 내용물이 부드러워질 정도로 마요네즈를 넣고, 소금과 후추로 맛을 낸다.
3. 오이는 껍질을 벗겨 아주 얇게 썬다.
4. 샌드위치용 빵에 바닷가재살 샐러드를 바르고 위에 얇게 썬 오이를 올린다. 그 위에 빵을 덮는다.
5. 삼각형으로 잘라 접시에 담는다.

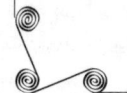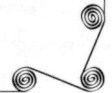

26

해가 뉘엿뉘엿 기울어갈 무렵 티드웰 형사가 마침내 얼굴을 내밀었다. 시어도시아는 그가 오리라 생각하고 있었다. 당연했다. 앞서 보낸 문서, 즉 몇 명의 용의자에 대해 자세히 고찰한 메일 때문에 그가 부스 크로울리와 이야기를 했을 테니까.

티드웰은 커다란 손으로 꽃무늬 찻잔을 들고는 호박색을 띤 딤불라*를 예의바르게 한 모금 마셨다.

"여어, 브라우닝양." 형사는 나무 의자에 등을 기댔다. "참으로 우아한 한때로군요." 형사는 다시 한 모금 마시고는 만족스러운 듯이 가게 안을 둘러보았다. "이렇게 멋진 환경에 둘러싸여 있으면서 왜 일부러 섬뜩한 일에 손을 대는 겁니까?"

---

* 스리랑카 섬 남부 고원지대에서 생산되는 홍차. 우바, 누와라 엘리야와 함께 스리랑카의 3대 고산지 차로 알려져 있다. 산뜻하고 신선한 맛과 꽃 향기가 우바보다 부드럽고 잔잔하다. 다른 홍차에 비해 타닌 성분이 적게 들어 있어 아이스티와 밀크티로 만드는 데 적합하다. 블렌딩의 기본 재료로 많이 쓰인다.

"올리버 딕슨의 죽음을 말씀하시는 건가요?"

"사건 그 자체와 당신의 끝없는 탐구심 말입니다. 왜 쓸데없는 위험에 몸을 노출시킬 만한 짓을 하는 겁니까?"

"제가 위험에 처해 있다고 생각하세요?" 시어도시아는 순수한 호기심으로 물었다.

"남의 속을 떠보는 질문을 하면서 돌아다니면 그게 누구든 간에, 언젠가는 평판이 형편없어질 겁니다."

사람 참 열받게 하는 대답이네, 하고 시어도시아는 생각하면서 탁자를 사이에 두고 마주앉은 상대방을 노려보았다. 티드웰 형사는 또다시 입씨름을 해보려 하고 있어. 내가 보낸 목록에서 가장 수상쩍게 여기는 건 누구라고 생각하는지 한 번 떠보려고 하고 있는 거야.

"요컨대, 제가 한 질문이 민감한 부분을 밝혀냈다는 말인가요?" 시어도시아가 물어보았다.

티드웰은 오랫동안 뜸을 들인 다음 대답했다. "그렇습니다. 비록 당신이 의심하고 있는 부스 크로울리는 약간 신경과민인 것 같았지만요." 티드웰의 눈꺼풀이 튀어나올 듯한 눈을 살짝 내리 덮고 있었다. 거의 완전히 달라붙어 지금이라도 잠들어 버릴 것 같았다.

"크로울리씨는 흥미로운 인물이죠. 그의 조상 중에 링컨 대통

313

령 암살범인 존 윌크스 부스가 있다는 건 아십니까?"

시어도시아는 그의 질문을 무시했다. 남부 사람이라면 누구든, 유명한 인물이나 악명높은 인물, 또는 이 나라의 역사에 어떤 식으로든 역할을 했던 인물을 조상으로 두고 있기 때문이었다. 그녀의 어머니도, 정적을 죽음으로 몰아넣었던 애런 버*의 방계 자손이었다.

"도에 대해서는 얼마나 철저히 조사했나요?"

"오오." 티드웰의 눈이 블라인드처럼 단숨에 떠졌다. "도 벨베데레 딕슨. 비탄에 잠긴 미망인, 마을 최고의 미녀, 무도회의 꽃."

"목련의 여왕도 잊지 마세요." 시어도시아가 덧붙였다.

티드웰은 입술을 약간 오므렸다. "그 아가씨는, 걸 스카우트 대원이 공로 배지를 모으듯이 미인대회 왕관을 모으고 있는 것 같더군요."

"문제는, 올리버 딕슨도 그녀에게 있어서는 공로 배지 가운데 하나였나, 하는 거죠."

---

* 미국의 제3대 부통령. 대통령 선거에서 토머스 제퍼슨과 같은 수의 표를 획득, 하원에서 대통령을 임명하게 되었는데, 당시 분위기는 애런 버에게 유리했다고 한다. 하지만 버의 정적이었던 재무장관 알렉산더 해밀턴이 방해공작을 펴는 바람에 제퍼슨이 승리하여 대통령이 된다. 이후, 부통령 임기를 마친 버가 뉴욕 주지사 선거전에 뛰어들자 해밀턴은 다시 그의 당선을 방해했다. 선거에서 패배한 버는 결국 해밀턴에게 결투를 신청했고, 해밀턴은 버의 총에 맞아 사망했다.

"브라우닝양, 당신은 타인을 무턱대고 의심하는 좋지 않은 습관을 갖고 계시는군요."

"오십 보 백 보죠, 티드웰 형사님." 시어도시아가 빙긋 웃었다.

"한 방 먹었군요. 한 가지 가르쳐드리죠, 브라우닝양. 사법부의 머리좋은 녀석들이 행한 최근의 조사에 따르면, 모든 가족간의 살인사건 중 40퍼센트는 배우자의 범행이라고 합니다."

"그것이 가족간의 살인이라고 생각한다는 말씀이세요?"

"뭐라고도 말할 수 없죠."

"생명보험은 들어 있었나요?"

"거액의 생명보험 이외에 사고사 보험도 들어 있었습니다."

"사고사 보험. 흥미롭네요." 시어도시아는 잠시 생각에 잠겼다. "올리버 딕슨을 검시해서 알아낸 건 없나요?"

티드웰은 두터운 눈썹 한 쪽을 치켜올리고는, 이어서 무표정한 둥근 얼굴에 억지 웃음을 띄웠다.

"올리버 딕슨이 불치의 병에 걸려서, 스스로 사고사를 꾸몄을 가능성도 있다고 말하고 싶은 겁니까?"

"그런 케이스는 처음도 아니잖아요?"

"마지막도 아닙니다. 하지만 대답은 아니오, 입니다. 믿어주시죠, 검시관의 보고서를 열심히 읽었으니까요. 동맥경화가 약간 보이고 손에 변형성 관절염 징후가 있는 것을 빼면 올리버 딕슨은 예순 여섯이라는 나이치고는 비교적 건강했습니다."

시어도시아는 찻주전자에 손을 뻗어 자신과 형사의 찻잔에 각각 절반쯤 차를 따랐다.

"부스 크로울리와 어떤 이야기를 했는지 알려줄 수 있나요?"

"그럴 순 없습니다."

"하지만, 그가 용의자라고 생각하시죠?"

"전에도 말씀드렸지만, 저는 모든 사람을 용의자로 봅니다."

"전에도 말씀드렸지만, 그건 효율적인 방식이 아니랍니다."

"효율을 추구한다면 아마추어 탐정 노릇은 그만하는 게 어떻겠습니까? 수사관의 일이란, 진저리가 날 정도로 지겨운 사실 확인과 똑같은 질문의 반복이니까요."

시어도시아는 공격 방법을 바꾸기로 했다.

"부스 크로울리한테 이야기를 들었다는 건, 표적을 포드 캔트렐에서 그에게로 옮겼다는 말이군요."

"당신이 포드 캔트렐을 결백하다고 단정해 버리고 있는 느낌이 드는 건 왜일까요?"

시어도시아는 한숨을 쉬었다. 분명히 티드웰 형사는 아무 것도 명백하게 해주지 않지만, 그에게 말해서 손해볼 건 없었다.

"알고 싶어하시는 것 같아서 알려드리는데요, 되도록이면 힘이 되어주겠다고 그의 누나한테 약속했거든요."

"왜죠?"

"사적인 이유예요." 시어도시아는 거기서 일어났다. "우연히도, 예전에 알던 사이란 걸 알았거든요. 그럼, 형사님……." 그리고 냅킨을 접고 있는 드레이튼이 있는 곳으로 슬쩍 가버렸다.

티드웰은 그 뒤로도 탁자에 버티고 앉아 차를 마시고, 그를 감싸고 있는 향긋한 향기와 물이 끓어서 주전자가 슈슷- 하는 입체적인 음향을 즐기고 있었다. 혼자 살고 있고, 경찰 일로 낮과 밤의 대부분을 빼앗기고 있는 지금, 지금처럼 즐겁고 느긋한 분위기를 즐길 기회는 많지 않았다.

그래, 리즈베스 캔트렐에게 뭔가 약속을 했단 말이지, 하고 티드웰은 마음 속으로 중얼거렸다. 불행히도 아직 포드 캔트렐은 완전히 혐의가 풀린 것은 아니었다. 게다가 빌리 매놀로까지 포함하면 상황은 더욱 좋지 않았다.

아니, 적어도 자신은 빌리 매놀로가 관련되어 있다고 생각하고 있었다.

빌리 매놀로가 사는 지구를 담당하는 경찰차에, 그 성마른 젊은이의 움직임을 감시하라고 지시해 두었다. 빌리가 밤에 나가는 건 대부분 볼 위빌이라는 바에서 맥주를 몇 잔 마시기 위해서였다. 그러나, 두 번쯤, 평소보다 늦은 시간에 빌리의 낡은 셰비가 165번선을 남쪽으로 달려 로 컨트리로 향한 것이 확인되었다.

그리고 로 컨트리는 포드 캔트렐이 살고 있는 곳이었다.

빌리 매놀로는 포드 캔트렐과 뭔가 연결되어 있을까? 티드웰은 생각에 잠겼다.

가능성은 있었다.

물론, 폐업한 그레이프바인 사의 모든 직원에 대한 조사는 계속되고 있고, 올리버 딕슨과 포드 캔트렐이 충돌했다는 이야기도 이미 들었다. 요컨대, 포드에게는 동기가 있고, 빌리가 지저분한 일을 대신 해치웠다고도 생각할 수 있었다.

티드웰은 「찰스턴 포스트 앤드 쿠리어」 지의 카메라맨이 화이트 포인트 가든에서 찍은 사진도 이미 조사했다. 그 화창한 일요일 오후, 그는 자택의 손바닥만한 뒷정원에서 지난 해 가을에 심은 튤립의 구근을 어떻게든 피워보려고 씨름하고 있었다.

모든 사람이 요트 경기를 보고 있었다. 올리버 딕슨, 도 벨베데레 딕슨, 포드 캔트렐, 빌리 매놀로, 그리고 부스 크로울리. 게다가 시어도시아 브라우닝까지.

티드웰은 마지막 한 모금의 차를 홀짝이고는 의자를 뒤로 밀면서 일어섰다. 몸집이 거대한 사람에게는 이것이 가장 낭비가 없는 움직임이었다. 지갑에서 5달러 지폐를 꺼내 탁자에 살짝 내려놓았다. 시어도시아로부터 찻값을 청구받은 적은 한 번도 없었지만 돈을 제대로 내야 한다는 생각이 들었다. 젊은 종업원인 헤일리는 자신을 싫어하고 있는 것 같지만, 언제나 예의바르게, 애써 완벽하게 접대하려 하고 있었다. 타인에 대해 무관심한, 이런 상식없는 세상에서 그건 칭찬할 만한 일이었다.

"딤플양, 당신은 아마도 처치 스트리트의 다른 가게에서도 경리를 보고 계시죠?" 시어도시아가 물었다. 대답은 알고 있었지만, 이렇게 말을 꺼내는 것이 자신의 생각대로 이야기가 진행될 듯한 느낌이 들었던 것이다.

느즈막한 오후, 마지막 손님이 막 나간 참이었다. 딤플양은 탁자에 장부를 펼쳐놓고, 그 날의 영수증 마지막 몇 장을 천천히 정리하고 있었다.

딤플양은 빙긋 웃었다. "그래. 매주 월요일 오전에는 차우더 하운드의 주말 영수증을 정리하고, 화요일 오후에는 핑크니 선물가게에 다니고 있지. 가끔은 계산원 노릇도 해주고 말이야. 아일랜드제 리넨이나 크리스탈 제품에 둘러싸여 있는 건 정말 즐거운 일이라우."

"도 벨베데레 딕슨에 대해서 뭔가 소문을 들은 건 없나요? 지금 어떻게 지내고 있다든지, 뭘 하고 있다든지, 하는 거요."

딤플양은 노란 연필 꽁무니를 입에 물고 생각에 잠겼다. "미술품이나 수집가가 좋아할 만한 물건을 몇 개 판다는 이야기를 들었는데. 하지만, 그건 벌써 알고 있잖아?"

"그럼요." 막 도착한 짐에서 중국제 파란 색과 흰 색 찻주전자의 포장을 풀고 있던 헤일리가 끼어들었다. "지난 주에 조반니 로드가 에지필드 찻주전자를 우리 가게에 갖고 왔는 걸요."

"이름을 바꾸려 한다는 말도 들었다우." 딤플양이 말했다.

"이름을 바꾼다구요?" 그렇게 말한 건 드레이튼이었다. 그 역시 납품업자 카탈로그에서 눈독을 들이고 있던 뚜껑 달린 머그의 주문 용지를 재확인하면서 귀를 쫑긋 세우고 있었음에 틀림없었다.

"그레그래." 딤플양의 기억이 마침내 돌아왔다. "도 벨베데레로 돌아간다는 이야기였어."

"왜 그렇게 하는지 아세요?" 헤일리가 물었다. "도 딕슨이라고 하면 꼭 이국적인 무희 같기 때문이에요."

"말도 안 돼." 드레이튼은 입술에 희미한 미소를 띠고 있었다. "이국적인 무희의 이름은 애완동물 이름과 어머니의 처녀적 성에서 하나씩 따오는 거야."

"어머나!" 헤일리가 외쳤다. "그럼 난 루루 렌델이 되잖아!"

"알겠어?"

"참, 당신들도 정말!"

딤플양이 배를 움켜잡고 깔깔거렸다.

딸기 초콜릿 딥

시어도시아의 추천 메뉴

준비할 것
- 판초콜릿 ················· 큰 것 2개
- 딸기 ····················· 크고 신선한 것 12개

만드는 법
1. 딸기는 씻어서 물기를 뺀다. 꼭지는 따지 말고 그대로 둔다.
2. 판초콜릿은 부수어서 내열 볼에 넣는다. 전자 레인지를 강으로 해서 30초, 또는 초콜릿이 완전히 녹을 때까지 가열한다.
3. 딸기를 꼭지 부분을 잡고 녹인 초콜릿에 살짝 담근다.
4. 제빵종이 위에서 식히면 완성.

27

윈튼 마설리스의 트럼펫 시디를 플레이어에 걸고, 시어도시아는 펄 벅의 『낙원의 여자』를 탐독하고 있었다. 그때 모로 교수로부터의 전화가 왔다.

"브라우닝양." 교수는 약간 종잡을 수 없는 태도로 말했다. "내가 너무 늦은 시간에 전화한 건 아닌지 모르겠네만."

소나무재 선반에 놓인 바로크 풍의 놋쇠 시계를 보자 마침 8시 30분이었다.

"아니에요, 모로 교수님."

그렇게 말하면서 펼쳐둔 장에 책갈피를 꽂고 책을 덮었다. 교수가 알려줄 소식을 기다릴 수가 없어 심장의 고동이 점점 빨라지는 듯한 느낌이 들었다. "전화해주셔서 기뻐요. 사실은 너무나 기다리고 있었답니다."

"그래, 그런가. 생각했던 것보다 시간이 걸렸다네. 하지만, 요즘은 모든 것이 쓸데없이 시간이 걸린다고 생각지 않나? 6월에

2주간의 특별수업을 할 건데, 우리 학부장인 키프링거가 방금 전에 온라인용의 수업개요를 만들면 어떨까 제안을 하는 거야. 그래서 난 당연히……."

"무슨 수업인데요?" 시어도시아는 실례가 되지 않게 물었다.

"다년생 초목에 대해서야. 가르치는 건 간단하지. 준비도 그리 필요없고, 학생들 반응은 언제나 좋아."

"잘됐네요." 하고 시어도시아는 말했다. "바쁘실 텐데 시간을 내어 흙을 분석해 주셔서 정말로 감사드려요."

"그래, 그 분석 말인데."

시어도시아의 머릿속에서는 모로 교수가 안경을 밀어올리고 공책을 펼치며 짧은 강의를 시작하려는 모습이 그려졌다.

"표준 미량 영양염을 분석해서 유황, 철, 망간, 구리, 아연 및 붕소 함유량을 측정했네. 수소 이온 농도로 보면 문제의 흙은 강산성 토양에서 가져온 거라고 말할 수 있네."

"산성 토양에서 자라는 식물에는 어떤 종류가 있죠?"

"글쎄, 어떤 꽃이나 관목이 있더라?" 교수가 되물었다.

시어도시아는 경험을 근거로 추측했다. "꽃은요……." 누군가가 자기 집의 정원으로 나와 부드러운 까만 흙에 삽을 찔러넣고, 그 흙을 떠서 비닐에 담아 요트 클럽으로 갖고 가는 광경이 눈앞에 떠올랐다.

"꽃이라면," 모로 교수는 가능성을 가늠했다. "버베너, 매리골드, 기생초, 아니면 담배 따위를 들 수 있지. 물론, 지금 말한 품종은 모두 일년초지. 다년초라면 숫잔대, 금계국, 도라지, 끈끈이대나물 등을 찾아보면 좋을 걸세."

"와아." 시어도시아는 약간 압도당하는 느낌이었다.

"물론, 장미도 산성 토양을 좋아하는 것으로 알려져 있지만, 산성이 너무 강하면 안 돼. 장미는 수소 이온 농도 5.5에서 6.5 사이를 좋아하지. 그보다 산성을 띠면 백화 현상을 일으킨다네."

"그건 어떤 병인가요?"

"잎이 얼룩덜룩해지고 마는 병일세." 모로 교수가 말했다.

28

"메모를 팩스로 받아서 다행이야. 만약 안 그랬다면 골치 좀 아팠겠는 걸."

그렇게 말한 드레이튼은, 지난 한 시간 동안 모로 교수가 갈겨 쓴 메모를 열심히 들여다보면서 이웃의 로빌라드 서점에서 빌려온 세 권의 원예서와 대조해가고 있었다. 찻집 안의 탁자 하나에 책과 팩스, 드레이튼의 수첩에서 찢어낸 낱장 따위가 흐트러져 있었다. 헤일리는 손님을 기다리는 일과 갓 구운 과자를 오븐에서 끄집어내는 일 사이사이에, 드레이튼과 시어도시아가 사령탑으로 쓰고 있는 탁자 옆을 하릴없이 맴돌곤 했다.

"나도 이 책을 사야겠어." 드레이튼이 말했다. "내용도 아주 좋고 내 장서에 아직 없으니까. 이 원예용 다년초 분류표라든지, 다리접*에 관한 재미있는 장을 좀 봐. 이 정도의 정보는 좀처럼 드물지."

시어도시아가 드레이튼과 헤일리에게 모로 교수의 의견을 설명하자마자 두 사람은 무척 기뻐하며 조사에 협력하겠다고 말했다. 쫓고 있는 실마리가 옳다는 예감은 있었지만, 주어진 일은 까무라칠 정도의 내용이었다. 모로 교수가 가르쳐준 정보나 선택지는 너무나 많아서 원예학 학위라도 없는 이상, 도저히 전부는 이해할 수 있을 것 같지 않았다.

"헤일리, 리트머스 시험지가 있어야겠어." 드레이튼이 말했다. "잡화점에 달려가서 한 상자 사다 주겠어?"

---

* 같은 식물의 줄기나 뿌리의 중간에 가지나 뿌리를 아래 위로 연결시켜 주는 접목법. 교접(橋接)이라고도 한다.

"물론이죠. 정원의 흙을 조사해보면 권총을 손본 범인의 실마리를 틀림없이 얻을 수 있겠죠?"

"그리고 요트 클럽의 흙도요." 하는 시어도시아. "요트 클럽을 잊지 말아줘요."

"좋아." 드레이튼은 그렇게 말하고는 헤일리의 질문에 대답했다. "이건 이길 수 있는 게임이야. 모로 교수의 분석결과는 이미 나와 있으니까, 그것을 기준으로 하면 돼. 우리는 이 길가에 있는 파티 부트라이트 꽃집에서 산 토양 분석 키트로 시료를 조사하는 것뿐이야."

"그래서, 구체적으로는 어떻게 할 긴데요?" 헤일리는 본격적인 조사에 합류한다는 흥분에 거의 춤이라도 출 듯했지만 가게 손님들에게 신경을 쓰는 것도 잊지 않았다.

"그것에 대해서는 드레이튼과 벌써 이야기했어. 오늘밤엔 티모시 네빌의 집으로 가서 거기를 일종의 거점으로 삼는 거야."

"그렇지." 드레이튼이 맞장구를 쳤다. "거기를 거점으로 움직이자구. 도는 한 블록 옆에 살고 있으니까 그녀의 정원에서 시료를 채취하는 건 간단하지."

"그녀가 오늘밤, 티모시의 저택에 오는 건 확실해요?" 헤일리가 질문했다.

"확실해." 드레이튼이 대답했다. "실은 조반니 로드와 함께 올

거야. 어제 그에게 전화가 왔었거든. 어떤 손님이 자기 가게에 맡긴 은제 찻주전자 문제로 말야. 그때 파티에 온다고 했어. 기억하고 있겠지만, 그의 정원은 내일밤 행사의 일부야. 그러니 가든 페스티벌 자체에 흥분하고 있을 거야."

"그 사람, 설마 지난 번 일로 앙심을 품고 있는 건 아니겠죠?" 시어도시아가 물어보았다.

"아무 말도 없던데."

"자, 그럼." 시어도시아는 이야기를 본론으로 돌리려고 말했다. "부스 크로울리는 두 블록 떨어진 트래드 스트리트에 살고 있으니까 거기도 간단해요. 그도 오늘밤 티모시의 집에 얼굴을 비칠 거예요. 왜냐하면, 부인인 비아트릭스가 들레인과 같은 가든 페스티벌 위원회의 위원이거든요."

"훌륭해." 드레이튼이 손을 마주대고 비볐다.

"빌리 매놀로와 포드 캔트렐은 어떡하죠?" 헤일리가 물었다. "그 두 사람도 용의자 명단에 있을 거라 생각하는데요."

"그래, 있어. 하지만 빌리 매놀로의 집에는 정원이 없어. 아니, 있긴 하지만, 장소가 좁고 쇠부스러기가 흩어져 있고, 완성된 금속 세공품이 놓여 있어. 하지만, 요트 클럽에는 가는 게 좋겠지. 거기는 쉽게 채취할 수 있을 거야."

"그리고, 포드 캔트렐의 정원을 조사하는 것도 어렵지 않겠어요? 왜냐하면 그 사람은 커다란 농장에 살고 있잖아요. 어디서부터 손을 대야 좋을지 알 수 없을 만큼 커다란 농장요." 그렇게 말하고 헤일리는 가게 안을 빙 둘러보았다. 창밖을 바라보자, 때마침 관광용 노란 승합버스에서 내린 손님 한 무리가 찻집을 향해 똑바로 걸어오고 있었다.

"지금 해야만 할 일을 먼저 해야 할 것 같네요." 헤일리는 그렇게 말하고 새로운 손님을 맞이하러 문쪽으로 향했다.

"사실은요." 헤일리에게 들릴 염려가 없어졌을 때에 시어도시아는 말했다. "그게 다가 아니에요."

드레이튼은 재빨리 돌아보고 시어도시아를 진지하게 응시했다. 목소리로 짐작컨대, 뭔가를 꾸미고 있는 듯 했기 때문이었다. "무슨 소리야?" 하고 경계하는 모습으로 물었다.

시어도시아는 드레이튼의 귀에 입을 가까이 대고 속삭이기 시작했다. 그의 얼굴에 놀라움이 스쳐갔다. 이야기가 끝나자 탄복했다는 듯이 그녀의 얼굴을 바라보았다.

"그건 정말 훌륭하고도 대담한 계획이야. 하지만 잘 될까?"

시어도시아는 아주 살짝 어깨를 으쓱했다. "여우 한두 마리쯤은 튀어나올지도 모르죠."

"그리고 위험하기도 해." 그가 그렇게 말함으로써 대화에 무거운 분위기를 더했다.

"동감이에요. 하지만, 바로 그 점이 마음에 들기도 해요." 시어도시아는 얼굴을 찌푸렸다. "문제는, 계획 자체가 티모시 네빌의 협조에 달려 있다는 점이에요. 도와달라고 그를 설득할 수 있을까요? 게다가 이렇게 갑작스럽게요."

"티모시는 나한테 맡겨. 나는 필요하다면 얼마든지 설득력을 발휘할 수 있으니까. 게다가 이제 곧 문화유산협회 회장 선거가 있는데, 그는 재선을 노리며 밀어붙이고 있거든. 분명히 내 말에 귀기울여 줄 거야. 자, 당신은 리즈베스 캔트렐에게 전화해서 동생이 싫어하더라도 오늘밤의 파티에 꼭 데리고 와야 한다고, 그럴 듯한 핑계를 대라고 설득해줘. 티모시는 나한테 맡기고."

시어도시아는 전화를 손가락으로 가볍게 두드렸다. 쉽지는 않을 거야, 하고 혼잣말을 했다. 왜냐하면, 어쩌면 포드 캔트렐을 파멸로 몰아넣을 수도 있는 계획이기 때문이었다. 그러나 한편으로, 포드가 올리버 딕슨의 죽음을 꾸민 장본인이라면 공정한 심판이 내려져야 한다.

공정한 심판이라는 단어가 시어도시아의 머릿속에서 메아리쳤다. 리즈베스가 보내온 머위 화환은 공정한 심판이라는 메시지를 전하기 위한 것이었다. 단 한 개의 단어가, 한 가닥 실에 매달린 칼처럼 조사 전체에 영향을 미치다니, 참 이상도 하지.

시어도시아는 크게 한 번 한숨을 쉬고는 전화번호부를 펼쳐 캔트렐이라는 이름이 몇 개 늘어선 곳을 손가락으로 찾았다. 리즈베스 캔트렐의 전화번호를 찾아내어 번호를 눌렀다.

리즈베스 캔트렐은 집에 있었다. 첫 번째 신호음에 그녀가 받았다.

"리즈베스, 오늘밤 포드를 티모시 네빌의 파티에 데리고 와줄래요?" 시어도시아는 단숨에 그 말만을 했다.

"무슨 일이 있는데요?" 리즈베스의 안테나가 비상 경계 모드에 돌입했다.

"잘만 되년, 어떤 계획에 의해 올리버 딕슨을 살해한 범인을 밝혀낼 수 있을지도 몰라요."

리즈베스가 우물거리며 말했다. "그 계획에 동생도 필요한 거군요."

"예, 그런데, 미안하지만 자세한 건 말할 수 없어요."

"만약 그 계획이 예상과 반대의 결과가 나온다면요?"

그 목소리에 공포와 불안이 섞여 있는 것을 깨달은 시어도시아는 리즈베스의 생각을 정확하게 알 수 있었다. 예상과 반대의 결과가 나온다는 건, 포드가 범인으로 판명되는 것을 돌려말하고 있는 것이었다. 리즈베스가 그 가능성을 무척 걱정하고 있다는 건 잘 알 수 있었다.

그렇게 생각하면 안 돼, 단호하게 말해야 해. 긍정적으로 생각하게 해야 해.

"그 계획이 잘만 되면 포드의 혐의는 완전히 벗겨져요. 하지만, 그러려면 그가 참석해야만 하거든요. 가든 페스티벌 개막 파티에요." 시어도시아는 잠시 침묵에 귀를 기울였다. "티모시의 집은 알고 있어요?" 기대를 담아 그렇게 물었다.

"예에." 하는 리즈베스.

"자, 와줄 거라 생각해도 될까요?"

"꼭 갈게요." 리즈베스는 결심한 듯이 말했다. "포드는 싫어하겠지만, 뭔가 핑계를 생각할게요."

시어도시아는 안도의 한숨을 내쉬며 전화를 끊었다. 생각보다 힘들지 않았다. 하지만 생각해보면, 리즈베스 캔트렐은 의지가 굳고 강인한 여성이었다.

계획이 시작되면 오늘밤 안으로 모든 것이 밝혀질 것이다. 물론, 계획의 성공여부에는 몇 가지 결정적인 요소가 걸려 있다. 필요한 사람들이 모두 파티에 나타날 것, 티모시 네빌이 최선을 다해 협조해줄 것. 너무 욕심을 부리는 걸까? 시어도시아는 그렇지 않다고 확신하고 있었다.

책상에서 벽에 걸린 사진을 멍하게 바라보는 동안, 시어도시아의 눈은 한 장의 낡은 흑백 사진 속으로 빨려들어갔다. 애용하던 낡은 요트인 스톤 호스 호에 장비를 장착하는 아버지의 사진. 그때 요트 클럽의 비상근 종업원인 무뚝뚝한 빌리 매놀로가 머릿속에 떠올랐다.

오늘밤 빌리 매놀로도 어떻게든 파티에 부를 수만 있다면 완벽한데. 그러면 배우진이 모두 갖춰지는데……

그래, 완벽해. 해볼 가치는 있어. 하지만 어떻게 해야…….

시어도시아는 요트 클럽의 번호를 눌렀다. 터무니없는 생각이 문득 머릿속에 떠올랐기 때문이다. 잘 생각해보면, 그리 터무니없는 생각이 아닌 것 같기도 했지만.

"요트 클럽입니다." 젊은 남자인 듯한 목소리가 들렸다.

"빌리 매놀로씨 계십니까?" 시어도시아는 물었다.

"아, 그는…… 요트를 관리하러 밖에 나간 모양입니다. 1시간쯤 전에 부두에서 봤는데, 지금은 어디에 있는지 모르겠습니다. 저는 잠깐 물을 마시려고 들렀는데 마침 전화가 울려서 받았거든요. 별로 도움이 못되어……."

"메모를 부탁드릴 수 있을까요?"

"메모요? 아, 좋습니다. 잠시만요. 종이와 연필을 가져오죠."

손으로 뭔가를 찾는 소리와 퉁, 하고 수화기를 내려놓는 소리가 나더니 잠시 후 젊은 남자의 목소리가 전화로 돌아왔다.

"예, 말씀하세요." 남자가 말했다.

"빌리 매놀로씨한테 메모입니다." 시어도시아는 말했다. "이렇게 써주세요. 오늘밤 8시에 티모시 네빌씨의 집으로 올 것. 주소는 아치데일 413번지."

남자가 쓰면서 메모를 작은 목소리로 되풀이하는 것이 들려왔다. "그밖에는요?"

"반드시 오길 바라며, 부스 크로울리의 명령이라고 써주세요."

"철자가 어떻게 됩니까? 부스는 알겠는데, 크로울리는 자신이 없네요."

"C-R-O-W-L-E-Y입니다."

"알겠습니다." 젊은 남자는 말했다. "그런데 누구신지요?" 시어도시아는 머릿속을 뒤져서 부스 크로울리의 회사에 전화했을 때 이야기했던 여성의 이름을 기억해내려 했다. 매릴린, 그 여성의 이름은 아마도 매릴린이었다.

"부스 크로울리 사무실의 매릴린이라고 합니다."

"오케이. 메모는 우편함에 넣어두겠습니다."

"그래요, 그럼 되겠네요."

시어도시아는 종업원, 잡역부, 요트 클럽의 중역들, 그리고 클럽에서 시간을 보내는 회원들이 사용하는, 네 줄로 늘어선 다섯 개의 우편함을 떠올리면서 말했다.

29

티모시 네빌은 파티를 여는 것을 아주 좋아했다. 크리스마스 파티, 자선 파티, 음악 연주회 등등. 그의 장대한 조지 왕조 풍 저택, 즉 아치데일 스트리트에 자리잡은 이 화려한 건축물은 많은 초대객이 찰스턴에서도 거의 볼 수 없는 호화로움을 엿볼 수 있는 절호의 기회였다.

가든 페스티벌의 공식 행사는 아니었지만, 언제부턴가 티모시는 개막 축하 파티를 개최해왔다. 페스티벌의 모든 참가자가 한데 모이는 이 파티는 봄이 왔음을 알리는 일종의 비공식 이정표 같은 역할을 하고 있었다. 날은 하루하루 더 따뜻해지고, 진보랏빛 밤은 커다란 멧누엣나방이 펄럭이며 날아다니고 밤에 피는 꽃 담배의 계절이 왔음을 예감케하는 것이다.

한편, 찰스턴의 주민들은 정원을 실내의 연장선으로 삼으려는 의욕을 불태우고 있었다. 왜냐하면 자신들의 정원을 무엇보다 사랑하고 있기 때문이었다. 그리고 곧게 쭉쭉 뻗은 협죽도에 둘러싸인 작고 호젓한 중정이든, 덩굴로 뒤덮인 벽돌담과 조각으로 장식된 분수와 신록이 우거진 화단으로 사치스럽게 꾸며진, 역사지구에서도 손꼽히는 장대한 정원이든, 모두 똑같이 사랑하고 있었다.

얼룩 하나 없는 새하얀 정장을 입은 티모시 네빌이 넓은 포치에 차분하게 서서 초대객들에게 일일이 인사를 건네고 있었다. 부드러운 가스등 불빛이 주위를 은은하게 비췄고, 그 설화석고 같은 반짝임 덕분에 여자 손님들의 뺨의 빛깔이 한층 돋보였다.

저택에 발을 들여놓으면, 40여 년 동안이나 티모시의 집사를 하고 있는 헨리 마르샹이 눈부신 로비 광장에 서 있었다. 빨간 색 스프링 코트에 새하얀 바지 차림의 헨리는 새로 도착한 여성 손님들에게는 파우더 룸을, 남성 손님들에게는 바가 있는 쪽을 가리키고 있었다. 그 동작에는 자신의 임무를 완벽하게 알고 있는, 집사다운 기품과 자신감이 넘쳐났다.

"엄밀히 말하면 예복이라곤 할 수 없지만 꽤 개성적인 차림인 건 확실하군."

이야기에 열중하고 있는 손님들을 시어도시아와 함께 관찰하고 있던 드레이튼이 감탄했다는 듯이 말했다.

티모시가 초청한 손님들은 대개 역사지구의 주민이었고, 그래서 시어도시아와 드레이튼도 만나면 인사를 나눌 정도의 안면은 있었다. 그들 대부분은 찰스턴의 옛 일족들 출신으로·예전부터 여기에 살고 있는 사람들이었다. 한편, 역사와 전통, 옛세계를 사랑하며 역사지구에 매혹되어 전면적인 복원을 목적으로 돈을 모아 유서깊은 저택을 산 사람들도 있었다. 역사지구에서 복원은 거대한 산업이기도 했다. 그건 다시 말하면, 이들 장려한 저택을 유지, 보수해 달라는 의뢰를 받는 미장이, 벽지 직공, 굴뚝 청소부, 정원사, 디자이너, 그밖에도 수많은 직공들이 큰 일감을 얻는다는 뜻이기도 했다.

아까, 드레이튼과 시어도시아는 헤일리를 도와서 호화로운 정원에서 차를 제공할 준비를 마쳤다. 드레이튼이 온 정성을 기울여 키운 열 개의 분재는 심플한 직사각형의 나무 탁자에 놓여 우아하고 선(禪)적인 느낌을 뿜어내고 있었다. 헤일리는 파란 유약이 칠해진 작은 찻잔에 일본차를 따라 티모시의 우아한 정원과 드레이튼의 분재를 감상하러 온 손님들에게 제공하고 있었다.

"이 저택은 정말 멋진데요."

시어도시아는 그렇게 말하고 헤플화이트 가구와 눈부시게 빛나는 크리스털 샹들리에, 이탈리아의 명장 루이지 프룰리니의 서명이 든 장식조각의 호두나무재 벽난로를 유심히 바라보았다. 벽에 걸린 유화들은 힐끗 보았을 뿐이지만, 호레이스 번디와 프랭클린 휘팅 로저스의 작품임을 이내 알 수 있었다. 두 개의 응접실 가운데 한쪽에는 도자기가 진열장에 장식되어 있었다. 그것이 진품 스포드 도자기라는 것도 알 수 있었다.

"분명히 티모시는 취미가 고상해." 드레이튼이 말했다. "그리고 자신의 취미가 고상하다는 걸 과시하고 있기도 하고. 그가 우리의 작은 계획에 가담하는 건 어디까지가 진심일지 약간 의심스러워."

"그가 도와주겠다고 한 말을 믿어요. 하지만, 사실은 모든 게 약간 불안하긴 해요."

"나도 그래. 하지만 계획대로 되기만 한다면……. 아아, 하필 이런 때에." 드레이튼이 목소리를 낮추었다.

"역시 그 재킷을 샀군요!"

들레인 디시의 새된 목소리가 선 룸의 소음을 뚫고 울려퍼졌다. 시어도시아와 드레이튼은 바에 들러 샴페인을 받으려고 여기로 들어왔던 것이었다. 백포도주가 담긴 커다란 고블릿을 들고, 하늘하늘한 분홍빛 실크 랩드레스 차림의 들레인이 인파를 헤치고 두 사람을 향해 돌진해왔다.

"언제 샀어요?" 그녀는 눈을 빛내면서 시어도시아에게 물었다. "오늘?"

오늘밤 들레인은 까만 머리를 하나로 틀어올려 분홍색 머리핀으로 깔끔하게 고정시키고 있었다. 분홍색 페티큐어를 칠한 발톱 끝이 세트인 분홍색 샌들 사이로 엿보였다.

"두 시간쯤 전에요." 시어도시아는 대답했다. "갑자기, 오늘 밤의 파티에 입고 갈 옷은 이 재킷밖에 없다는 생각이 들더라구요. 그래서 당신 가게에 전화해서 재닌에게 말했더니, 정말 운이 좋았어요. 녹색 재킷이 남아 있더라구요."

"그 반지하고도 어울려요." 들레인은 시어도시아의 손가락에서 빛나는 감람석 반지에 눈길을 멈추고 소리를 죽여 웃었다. "그건 가보예요?"

"할머니한테 받은 거예요."

"대대로 전해지는 보석은," 들레인이 중얼거리듯이 말했다. "언제나 최고죠." 그렇게 말하고는 반짝이는 눈을 드레이튼에게 향했다. "무조건이거든요. 남자들한테 받는 선물과는 다르죠."

"들레인, 제대로 된 남자라면 당신에게 선물 공세를 퍼부으면서 좋아할 겁니다, 아무런 조건도 붙이지 않구요."

"어머나, 드레이튼." 들레인은 고양이 같은 목소리를 냈다.

드레이튼은 가볍게 허리를 굽혀 절을 했다. "그럼, 두 숙녀분께는 죄송하지만 저는 정원에 나가보겠습니다. 티모시가 분재의 아름다움에 대해서 즉석 연설을 해달라는 부탁을 했거든요."

"정말로 신사예요." 게슴츠레한 눈으로 미소짓는 들레인을 보고 시어도시아는 그녀가 오늘밤 연한 빛깔의 콘택트 렌즈를 끼고 있는 것을 알았다. 들레인은 심한 근시인데, 어차피 끼는 김에 원래의 눈 색깔을 강조하거나, 때때로 다른 색깔의 렌즈를 끼면서 즐기고 있었다.

"들레인." 지금부터 하려는 일에 약간의 죄의식을 느끼면서 시어도시아는 입을 열었다. "내가 올리버 딕슨의 죽음에 대해 캐묻고 다닌다는 건 알고 있겠지만……."

들레인은 눈을 동그랗게 뜨고 바싹 다가왔다. "뭔가 새로운 사실을 알았나요?"

"그러니까, 어떤 의미에서는요. 말할 수는……."

"어머나, 말해줘요." 들레인은 시어도시아의 팔에 손을 올리고 인파로부터 감싸려는 듯이 옆으로 잡아당겼다. "나도 당신 못지않게 관심이 있다구요."

"사실은요. 놀라운 실마리를 발견해 버렸어요."

"뭔데요, 그게?"

"리넨 식탁보를 기억하고 있어요?"

들레인은 멍한 표정을 짓고 있었다.

"올리버 딕슨이 쓰러졌던 식탁보요…… 그…… 사고 때의."

들레인의 기억이 갑자기 되살아났다. "아아, 그 식탁보."

"그래요, 그걸 분석해봤어요."

"그 말은, 감식반 같은 데서요?" 들레인은 주위를 둘러보며 누군가 엿듣고 있지는 않는지 확인했다.

"아니, 개인적으로 분석을 부탁했어요. 물론, 전문가한테요."

"너무 멋져요." 들레인은 흥분해서 얼굴이 빛났다. "그래서 어떻게 됐어요?"

"오래된 권총이 폭발한 건, 누군가가 손을 봤기 때문일지도 몰라요. 화약과 흙을 꽉꽉 채워서요."

"어머나 무서워라." 들레인은 입으로는 그렇게 말했지만, 기대감으로 뺨을 씰룩거렸다.

"부탁해서 해본 분석 결과, 검출된 흙에는 특정 화합물이 포함되어 있다는 걸 알았어요. 이론적으로는, 누군가의 정원의 흙과 총에서 검출된 흙이 일치한다면 올리버 딕슨을 죽인 범인을 알수 있단 말이죠."

들레인은 입을 몇 번이나 뻐끔거렸다. "대단해요." 마침내 그 말만을 했다. "깜짝 놀랐어요, 정말로."

"그렇죠?"

"언제 흙을 비교하는데요?" 들레인은 물었다.

"지금 그걸 조사하는 중이에요." 하고 시어도시아가 대답했다.

"그럼, 오늘밤 안으로 알 수 있는 거네요?"

"이론상으로는……, 그래요."

"경찰은 알고 있어요? 그 티드웰이라는 형사는?"

"언젠가 때가 되면 말할 거예요."

들레인은 몸을 살짝 떨었다. "왠지 소름이 끼치네요. 마치 텔레비전에서 하는 범죄 수사 프로그램을 보고 있는 것 같아요. 공개수사 같아서…… 두근두근거려요."

시어도시아는 인파 너머를 바라보았다. 바가 있는 곳에 부스 크로울리가 서 있었다. 마티니인지 김릿*인지가 든 칵테일 잔을 들고 몸집이 작고 다부진 아내의 얼굴을 지루한 듯 보고 있었다.

방의 반대편에 눈길을 주자, 포드 캔트렐이 누나와 나란히 막 들어오고 있는 참이었다. 그는 침착하지 않은 모습으로 바 쪽을 힐끔힐끔 보고 있었다. 아마도 샴페인 한 잔이 아니라 버번을 병째 들이키고 싶은 심정일 것이고, 이런 환영받지 못할 파티에 누나는 왜 자신을 끌고 왔을까 의아하게 여기고 있을 것이다.

넓은 중앙 통로 안쪽에서는 티모시의 드넓은 도서실의 카우치에 도 벨베데레 딕슨이 비스듬히 앉아 있었다. 광택이 있는 크랜베리색 팬츠 슈트 차림의 도는 젊은 여자 세 명과 수다를 떠느라 정신이 없었다. 마치 여학생처럼 킥킥거리면서 웃는 모습은 도저히 미망인으로는 보이지 않았다.

---

* 보드카(진), 라임 주스를 탄 칵테일의 일종. 나사 송곳이란 뜻으로, 마시면 송곳처럼 날카로운 맛을 느끼게 해주는 칵테일이란 뜻에서 붙여진 이름이다.

시어도시아는 다른 손님들을 유심히 둘러보면서, 부디 빌리 매놀로가 메모를 읽고 오늘밤 얼굴을 내밀어주기를 간절히 기원했다. 이 가운데 누군가가 권총을 폭발시킨 것이다. 이 가운데 누군가가 냉혹하고 계산적인 살인자인 것이다.

오늘밤에는 덫을 놓고, 누가 그 덫에 걸려드는지 지켜보자구.

30

산소 아세틸렌 토치의 슈슷, 하는 소리는 분노하여 위협하는 살무사 소리같았다. 오늘밤의 빌리 매놀로는 그야말로 독오른 살무사 같은 기분으로 용접도구를 휘둘렀다.

그는 기분이 나빴다. 기분나쁘고 상당히 열도 받았다.

일단 무엇보다도, 내일 아침까지 이 짜증나는 문짝을 다 만들어야 했다. 고전적인 프랑스 풍의 디자인에다 장붓구멍*을 사용

---

* 건축에서 이음이나 끼움을 할 때에 구멍에 끼우려고 만든 장부의 끝인 장부촉을 끼우는 구멍.

한 탓에, 평생이 걸려도 일은 쉽게 끝날 것 같지 않았다. 이번에 납품 기일을 어기면 앞으로 포플 힐의 일감은 두 번 다시 없을 줄 알라고, 마리안느 페티그루는 못박았다. 하지만 마리안느는 재수없는 부자년이지, 그 여자가 구정물이 든 양동이를 뒤집어쓴들 내가 알 바 아니지만, 하고 그는 혼잣말을 했다.

하지만, 사실 그는 이 일을 진심으로 즐기고 있었다. 재미있고, 가능성도 있고, 새로운 디자인을 연구하는 것도 재미있었다. 물건 하나에 몇 백 달러를 벌 수 있다는 것도 나쁘지 않았다.

게다가 잘 생각해봐. 내가 부자놈들에게 직접 접근해서 놈들의 멋진 저택의 연철 문이나 울타리, 계단 손잡이 따위를 만들게 해달라고 졸라봤자, 시켜줄 리가 없잖아. 칫, 내가 부자라도 나 같은 놈은 안 쓰겠다.

또 한 가지, 그의 머릿속을 괴롭히고 있는 것은 오늘밤 다른 일로 외출해야 한다는 것이었다. 만약 그가 그 멍청이들의 길잡이 노릇을 해주지 않는다면 놈들은 지옥에서 길을 잃고 헤맬 것임에 틀림없었다. 왜냐하면 놈들은 대낮에 사방에 거울이 걸려 있는 방에서도 자기 엉덩이가 어디 있는지 못 찾을 정도로 멍청하니까. 그건 틀림없었다.

그러나, 부스 크로울리로부터의 메모를 받아들었을 때 모든 것이 달라졌다. '하라면 해' 주의자인 크로울리가 오늘밤, 누군가의 집에서 그를 만나고 싶다고 한 것이다. 대체 무슨 일이야? 계획이 완전히 바뀐 건가? 그는 이미, 그 비밀 거래의 우두머리가 아닌 건가?

빌리는 가죽장갑을 낀 손을 뻗어 가스 밸브를 잠갔다. 눈앞에서 창백한 불꽃이 꺼지는 것을 확인하고는 헬멧을 약간 뒤로 젖혔다.

8시, 라고 메모에는 씌어 있었다. 8시. 부스 크로울리 같은 남자는 거스르지 않는 게 좋을 거라 생각했다. 크로울리는 찰스턴 일대에서 커다란 영향력을 갖고 있는 남자 가운데 하나이자, 필요하다면 아주 비겁한 놈이 될 수도 있음을, 빌리는 경험상 잘 알고 있었다. 지금 그는 부스 크로울리 같은 놈과 얽혔던 것을 후회하고 있었다.

빌리 매놀로는 작업대 위에 놓인 공구를 신중하게 정리했다. 작업장의 전기를 끄고, 차고 문을 끌어내려 열쇠를 채웠다.

발치를 조심하면서 마당을 가로질러 걸어가며 간단히 샤워를 할 시간도 없을 것 같다고 혼잣말을 했다.

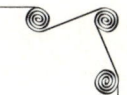

잠깐! 깜짝 녹차 상식
녹차를 끓일 때 필요한 기구와 도구들

• **다관(茶罐)** 잎차와 더운물을 함께 넣어 차를 우려내는 도구.

• **숙우(熟盂)** 물을 식히는데 사용하는 그릇.

• **찻잔(茶盞)** 찻주전자에서 우러난 차를 담아 마시는 잔.

• **차호(茶壺)** 차를 담아두는 단지.

• **차탁(茶托)** 찻잔 받침.

• **다건(茶巾)** 차를 우릴 때나 정리할 때 쓰는 행주.

• **찻상(茶床)** 다관, 숙우, 찻잔, 차호 등을 올려두는 판.

• **다반(茶盤)** 찻잔을 나를 때나 기타 물건을 담아두는 판.

• **차완(茶碗)** 잔보다 큰 사발. 말차를 마실 때 사용한다.

• **차칙(茶則)** 차호에서 차를 떠내는 대나무로 된 도구.

• **퇴수기(退水器)** 차를 낼 때 예열을 하기 위해 사용한 물이나 첫탕에서 차를 씻어낸 물을 담는 그릇.

31

"시료는 채취해왔어?" 드레이튼이 작은 목소리로 물었다.

헤일리는 의기양양하게 흙이 담긴 비닐 봉지 세 개를 드레이튼의 분재 옆에 있는 탁자에 놓았다.

"말씀하신 대로 했어요. 먼지 여섯 군데쯤 리트머스지로 조사했어요. 그리고 수소 이온 농도가 상당히 비슷한 듯한 곳이 있으면 샘플을 채취했어요."

"잘했어." 드레이튼은 속삭이듯이 말하고는, 분재 도구와 구리선을 담은 더플백에서 작은 플라스틱 페트리 접시* 세 개를 끄집어냈다. "회중전등 불빛을 누군가에게 들키지는 않았어?"

"절대로 괜찮아요. 요트 클럽은 간단했어요. 아무도 없었거든요. 그 다음 두 집의 뒷정원에 몰래 숨어들었을 때도 회중전등을

---

* 둥글고 납작하며 뚜껑이 있는 유리 접시. 세균 배양 따위의 의학, 약학, 생화학 실험에 주로 쓴다. 독일의 세균학자 페트리의 이름에서 따왔다.

켠 건 리트머스 종이 색깔을 조사할 때, 아주 잠깐뿐이었으니까요. 그때도 조명 주위를 확실하게 손으로 덮었구요."

"훌륭한 밤도둑의 테크닉같은데."

그러나 헤일리는 작은 모험의 여운으로 여전히 들떠 있었다.

"도의 집 정원은 간단했어요. 집에 아무도 없었거든요. 하지만, 부스 크로울리의 뒷정원에 숨어들 때는 꽤 높은 울타리를 기어올라가야 했어요. 저의 숨은 순발력을 발휘해야 했던 아슬아슬한 순간도 몇 번 있었어요." 그녀는 거기서 말을 끊었다. "지금 여기서 흙의 샘플을 조사할 거예요?"

"그럴 계획이야." 드레이튼은 손가락을 바삐 움직여 각각의 봉지에서 흙을 스푼으로 떠내고는 각각의 페트리 접시에 올렸다.

"자, 곧바로 결과를 알 수 있다는 말?"

드레이튼은 페트리 접시 세 개를 타마라크* 분재가 심어진, 갈색 유약이 칠해진 커다란 화분 뒤에 숨겼다. "헤일리, 계속 그렇게 질문을 해대면 순식간에 모든 사람이 다 알게 될 거야."

"그럴 생각인 줄 알았는데요."

드레이튼은 참을성 있게 미소지었다. "조금만 더 기다려주시죠, 아가씨. 조금만 더."

---

* 아메리카 낙엽송.

휘황한 불빛 속에서 사람들의 이야깃소리는 점점 더 시끄러워 지고, 티모시 네빌이 불러온 현악사중주단은 비발디의 「사계」를 생동감 넘치게 연주하고 있었다. 시어도시아는 이 방 저 방 돌아 다니면서 힌트를 흘려주거나 재치있게 은밀한 이야기를 했다. 들레인의 뒤를 따라다녔기 때문에, 자신은 들레인의 말에 그럴 듯 하게 주석만 붙여주면 되었다. 싱거울 정도로 간단했다. 게다가 대화 상대가 계속 바뀌거나 새로운 대화의 무리가 계속 만들어 지는 파티장의 특성상, 소문의 물레방아를 돌리는 일쯤은 식은 죽 먹기였다.

두 개가 나란히 붙은 응접실 가운데 한 쪽에서 시어도시아는 온화한 주최자와 마주쳤다.

"즐기고 있나, 브라우닝양?" 티모시는 포 피니시*에 관해 격렬한 찬반 논쟁을 벌이고 있는 사람들에게서 눈길을 돌려 도전적인 시선으로 그녀의 얼굴을 들여다보았다.

"무척 즐기고 있어요, 네빌씨."

"아까부터 여기저기 부지런히 돌아다니고 있는 것 같던데." 티모시는 입매를 올려 작고 네모난 이를 드러냈다. "게다가 손님들

---

* '눈속임'이라는 뜻의 프랑스어로, 대리석 무늬나 나뭇결, 돌 무늬 등 자연소재의 질 감을 표현하는 인테리어 페인팅 기법.

과도 부드럽게 담소를 나누고 있고. 마케팅 세계의 노병은 죽지 않는다 이건가? 마치 홍보 우먼으로 돌아간 듯이 즐거워 보이는 걸 보면 말야." 그 어조에는 희미한 비아냥이 섞여 있었지만 눈은 웃고 있었다. 문득 티모시가 쓰윽 얼굴을 가까이 하고는 작은 목소리로 물었다. "드레이튼은 연금술을 구사해서 흙을 조사하고 있나?"

"그럴 거예요." 시어도시아는 공범이 된 듯한 기분으로 샴페인을 한 모금 마셨다.

"그렇다면 당장 나가서 결과를 듣고오는 게 어때? 결과가 예상대로라면, 당신의 작은 계획의 2부를 시작하자구."

티모시의 돈키호테식 저돌성이 갑자기 마음에 걸리기 시작했다. "아아, 네빌씨, 어쩐지 이걸 즐기고 계시는 것 같네요."

"이건 게임 아닌가, 브라우닝양. 재미있는 게임이지. 솔직히 말하면, 드레이튼은 나를 끌어들이기 위해서 그렇게 세게 나올 필요는 없었어." 티모시 네빌은 갑자기 얼굴이 붉어졌다.

"한편으로, 올리버 딕슨은 멋진 사나이이자 나의 친구였거든. 문화유산협회에도 잘 협력해주었고, 그밖에도 찰스턴에서 벌이는 몇몇 뜻있는 자선사업도 지원하고 있었지. 그랬던 그가 맞이한 최후는 너무나 비참해서, 만약 그렇게 참혹한 살인을 계획한 놈이 있다면, 그 놈은 반드시 죗값을 받아야 해. 경찰이 지금까지 아무 것도 파헤치지 못하고 있다면, 내가 운명의 여신에게 몸을 맡기지 않을 이유가 없는 거지. 적어도 우리가 도움이 될 만한 자극을 주는 거야."

티모시는 거기서 말을 자르고, 웃옷 안주머니에서 얼룩 하나 없는 새하얀 손수건을 꺼내서 이마를 쓰윽 훔쳤다.

"그러니까, 답이 나오면, 브라우닝양, 잊지 말고 즉각 헨리에게 알려주게. 오늘밤의 작은 쇼를 매듭짓는 건 그에게 맡겨두었거든."

티모시는 지나쳐가는 웨이터의 쟁반에서 샴페인 잔을 집어들고 건배하듯이 시어도시아를 향해 들어올려 보였다. "게다가 나의 손님은 모두들, 나보다 헨리를 더 무서워하고 있다네." 그리고는 킥킥 웃었다.

"드레이튼, 티모시가 결과가 나왔는지 알고 싶어해요."

시어도시아는 약간 숨을 헐떡이면서 물었다. 급하게 티모시의 저택의 끝에서 반대편 끝까지 달려와서, 뒷계단을 마치 날듯이 내려와 이 우아한 정원에 도착했기 때문이었다.

어쩜 이렇게 기분이 좋은 곳이 있을까. 야자나무와 대나무가 조용히 흔들리는 것을 몸으로 느끼고, 풀장 수면 위에서 가늘고 길게 흔들리는 달빛을 바라보고 있노라니, 문득 그런 생각이 들었다. 사람이 북적거리던 곳을 빠져나온 뒤라 더더욱 상쾌하고 조용하게 느껴졌다.

그러나 드레이튼은 무뚝뚝한 얼굴로 그녀를 보고 있었다.

"결과는 나왔는데, 당신이 듣고 싶어할 만한 내용은 아니야." 목소리에 경고의 빛을 띠고 말했다.

시어도시아는 곧장 경계 모드로 바뀌었다. "무슨 일이에요?"

"무슨 일이고 뭐고, 모든 흙의 시료가 모로 교수가 식탁보에서 채취했던 것과 일치하지 않았어." 드레이튼은 보기에도 조바심이 난 모습으로 탁자를 손가락으로 탁탁 두들겼다.

드레이튼의 표정에서 조바심과 실망이 읽혔다. 일본제 찻주전자를 손에 들고 미동도 하지 않고 서 있던 헤일리가 갑자기 울음이 터질 듯한 얼굴이 되었다.

"전 시킨 대로 했어요, 드레이튼."

그가 한 손을 들어올렸다. "자기가 한 방식에 트집을 잡는 게 아냐. 예비 분석은 괜찮았어. 다만 그것이……."

"다만 그것이 뭐요?" 시어도시아가 물었다.

"본격적인 분석에서는 아무 것도 나오지 않았어."

"그 말은, 도도 부스 크로울리도 빌리 매놀로도 결백하다는 말?" 하는 헤일리.

"자택의 뒷정원의 흙을 사용하지 않았다는 의미에서는 결백한 거지. 아니, 빌리 매놀로의 경우는 자택이 아니라 요트 클럽의 뒷 정원이지만." 시어도시아도 무척 낙심하고 있었다. 그러나, 흙의 분석이 승산없는 도박이라는 건 처음부터 알고 있었다.

"자, 이걸로 끝이에요?" 헤일리가 물었다. "여기까지 왔는데 막혀버린 건가요?"

"그렇지는 않아. 흙의 샘플은 실제로는 단지 낚싯밥이었거든. 그럼, 슬슬 티모시에게 미끼를 매달아 달라고 할 차례야."

32

빌리 매놀로의 귀에 반 블록쯤 앞에서 담소를 나누는 목소리가 들려왔다. 그 소리는 티모시 네빌의 저택의 열어젖힌 창과 문에서 마치 은으로 짠 실 마냥 흘러다니다가 진한 쪽빛 하늘로 하늘 하늘 춤추며 올라가는 듯했다.

빌리는 잠시 발을 멈추고 하늘을 올려다보았다. 머리 위에 펼쳐진 밤하늘에 뭔가 보이는 건 아닐까, 하는 실낱 같은 기대를 품고서. 마침내 그는 고개를 젓고는 아치데일 스트리트의 집을 향해 다시 걷기 시작했다. 멍청하긴, 하고 혼잣말을 했다. 정말 멍청하기도 하지.

문을 두드리거나 초인종을 누르지도 않았는데 현관에서 헨리가 이미 기다리고 있었다.

"매놀로님이십니까?" 헨리가 감정이 없는, 쉰 듯한 목소리로 물었다.

빌리는 상대를 힐끔힐끔 보았다. 빨강과 흰 색의 기묘한 예복 차림의 이 노인은 아마도 아흔 살은 되었을 것이다. 마치 옛날영화에 나오는 배우 같다. 그것도 무성영화.

"아아, 빌리 매놀로입니다." 빌리의 호기심이 몇 단계 높아졌다. "뭔가 문제라도 있습니까?"

"아니오, 아무런 문제도 없습니다." 헨리는 빙긋 웃었다. "사실은 당신을 기다리고 있었습니다."

"정말입니까?" 빌리는 미심쩍은 눈으로 헨리를 보면서 로비에 발을 들여놓고는 재빨리 주위를 둘러보았다. "파티가 한창인 것 같군요."

"그렇습니다."

"정말 거대한 집이로군요. 이 정도 홀이라면 점보 제트기라도 착륙할 수 있을 것 같은데요."

"감사합니다. 당신의 날카로운 촌평을 네빌씨에게 전해드리겠습니다. 분명히 주인님도 기뻐하실 겁니다."

"부스 크로울리는 와 있습니까?" 빌리가 물었다. "여기서 만나자는 묘한 메모를 받았거든요."

"예, 그것에 대해서는 준비가 되어 있습니다."

"뭐라구요?" 빌리는 날카로운 목소리로 되물었다.

"음악실까지 안내해 드리겠습니다." 헨리가 손짓으로 불렀다. "슬슬 시작될 시간입니다."

부스 크로울리의 정수리 부근의 백발이 고슴도치의 바늘처럼 바싹 곤두섰다. 그리고 연한 회색의 작은 눈이 빌리 매놀로에게 쏟아졌다. 빛바랜 청바지에 검은 티 셔츠 차림의 그가, 복도에 깔린 동양 풍의 털이 가늘고 긴 융단 한가운데를 거들먹거리면서 걸어오는 것이 아닌가. 게다가 묘하게도, 티모시의 집사인 헨리가 앞장서서 인도하고 있었다.

"저런 바보 같은 놈."

때마침 자신들의 오페라 소사이어티가 개막할 오페라 「투란도트」 공연 자금 협찬을 정중히 부탁하러 온 여성 두 명을 무시하고 부스 크로울리는 작은 목소리로 중얼거렸다.

여성들의 눈썹이 치켜올라갔다. 그 욕설이 자신들을 향한 건 아님을 모르진 않았지만, 이런 사교의 장에서 무례한 태도를 보이는 데에는 익숙지 않았다. 신사답지 못한 언동에 자원 봉사 단체 사람들은 그를 노려보았다.

그러나 무례를 범하고 있다는 생각은 지금의 부스 크로울리에게는 손톱만큼도 없었다. 그는 원래부터 버럭 화를 폭발시키는 성미였으며, 지금도 무난히 감정을 다스릴 안전판이 없는 격렬한 분노가 폭발하고 말았다.

부스 크로울리는 인파를 헤치면서 방을 가로질러 갔다. 두툼한 가슴팍으로 헨리와 빌리 사이를 가르고 들어가 빌리가 가는 것을 가로막았다.

"당장 여기서 꺼져."

부스 크로울리는 으르렁거렸다. 입이 심하게 일그러지고, 꽃무늬 나비넥타이 위에서 목젖이 거칠게 위아래로 움직이고 있었다. 가까이 있던 몇 명이 지금부터 펼쳐질 광경을 구경하려 발걸음을 멈췄다.

빌리는 어처구니 없다는 듯이 부스 크로울리를 응시하고, 이 늙은이는 요즘 유행하는 정신 분석 용어로 말하면 뭐라는 병임에 틀림없다고 생각하기로 했다. 애당초, 오늘밤 이리로 만나러 오라고, 거의 명령조의 메모를 남긴 건 그쪽 아닌가. 그런데 이 정신나간 늙은이가 나한테 나가라고! 어쩔 수 없는 얼간이로군, 하고 빌리는 질렸다는 듯이 손사래를 쳤다. 아니, 요즘은 모든 것이 이상했고, 마치 자신을 둘러싼 세계가 덜컹덜컹 소리를 내면서 무너져내리는 듯했다.

그때, 극도로 긴장된 공기와 흥분된 웅성거림을 뚫고 날카로운 벨소리가 울려퍼졌다.

"여러분, 부디 음악실에 모여주시기 바랍니다."

평소에는 가냘픈 헨리의 목소리가 갑자기 20데시벨쯤 음량을 높여서, 울림이 좋고 힘있고 위엄있는 목소리가 되어 쩌렁쩌렁 울려퍼졌다. 그 소리는 여왕의 도착을 알리는 궁정 신하의 목소리를 연상케 했다.

"이 망할 늙은이." 빌리 매놀로가 부스 크로울리에게 그렇게 내뱉음과 동시에 두 사람은 갑자기 뒤에서부터 떠밀려 줄줄이 앞질러가는 인파에 휘말려들었다.

흥분으로 얼굴에 홍조를 띤, 루이 뢰데레의 크리스털 샴페인* 을 마음껏 마시고 잔뜩 들떠 있는 손님들이 음악실로 우르르 밀려들어왔다. 빌리 매놀로도 부스 크로울리도 그 흐름에 휩쓸려 갈 수 밖에 없었다. 두 사람 모두 기껏해야 노골적으로 얼굴을 찌

---

* 18세기부터 샴페인을 만들어온 루이 뢰데레 사가 생산하는 세계 최고급 샴페인. 러시아 황실에 샴페인을 공급하던 루이 뢰데레 2세가 알렉산더 2세의 명을 받고 투명한 크리스털 병으로 탄생시킨 샴페인이다. 지금은 유리 병으로 바뀌었지만, 그 이름은 그대로 쓰고 있다.

뿌려 보였을 뿐이었다.

바깥의 중정에 있던 드레이튼과 시어도시아, 헤일리의 귀에도 헨리가 울린 높고 아름다운 벨소리가 들려왔다.

시어도시아는 눈을 반짝반짝 빛내며 드레이튼을 돌아보았다. "드디어네요." 그녀는 가슴을 설레며 작은 목소리로 말했다. "손가락으로 십자를 만들어 행운을 빌어요."

"저기요, 지금부터 무슨 일이 벌어지는지 누가 저한테 가르쳐 줄래요?" 헤일리가 투덜거렸다. "뭔가 나만 모르는⋯⋯."

드레이튼이 그녀의 손을 붙잡아 앞으로 끌어당겼다.

"그럼 함께 가자구. 지금부터 티모시가 짧은 연설을 해. 2분 뒤에는 자기도 우리가 하려고 하는 일을 알게 될 거야."

세 사람은 뒷계단을 허둥지둥 뛰어올라 저택 안으로 들어가서는 다른 손님들과 함께 중앙 복도를 걸어갔다. 드넓은 음악실에 들어가서는 좋은 자리를 잡으려고 이리저리 움직였다.

티모시 네빌은 거대한 대리석 난로 앞의 중앙 연단에 서서, 관객이 차례로 들어와 주위에 모이기를 기다리고 있었다. 그의 머리 위를 보자, 무늬가 도드라진 금빛 벽지와는 전혀 어울리지 않는, 위압적인 느낌이 드는 얼굴의 위그노 교도 선조들의 초상화가 걸려 있었다.

웅성거림, 헛기침 소리, 소곤소곤하는 소리가 가라앉기까지 족히 1분이 걸렸다. 마침내 결심한 듯이 티모시가 헨리를 바라보자 헨리는 가볍게 고개를 끄덕였다. 티모시는 모여든 청중에게 온화한 눈을 향했다. 드레이튼과 시어도시아가 있는 것을 알았지만 알아차린 낌새는 보이지 않았다. 그리고는 언제나처럼 등을 곧게 펴고 이야기를 시작했다.

"오늘밤에 와주신 것에 대해 진심으로 감사드립니다." 그는 울림이 좋은 열정적인 목소리로 손님들에게 이야기했다. "여러분과 같은 훌륭한 손님을 파티에 초대할 수 있다는 건 그지없는 영광입니다."

그러자 성대한 박수갈채가 터지고, 몇 명인가는 "맞아요! 맞아요!" 하고 소리쳤다.

티모시는 다시 소란이 가라앉기를 기다렸다. "가든 페스티벌은 해가 갈수록 규모를 확장하고 있습니다. 올해만 해도, 여섯 집의 정원이 이 프로그램에 새로이 참가했습니다. 요컨대, 우리가 사랑해 마지않는 역사지구에 있는 총 서른 여덟 개의 개인 정원이 내일부터 사흘에 걸쳐 공개되어 많은 분들의 눈을 즐겁게 해준다는 겁니다."

다시 성대한 박수갈채.

"약간 개인적인 말씀을 드리자면." 티모시는 계속했다. "친구이자 이웃이었던 올리버 딕슨의 정원이 앞으로는 이 가든 페스티벌에 참가할 수 없다는 사실은 진심으로 유감스럽습니다. 여러분도 아시다시피, 우리는 바로 얼마 전에 올리버를 잃었습니다. 그리고 그의 사고는 지금도 우리 기억 속에 생생하게 남아 있습니다."

겨우 몇 마디로, 티모시는 갑자기 청중들의 마음을 완전히 사로잡았다.

"올리버 딕슨은 문화유산협회에 많은 공헌을 해왔습니다. 또한 그 옛날, 제가 아직 젊고 지금보다 훨씬 더 날렵했던 시절에는 요트 클럽이 주관하는 요트 경기에 여러 번 함께 나가기도 했습니다. 아일 오브 팜즈 레이스, 메기 컵, 패트리어트 포인트 대회. 올리버는 진정한 신사이자 좋은 경쟁자였습니다. 그 어처구니없는 사고로 인해 요트 클럽의 명예와 오랜 전통이 더럽혀지는 사태를 올리버가 바라고 있지 않다는 것은, 제가 잘 알고 있습니다."

티모시는 거기서 의원이 정숙을 요할 때와 똑 같은 방식으로 잠시 뜸을 들였다. 뭔가 큰 일이 일어날 듯한 예감을 느낀 청중은 일제히 숨을 죽였다.

"올리버 딕슨의 막대한 공헌을 기념함과 동시에, 요트 클럽의 유서 깊은 관습을 끊지 않기 위해 저는 그를 기리면서 특별한 물건을 기증할 생각입니다."

거기서 헨리가 커다란 목재 상자를 안고 앞으로 걸어나왔다. 그는 관객쪽으로 몸을 돌리자 잠시 움직임을 멈추었고, 이윽고 천천히 뚜껑을 열었다.

머리 위의 샹들리에가 발하는 눈부신 빛을 받아 호화로운 빨간 벨벳에 싸인 은빛 권총이 반짝거렸다.

처음엔 실내가 물을 끼얹은 듯 고요해졌다. 모두들 놀라고 약간은 어리둥절했다. 그러나 마침내, 앞 쪽에 서 있던 몇 명의 남자들부터 박수소리가 일어났다. 박수는 차츰 규칙적인 소리가 되더니, 결국은 거의 모든 사람이 예의바르게 가담했다.

"당신 말대로군." 드레이튼이 시어도시아에게 귓엣말을 했다. "꽤나 충격적이었어."

그러나 시어도시아는 청중쪽을 보면서 일일이 표정을 확인하느라 바빴다.

도의 젊은 얼굴에는 먼저 동요가, 그리고는 최악의 불쾌감이 퍼져가는 것을 확인할 수 있었다.

안쪽의 벽에 등을 기대고 있는 포드 캔트렐은 부드러운 미소를 지은 채 거의 표정을 무너뜨리지 않았다. 그러나 신중하게 만들어낸 표면적인 얼굴의 깊숙한 곳에 다른 표정이 떠오른 것을 시어도시아는 놓치지 않았다. 호기심이었다. 포드 캔트렐은 이 계획을 꿰뚫어보고 무슨 일이 일어날지, 그리고 어떤 덫이 쳐져 있는지를 밝혀내려 하고 있었다.

부스 크로울리의 언짢은 얼굴은 성난 풍선처럼 군중 틈에서 재빠르게 움직였다. 건성으로 박수를 치면서도 심하게 침착성을 잃고 허둥거리는 듯했다. 옆에 있는 아내 비아트릭스는 오늘밤 내내 띠고 있는 당혹스런 표정 그대로였다.

검은 티 셔츠 차림의 빌리 매놀로 – 디너 재킷과 턱시도의 물결 속에서 마치 분노한 반항아처럼 보이는 – 는 오만한 엷은 미소를 지을 뿐이었다.

"그건 무슨 권총입니까?" 앞쪽의 젊은이가 질문했다. 눈을 반짝반짝 빛내며, 그런 대담한 질문을 한 자신이 대견하다는 듯이 웃고 있었다.

티모시의 웃는 얼굴은 불길한 동시에 무척 만족스러운 듯했다. "스코틀랜드 연대의 총입니다. 영국 버밍엄 출신의 아이작 비셀이라는 인물이 만든 것입니다. 보십시오, 여기 RHR이라고 새겨져 있죠? 영국 육군 스코틀랜드 고지대 연대(로열 하일랜드 레지먼트)의 머릿글자입니다."

옆에 서 있던 들레인이 침착해지지 않는 듯 자신의 얼굴을 어루만졌다.

"총알은 들어 있나요?" 그녀가 불안과 흥분이 뒤섞인 표정으로 물었다.

"들어 있고 말고요." 티모시는 총을 한 손으로 들고 천장을 향했다. "탄약은 예전부터의 수제품으로, 화약과 둥근 탄을 얇은 갈색 종이로 싼 것입니다. 루카스 클레이라는 사람이 영국에서 옛날부터 전해 내려오는 방법으로 만든 것입니다. 클레이는 현재 남부에서 가장 위대한 탄약 전문가의 한 사람입니다." 티모시는 한참 동안 총을 높이 들고 있었지만, 마침내 정중하게 상자 안에 다시 넣었다.

여기저기에서 칭찬의 휘파람과 웅성거림이 들려왔고, 빨간 벨벳 대에 누워 있는 번쩍이는 위험한 그것을 구경하려고 몇 사람이 앞으로 몰려들었다.

코브라가 최면술에 걸린 듯이 몽구스에게 끌려가듯이 모두들 저 총에 끌려가고 있는 거야, 하고 시어도시아는 생각했다. 누구라도 볼 수 있도록 난로 옆의 탁자에 놓아두자 무섭지만 보고싶다는 생각을 억누를 수 없었다.

동시에 인파는 흩어지기 시작했고, 서늘한 중앙 복도로 이동하기 시작했다. 대부분은 바에서 음료를 다시 채우려고 선 룸을 향해 복도를 걸어가고 있었다.

부스 크로울리는 지금 다시 한 번 인파를 헤치고 빌리 매놀로와 서서 이야기를 나누고 있었다. 서서 이야기를 나눈다기보다는 부스 크로울리가 일방적으로 지껄이고 있다는 편이 옳았다.

빌리는 마룻바닥을 지그시 노려보고 있었고 부스 크로울리는 귀 끝까지 시뻘개져 있었다.

오늘의 들레인의 옷 색깔 같은 색이네, 하고 시어도시아는 생각했다. 지금 당장 생쥐로 변신할 수만 있다면, 마룻바닥 위를 쪼르르 달려가 부스 크로울리가 빌리 매놀로를 나무라고 있는 듯한 일방적인 말싸움을 엿들을 수 있을 텐데.

"어떻게 생각해?" 옆에 있던 드레이튼이 용기를 내서 물었다.

"아직 판단 못하겠어요." 시어도시아가 대답했다.

"잠시 가서 티모시와 이야기를 하고 올게." 그는 말했다. "곧 돌아올게."

음악실에서 사람들이 눈깜짝할 사이에 퇴장하는 것을 보고 시어도시아는 모두로부터 눈을 떼지 않으면서 인파를 따라 이동했다. 바로 앞쪽에서 도가 빈 샴페인 잔을 높이 치켜들더니, 일부러인 양 금발을 휘날리면서 조반니 로드에게 건네주는 것이 보였다.

조반니 로드.

뒤통수를 호되게 얻어맞은 느낌이었다. 저 사람의 정원에서도 샘플을 채취했어야 했는지도 몰라. 무엇보다 조반니는 올리버가 죽자마자 도와 너무 다정한 것 같다. 하지만, 조반니는 올리버의 사촌이니까 동정하고 배려하는 건 어찌 보면 당연했다.

드레이튼이 어디 있나 둘러보았지만, 그도, 티모시도 보이지 않았다.

"시어도시아!" 들레인의 당혹스러운 얼굴이 눈앞에 나타났다. "아까의 티모시는 좀 악취미 아니었어요?"

들레인은 참으로 의분에 넘치는 표정을 가장하고 있지만, 어차피 앞으로 며칠 동안, 오늘밤의 일을 신나게 떠들고 다닐 것임에 틀림없었다.

"티모시는 진정한 괴짜예요." 시어도시아도 인정했다. "그 나름대로 뭔가 생각이 있을지도 모르죠."

"괴짜라는 말로는 부족해요." 들레인이 짐을 튀겼다. "저 사람은 그러니까……" 거기서 적당한 말을 찾았다. "후안무치해요."

키득키득 웃으면서 시어도시아는 음악실을 돌아보았다. 더 이상 아무도 남아 있지 않은 것 같았다. 드레이튼과 티모시는 다른 문으로 나갔음에 틀림없다.

"그런데, 당신들이 모은 흙의 샘플은 어떻게 되었어요?" 들레인이 더욱 바싹 다가왔다. "결과가 어떻게 되었는지, 약간만 가르쳐주면 안되요?"

흙의 샘플……. 그 말에 시어도시아는 다시 생각에 빠져들었다. 조반니의 정원에서도 채취해야 해, 만일을 위해서.

"어머나, 세상에." 갑자기 들레인이 숨을 삼켰다. "개비 스튜어트예요." 그녀는 짧고 검은 칵테일 드레스를 입은 꼬챙이처럼 빼빼마른 여성을 보려고 목을 늘렸다. "그녀의 얼굴을 봐요. 주름이 하나도 없죠. 어머, 개비……." 그리고 들레인은 필사적으로 인파를 헤치고 나아갔다.

시어도시아는 잠시 혼자서 멍하게 서서, 최후의 손님 무리가 선 룸 쪽으로 걸어가 넓은 현관 포치로 나가는 것을 지켜보았다. 그리고 생각을 굳혔다.

조반니는 근처에 살고 있었다. 아까 모두에게 배포된 가든 페스티벌 전단지의 지도에서 보면 중심부였다.

지금 당장 가서 흙의 샘플을 채취하자. 무슨 문제가 있겠어? 분명히, 5분 안에 돌아올 수 있을 거야.

33

활활 타오르는 횃불이 티모시의 정원을 밝게 비추고 있었지만, 뒤쪽으로 향하는 이 부근은 인기척이라곤 없이 적막했다. 원래는 전통적인 찰스턴의 중정으로 만들어졌지만, 세월이 흐르면서 아시아 풍이 넘치는 정원으로 변모했다. 지금은 토착 화초와 관목들이 무성한 대나무와 레이디고사리*, 한국 이끼 따위와 어깨를 맞대고 공생하고 있었다. 직사각형 모양의 기다란 연못에는 아시아가 원산지인 수생식물이 무성하게 한 면을 뒤덮고 있고, 통로에는 돌로 만들어진 시샤**상과 부처상이 수호신처럼 지키고 서 있었다.

시어도시아가 서둘러 통로를 걸어가고 있노라니 서늘한 바람이 정원을 스쳐지나갔다. 안쪽의 어슴푸레한 한쪽에서는 작은 폭포가 요란하게 물보라를 날리고 있었다.

뒷문까지 오자 시어도시아는 길로 통하는 낡은 나무문을 손으로 밀었다.

그와 동시에 뒤에서 소리가 났다. 뒤쪽에서 다가오는 희미한 발소리. 시어도시아는 주저했지만 어둠 속을 바라보았다.

뭉게구름 틈바구니에서 은빛 달이 미끄러져 나와 3미터쯤 앞에 서 있는 남자를 어스름하게 비추기 시작했다.

---

* 꼬리고사리과에 속하는 크고 깃털같이 생긴 양치류. 관상용으로 널리 심는다. 잎은 길이 약 75센티미터, 너비 25센티미터 정도이고 둥글게 뭉쳐 자란다. 전세계 온대 지방의 습하고 반그늘진 곳에서 자란다.
** 우리의 해태와 비슷한, 일본 오키나와의 상징인 일종의 사자. 입을 벌린 수사자와 입을 다문 암사자가 쌍을 이루며, 수사자는 입을 벌려 재물을 물어 오고 암사자는 입을 다물어 재물이 나가는 것을 막는다고 한다.

시어도시아는 손을 가슴께에 가져갔다. "조반니, 놀래키지 말아줘요."

"놀래킬 생각은 없었어요."

시어도시아는 숨을 삼켰다. 조반니의 목소리는 싸늘하고 위협적이었다. 이제 그는 매력적이고 위트가 풍부한 골동품 가게 주인 역할 따위는 내팽개치고 있었다. 시어도시아의 눈은 이내 조반니의 손에 들린 권총으로 빨려들어갔다. 지금 막 음악실에서 티모시가 기증한 그 권총이었다. 조반니는 모두가 방을 나갈 때까지 기다려서, 그리고는 불길하게도 관 모형과 똑 같은 목재 상자에서 훔쳤음에 틀림없었다.

"당신은 자신이 꽤 똑똑하다고 생각하겠지만." 조반니는 으름장을 놓았다. "쓸데없는 일에 끼어들지 말고 얌전히 있었으면 좋았을 걸."

"그 말은, 당신이 사람을 죽였다는 사실을 눈감으라는 건가요, 조반니?" 시어도시아는 애써 허세를 부리며 그를 마주보았다. "사촌을 죽이다니, 꽤나 비겁한 인간으로 전락했군요."

"재종형제지." 조반니가 정정했다. 그리고 위협하듯이 권총을 움직였다. "하지만, 우리의 핏줄은 관계없어. 올리버는 나에 대한 원조를 딱 잘라 거절함으로써 스스로 자신의 사형집행서에 사인을 한 셈이야."

"원조라구요?" 시어도시아는 지연 작전으로 나갔다.

"돈이지." 조반니는 코웃음쳤다. "어떻게 해서든 돈이 필요했다구. 아주 비열한 녀석한테서 빌린 돈을 빨리 갚으라고 독촉을 받고 있었거든. 그런데 그 잘나고 멍청한 올리버는 도와주지 않았어. 빌려주겠다는 말도 하지 않았지. 나한테는 돈을 관리할 능력이 없다나."

"무엇 때문에 돈이 필요했는데요?" 탐욕은 절박한 돈에의 욕구보다 더한 동기가 될 수 있음을 충분히 알고 있는 시어도시아가 물었다.

"그런 걸 물어서 뭐하게?" 조반니는 초조해 하고 있었다. "가게, 도박빚…… 아무튼, 이제 문제는 해결된 거나 마찬가지야."

"도에게 접근해서 올리버의 돈을 맘대로 쓰려고 했던 거군요." 그에게 말을 시키는 거야, 드레이튼이 나를 찾으러 나와줄 거야, 하고 시어도시아는 자신에게 말했다.

"도의 머리는 어린애거든." 조반니가 경멸하듯이 말했다. "하지만, 내가 하는 말을 듣고 나를 믿고 있지. 내가 지배할 수 있게 되는 것도 시간문제야."

"당신과 사랑에 빠지도록 그녀를 조종했다고 생각하는 건가요? 당신과 결혼하게끔?"

조반니가 어깨를 으쓱했다. "당연하지."

"그녀는 그렇게까지 어린애는 아니에요."

"시끄러!" 그는 버럭 화를 냈다. 그동안 애써 꾸며냈던 조반니의 목소리는 아득히 먼 어딘가로 날아가버렸다.

"날 어떻게 할 건데요?" 시어도시아는 조반니를 자극했다. "다시 사고로 위장할 건가요? 또 권총을 폭발시킬 건가요?" 격렬한 분노로 눈동자가 활활 타오르고 뺨이 새빨갛게 물들었다.

"반드시 그렇지는 않지." 조반니의 목소리가 갑자기 매끈하고 얼음처럼 딱딱해졌다. "이 총은 폭발 따위는 하지 않고 제대로 총알이 나가. 그것에 대해서는 주최자인 티모시 네빌에게 감사해야겠어. 총에 관해서는 제대로 알고 있거든." 조반니의 눈이 어두운 정원 안을 재빨리 둘러보았지만 금붕어만이 연못에서 얼굴을 내밀고 있을 뿐이었다. 이 여자는 시간을 벌려고 하고 있어, 하고 조반니는 생각했다. 잽싸게 해치워 버리자고 결심했다.

"문의 빗장을 풀어." 그는 권총으로 지시했다.

"지금부터 사이좋게, 찰스턴 항구까지 잠시 산책을 가보자고. 이맘 때의 물은 소름끼치게 차갑지……." 그는 불길하게 키득거렸다. "어차피 당신은 그 차가움을 알지 못할 거야."

시어도시아가 상대를 정면에서 마주보았다. "글쎄, 과연 그럴까요?"

시어도시아의 완강함에 조반니는 벌컥 화가 났다. "이 멍청한

369

참견쟁이 계집. 좋아, 계속 고집을 피워보시지. 저쪽에서 나는 소리 들리시나?" 그는 티모시의 저택 쪽을 가리켰다. "아무도 구해주러 오지 않아. 모두들 샴페인을 마시고, 당신이 떠들어댄 한심한 흙의 샘플에 대해 속닥거리면서 신나게 놀고 있을 테니까. 분명히 모두들, 당신은 머리가 어떻게 되었다고 생각하고 있을 뿐일 걸. 당신이 밤에, 옆집 사람의 정원에서 몰래 뭔가를 했다는 걸 알면 더더욱 말야. 불운한 사고를 당했대도 어쩔 수 없지."

시어도시아는 조반니를 노려보았다. 그는 손댈 수 없을 만큼 분노해서 고양이처럼 으르렁거렸고, 눈은 가부키극에 나오는 악마처럼 가늘게 찢어져 있었다.

이런. 시어도시아의 가슴 속에서 심장이 팀파니의 솔로 연주를 시작했다. 너무 밀어붙였나? 제발 그가······.

조반니의 손가락이 방아쇠에 단단히 걸렸다.

"조반니······." 시어도시아는 손을 뻗었다.

조반니 로드가 방아쇠를 당겼다. 정원에 '타앙−!' 하는 커다란 소리가 울려퍼졌고, 그는 약간 움찔했다. 동시에, 시어도시아는 놀라서 두 손을 치켜들고 작은 절망의 비명을 질렀다.

"이 멍청아!" 티모시 네빌의 목소리가 온 정원에 날카롭게 울려퍼지더니 돌이 깔린 길에 부딪쳐 유리 파편처럼 부서졌다.

깜짝 놀란 조반니가 돌아보자, 자신이 쥐고 있는 것보다 훨씬 위협적인 최신형 권총을 손에 든 티모시 네빌의 험악한 얼굴이 있었다.

"브라우닝양?" 티모시가 말했다. "무사한가?"

그의 시선은 조반니를 스쳐갔지만 총은 꿈쩍도 하지 않고 조반니의 심장을 정확하게 겨누고 있었다.

조반니는 얼굴을 재빨리 시어도시아를 향했다. "뭐라고?" 그녀가 여전히 서 있는 것을 보고 경악했다.

"정말이지, 한심한 놈의 전형이군." 티모시가 질렸다는 듯이 입술을 일그러뜨렸다.

조반니는 총에 맞은 사람이 멀쩡한 것을 보고 아연실색하고 있었다.

"총알은 들어 있었을 텐데." 그는 우물거렸다. "분명히 내 귀로 똑똑히……."

"아무튼 무사한 것 같으니, 브라우닝양, 거기 있는 한심한 로드씨에게 이유를 설명해주지 않겠나?"

시어도시아가 의기양양하게 턱을 치켜올렸다. 눈은 조반니를 뚫어져라 쳐다보았고, 머리칼은 복수의 망령처럼 얼굴에 착 달라붙어 있었다.

"우린 특수한 탄약을 만들었어요. 이름은 건파우더 그린."

"그렇지." 티모시가 덧붙였다. "흙을 분석하고 있다는 걸 범인이 알게 되면, 마음이 동요를 일으켜서 멍청한 행동에 나서는 건 시간문제였지." 티모시는 혼자서 흐뭇하게 빙긋 웃었다. "이제 네 놈이 저지른 멍청한 짓을 잘 알았다구."

조반니 로드의 얼굴이 분노로 까맣게 변했다.

"이 권총에 무엇을 넣었다고?"

"건파우더 그린. 아주 자극적이고 향긋한 중국차죠. 물론, 당신은 모르겠지만." 시어도시아의 눈이 보상금을 요구하는 사냥꾼처럼 빛났다. "당신은 당신 입으로 중국차와 일본차를 구별하지 못한다고 말했었죠? 우린 그저, 당신이 차를 구별 못하듯이 화약(건파우더)도 구별 못할 거라고 생각했을 뿐이에요."

순간, 티모시는 조반니의 얼굴에 떠오른 차갑고 계산적인 표정을 읽었다.

"자네는 자신이 생각하고 있는 만큼 머리가 좋지도, 예민하지도 않은 듯한데." 티모시가 경고했다. "이 루거에는 22구경 할로포인트탄이 장착되어 있다는 걸 알려주지." 티모시의 눈이 움직일 테면 움직여보라는 듯이 반짝 빛났다.

그래도 여전히 조반니가 시어도시아를 노려보는 것을 보고는, 티모시 네빌은 웃는 얼굴을 거두고 격철을 올렸다. 그 요란한 소리가 정원의 돌담에 부딪쳐 울렸다.

"티모시……." 시어도시아가 말했다. 공포감이 그녀를 와락 움켜잡았다. 성미 급하고 완고한 티모시가 자기 성질을 못 이겨 경솔한 행동을 하지 않을까 하는 생각에 무서웠다.

티모시의 검은 눈은 격렬한 분노로 번뜩이고 있었다. "자, 조반니, 그녀에게 다가가 보실까? 난 관절염도 있고 노친네라서 옛날처럼 반사 신경도 좋지 않다구. 경쟁해보지 않겠나, 나랑 자네랑 말야. 나의 총이 격철을 올렸다는 사실을 잊지 말라구. 10억 분의 1초만에 자넨 창조주의 곁으로 가게 된다구."

조반니는 상관없다고 생각한 듯했다.

그때 갑자기, 자갈길을 다급한 발걸음으로 다가오는 소리가 났나 싶더니, 어둠 속에서 몇 명의 그림자가 나타났다. 티드웰의 둥실한 배가 중정을 가로질러 오는 것이 보였을 때 시어도시아는 진심으로 기뻤다. 그 올록볼록한 체형을 보고 기쁘다고 생각한 건 난생처음이었다.

티드웰 형사는 제복 경찰 두 명과 동행하고 있었다. 한 명은 총을 들고, 다른 한 명은 수갑을 휘두르고 있었다. 세 명의 법집행관이 보인 순간, 조반니 로드는 단념한 듯했다.

"티드웰 형사님." 시어도시아는 놀라서 약간 숨을 헐떡였다. "여기서 뭘 하고 계세요?"

"죄송하지만, 제가 마음대로 불렀습니다, 마담." 티모시 네빌의 무척 유능한 노집사인 헨리가 형사 뒤에서 걸어나왔다. 오늘

373

밤의 드라마에서 엄청난 역할을 했음에도 불구하고 헨리는 여전히 차분한 모습이었다.

"잘했네, 헨리." 티모시는 조반니 로드를 상대하는 일을 경찰에게 넘긴 것이 기뻐서 참을 수 없는 듯했다. "아주 잘했어."

헨리가 짓궂은 시선으로 티모시를 바라보았다.

"주인어른, 슬슬 손님들이 돌아가고 계십니다. 안으로 들어가셔서 여러분들께 작별인사를 하는 것이 좋을 것 같습니다만?"

34

"자네 지금 엄청 실수하는 거야."

퉁퉁한 손목에 꽉 끼이게 수갑이 채워진 순간, 부스 크로울리가 큰소리로 떠들었다.

"윌버 상원의원에게 전화 한 통이면 목이 날아갈 걸!"

"예에, 그러겠죠." 경찰은 태연히 대답했다. 그는 티드웰이 저택에 들어오자 돌아보았다. "이 두 사람은 연방 담당입니까?"

티드웰이 고개를 끄덕였다. "주류·담배·화기단속국에는 연락이 끝났소. 이들이 연행되는 건 그쪽도 알고 있지."

"티드웰, 이 멍청이가!" 부스 크로울리가 큰소리로 떠들었다. "네 놈을 당장 모가지 당하게 해주지! 그러면, 네 놈은 교통 경찰 자리도 못 구하게 될 거다."

시어도시아는 티모시의 저택에서 벌어지고 있는 기묘한 풍경을 믿을 수가 없었다. 지금 막 정원에서 조반니 로드가 체포되는 순간을 목격했나 했더니, 제복 경찰 두 명이 다시 나타나서 부스 크로울리와 빌리 매놀로에게 수갑을 채워 연행하려 하고 있다니. 빌리가 얌전하고 협조적인 것과는 대조적으로 부스 크로울리는 꼴사납게 분노하고 있었다.

"여보?" 비아트릭스 크로울리는 약하게, 울 듯한 소리를 내면서 남편 옆으로 다가갔다. "무슨 일이에요? 왜 이렇게 되는지 설명해줘요!"

"입닥치고 당장 톰 브리들로한테 전화해." 부스는 아내에게 큰소리로 명령했다. "그 쓸모없는 변호사한테 어떻게든 해보라고 전해! 빨리, 뭘 우물쭈물거리고 있어?"

"대체 무슨 일이에요?" 시어도시아가 티드웰 형사에게 물었다. 곤혹스러운 얼굴의 구경꾼들, 즉, 아직 남아 있던 손님들은 두 사람이 연행되는 것을 말없이 지켜보거나 수근거리고 있었다.

티드웰은 시어도시아를 배려하듯이 미소지었다.

"사실은 다른 사건이 있어서요, 브라우닝양. 헨리의 공을 빼앗으려는 건 아니지만, 저희도 사실은 이쪽으로 향하고 있었거든요." 그는 거기서 한 호흡 사이를 두고 제복 경찰에게서 넘겨받은 종잇조각에 자신의 이름을 갈겨썼다. "우리가 여기에 온 건 저두 사람을 체포하기 위해서였습니다." 연행되어가는 부스 크로울리와 빌리 매놀로에게 손을 흔들었다. "그런데 로드씨까지 체포할 수 있었던 거죠. 행운의 덤이랄까요."

시어도시아는 미간을 모으고 티드웰 형사를 진지한 표정으로 보았다. "알아들을 수 있게 설명해줘요."

드레이튼, 헤일리, 티모시도 두 사람 주위에 모여들었다.

드레이튼과 헤일리가 정원으로 뛰어나왔을 때는 마침 조반니 로드가 체포될 때였다. 그리고 이어서 부스 크로울리와 빌리 매놀로가 체포되자 두 사람은 더더욱 놀랐다. 물론, 놀란 건 다른 사람도 마찬가지였다.

티드웰은 네 사람의 진지한 얼굴을 응시했다. 드레이튼은 당장이라도 기절할 듯했고, 헤일리는 한없이 흥분해 있었으며, 시어도시아와 티모시는 이상할 정도로 침착하게 그의 말을 기다리고 있었다.

"어떤 보안관과 부보안관이 헌트빌 근처에서 밀수업자 일당을 체포했습니다." 티드웰이 설명을 시작했다. "그것이 1시간쯤 전의 일입니다. 보안관에게 연락을 취한 건 연안경비대와 공동으로 수사하고 있던 주류 · 담배 · 화기단속국이었죠. 오늘 밤 뭔가가 벌어진다는 건 알고 있었지만, 장소는 몰랐습니다. 그런데 밀수업자의 배가 좌초되어 보안관과 부보안관이 녀석들을 체포한 겁니다. 움직일 수 없는 증거가 있는 현행범 체포였으므로, 범인 네 명은 5분만에 우두머리의 이름을 불었죠."

"알아맞혀 볼까요." 시어도시아가 말했다. "우두머리는 부스 크로울리와 빌리 매놀로였죠." 빌링스 보안관이 당황해 하는 밀수업자를 조용히 심문하는 모습을 시어도시아는 머릿속에 그렸다. 범인들을 체포한 게 그라는 사실이 기뻤다.

"우두머리는 부스 크로울리입니다. 빌리 매놀로는 사실상 돈으로 고용된 사람에 지나지 않습니다. 빌리는 그 주변 태생으로 연안 해역을 잘 알고 있어서 후미나 수로를 늪쥐처럼 쉽게 통과할 수 있었던 겁니다. 오늘밤 빌리는 안내자 역할을 하게 되어 있었는데, 어쩐 일인지, 이 저택으로 와 버린 거죠. 재미있지 않습니까?" 티드웰은 총알 같은 머리를 돌려 날카로운 눈을 시어도시아에게 향했다.

"확실히 이상하네요." 시어도시아는 말했다.

헤일리가 빙긋 웃었다. "그 사람들이 정당한 인과응보를 받게 되서 기뻐요. 부스 크로울리도 수갑이 채워져서 연행이 되었으니 약간은 자만심이 꺾였겠죠?"

"야단맞아도 싼 놈은 그런 건 생각도 안할 걸." 드레이튼이 말했다. 그는 나비 넥타이를 늦추고 야자잎을 임시 부채 대신으로 열심히 얼굴에 부쳐대고 있었다.

"하지만 왜 밀수 따위를 했을까요?" 시어도시아가 물었다. "부스 크로울리는 부자이고, 회사도 잘 되고 있었고……."

"진정한 악인은 그것만으로는 만족하지 못하는 법입니다." 티드웰이 답했다. "만족이란 있을 수 없죠. 부스 크로울리 같은 사람은 언제나 새로운 못된 짓, 새로운 돈벌이 수단을 추구하는 법입니다. 게다가 그가 법에 저촉되는 일을 한 건 이번이 처음이 아닙니다. 그와 투자가 중 몇 명은 내부거래 혐의로 증권거래위원회의 정밀 조사 대상이 되어 있습니다."

"놀랍군." 드레이튼이 말했다. "그는 예술을 지원하는 커다란 이벤트를 막 열었었는데……."

"이것만은 인정하죠, 브라우닝양." 티드웰 형사가 말했다. "조반니 로드한테서 자백을 끌어낸 것은 참으로 훌륭했습니다."

"티모시가 도와준 덕분이에요. 그가 권총을 기증하고 감동적인 연설로 덫을 놓아줬기 때문이죠."

티모시가 기쁜 듯이 미소지었다. "고맙군, 브라우닝양, 인사를 해야 하는 건 오히려 나요. 내가 그런 계획에 동참한 건 아까 음악실에서 한 말이 진심이었기 때문이오. 올리버 딕슨은 훌륭한 이웃이자 좋은 친구였소. 내가 권총이라는 유혹을 조반니 로드의 눈앞에 내밀었기 때문이라고 말할 거라면, 그렇다고 해두지. 나는 인과응보를 믿거든."

"덤으로, 마침내 포드 캔트렐의 혐의도 벗겨졌어." 드레이튼이 말하면서 시어도시아의 손을 꽉 잡았다. 마치, 지금이라도 무서운 운명이 그녀에게 닥치는 것이 아닌가 두려워하는 듯이. "그의 누나는 앞으로 일생동안 당신에게 감사하게 되겠지. 비록 덕분에 우리는 간이 콩알만해지긴 했지만."

"그의 누나는 일생동안 감사하게 되는 정도가 아니죠." 리즈베스 캔트렐이 동생 포드를 데리고 다가왔다. "고마워요, 시어도시아, 당신은 정말이지, 신이 내려주신 중재의 천사예요."

두 여성이 포옹하는 것을 포드는 수줍어하며 지켜보고 있었다. "고마워요, 브라우닝양." 그가 인사를 했다. "당신은 정말 친절한 사람입니다. 그리고 아주 머리가 좋구요. 혹시 컴퓨터 사업에 뛰어들 생각이 있다면……."

시어도시아는 머리를 가로저었다. "오늘밤의 사건으로, 저는 찻집 일만으로 충분하는 걸 알았어요." 그렇게 말하고 웃었다.

"그리고 도도 결백이 증명되었군요." 멀어져가는 리즈베스 캔트렐을 시어도시아가 미소로 배웅하고 있자니, 헤일리가 중얼거렸다. "그녀가 올리버 딕슨 살해에 관여하고 있을지도 모른다고 생각했다니, 제 자신이 부끄러워요."

"도가 조반니 로드와 공모하고 있었다고는 생각할 수 없습니다." 티드웰이 말했다. "그녀도 심문을 했지만, 연결고리가 발견될 거라는 생각은 손톱만큼도 없었습니다. 애당초 있을 거라 생각할 수도 없었구요."

"조반니는 무척 동정하는 척 하고 있었거든요." 시어도시아가 말했다. "그녀가 의지하게 된 것도 이상한 일은 아니죠."

"저기요." 헤일리가 말했다. "미스터리 차모임의 밤에 가게 바깥을 어슬렁거리고 있었던 건 조반니 로드였을까요?"

"거의 틀림없을 걸. 우리가 조사하며 돌아다니고 있는 것이 마음에 걸려서 어디까지 알고 있는지 걱정되었을 거야." 하는 시어도시아.

"맙소사, 차를 한 잔 마시고 싶군." 드레이튼이 말했다.

"이쪽으로." 티모시가 고개를 끄덕였다. "우리집 베란다에 앉아서 쉬자구. 오늘밤은 엄청난 긴장의 연속이어서 모두들 무척 피곤할 테니까."

모두들 티모시의 뒤를 따라 안으로 들어가 안락해 보이는 버드나무 세공 의자나 긴 의자에 쓰러지듯이 앉았다. 앉아 있는 곳에서 얼마 떨어지지 않은 곳에서 쏙독새 한 마리가 구슬프게 울었다. 크고 울창한 떡갈나무 가지와 밤바람에 곱게 나부끼는 담쟁이 틈에 숨어 있어서 새의 모습은 보이지 않았다.

"주전자를 불에 올렸습니다." 헨리가 모두에게 알렸다. "잠시만 기다려주십시오."

"수갑이 채워져서 연행될 때의 부스 크로울리의 얼굴이라니." 드레이튼이 말했다.

"삶은 문어 같았어요." 헤일리가 웃었다.

"기문차 같은 색깔이었지." 하는 드레이튼.

"부스 크로울리의 아내가 찻집을 여는 일은 당분간 없겠네요." 헤일리가 말했다.

"그렇지." 드레이튼이 맞장구를 쳤다. "돈을 좀더 필요한 곳에 써야 할 테니까. 예를 들면 변호사 수임료라든지 말야."

"게다가 상당히 강력한 법적 방어벽을 쌓아야 할 겁니다." 티드웰이 덧붙였다. "밀수는 연방범죄입니다. 사법부를 적으로 돌리는 건 쉽지 않죠. 그들은 일을 마음 속 깊이 사랑하고 강한 신념을 갖고 업무를 수행하지, 돈을 위해 일하지 않거든요. 무엇보다도, 뇌물 따위는 받지 않구요."

그건 당신도 마찬가지잖아요, 하고 시어도시아는 마음 속으로 중얼거렸다. 당신도 그렇다구요, 티드웰 형사.

찻잔이 달그락거리는 소리가 나고 헨리가 프랑스제 청자 다기를 올린 은쟁반을 들고 다가왔다. 그는 뜨거운 김이 나는 차를 각자의 찻잔에 따라서 모두에게 나눠주었다.

"맛있군요." 티드웰은 소리를 내면서 차를 홀짝이고는 말했다. "이건 무슨 차입니까?"

모두들 궁금한 얼굴을 헨리에게 향했다. 차를 끓인 건 그였으니까. "글쎄요, 코닐리씨가 가져오신 차를 끓인 것뿐입니다." 헨리는 평소의 약하고 가느다란 목소리로 대답하고, 심지어는 입가에 희미한 미소까지 띄웠다.

"건파우더 그린!" 드레이튼과 헤일리가 동시에 외쳤다.

"건배합시다." 티모시가 일어나서 찻잔을 높이 들었다. "시어도시아를 위해서."

"시어도시아를 위해서!" 모두가 합창했다.

"그녀의 멋진 차가 그렇듯이," 티모시가 말했다. "뜨거운 물에 넣어보니 비로소 그녀의 진가를 알겠더군."

"바로 그거야!" 드레이튼이 목소리를 높였다. "그녀를 완벽하게 표현한 말인데."

시어도시아는 미소를 지으며 차를 입으로 가져갔다.

간 브라우니 케이크

얼 그레이를 위한 특별 간식
강아지 전용!

준비할 것

- 닭간 ······························· 약 900그램
- 캐놀라유 ······················· 1/3컵
- 달걀 ······························· 2개
- 마늘 ······························· 신선한 것을 통째로 한 개
- 박력분 ··························· 3컵

만드는 법

1. 닭간, 캐놀라유, 달걀, 마늘을 푸드 프로세서에 간다.
2. 1을 볼에 담고, 밀가루를 섞는다.
3. 2를 기름을 두른 9인치*11인치의 사각형 틀에 붓고, 섭씨 180도에서 40분간 굽는다.
4. 완전히 식으면 저지방 크림치즈를 발라준다.

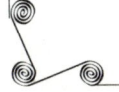

이 책을 쓴 로라 차일즈Laura Childs는 광고회사 카피라이터 겸 프로듀서를 거쳐 자신이 직접 설립한 마케팅 회사의 CEO 겸 크리에이티브 디렉터로 일한 다음, 시나리오 작가가 되었다. 그 뒤 미스터리 작가를 지향해 2001년에 찻집을 배경으로 한 코지 미스터리인 『다질링 살인사건』으로 데뷔했다. 이어서 『건파우더 그린 살인사건』, 『얼 그레이 살인사건』, 『잉글리시 브렉퍼스트 살인사건』 등 '찻집 미스터리' 시리즈를 인기리에 발표하고 있다.

이 책을 우리말로 옮긴 위정훈은 고려대학교 서어서문학과를 졸업하고, 출판사 편집자를 거쳐 영화주간지 「씨네21」에서 5년여 동안 기사생활을 했다. 2003년부터 2년 동안 도쿄대 대학원 총합문화연구과 객원연구원으로 유학했다. 지금은 출판기획과 번역을 하고 있다. 옮긴 책으로 『뿌리깊은 인명이야기』, 『뿌리깊은 지명이야기』, 『다질링 살인사건』, 『위플랄라』 등이 있다.

건파우더 그린 살인사건

지은이 _ 로라 차일즈
옮긴이 _ 위정훈
펴낸이 _ 강인수
펴낸곳 _ 도서출판 **피피에**

초판 1쇄 발행 _ 2010년 1월 8일

등록 _ 2001년 6월 25일 (제300-2001-137호)
주소 _ 110-070 서울시 종로구 내수동 74 광화문시대 1309호
전화 _ 02-733-8668
팩스 _ 02-732-8260
이메일 _ papier-pub@hanmail.net

ISBN 978-89-85901-53-6 03840
      978-89-85901-51-2 (세트)

· 잘못 만들어진 책은 바꾸어 드립니다.
· 값은 뒷표지에 있습니다.